Todos los ríos del mundo

Todos los ríos del mundo

Dorit Rabinyan

Traducción de Ana Becciú

Barcelona • Madrid • Bogotá • Buenos Aires • Caracas • México D.F. • Miami • Montevideo • Santiago de Chile

Título original: *All the Rivers*
Traducción: Ana Becciú
1.ª edición: mayo de 2017

© 2015 by Dorit Rabinyan
Traducción del hebreo al inglés © 2017 by Jessica Cohen
© Ediciones B, S. A., 2017
Consejo de Ciento 425-427, 08009 Barcelona (España)
www.edicionesb.com

Printed in Spain
ISBN: 978-84-666-6111-9
DL B 8093-2017

Impreso por Unigraf, S. L.
Avda. Cámara de la Industria, 38
Pol. Ind. Arroyomolinos n.º 1,
28938 - Móstoles (Madrid)

A Hassan Hourani (1973-2003)

PRIMERA PARTE
OTOÑO

1

Llamaron a la puerta. Yo estaba pasando la aspiradora y tenía los Nirvana en el estéreo a todo volumen. Los educados gorjeos del timbre no conseguían llegar a mis oídos; me espabilé solo cuando, ya perdida la paciencia, se tornaron insistentes, agresivos. Era mediados de noviembre, un sábado por la tarde, temprano. Por la mañana había hecho unas cuantas cosas y ahora estaba ocupada limpiando. Aspiraba los sillones y el parqué, con los oídos a punto de estallarme por el estruendo de la máquina y las reverberaciones de la música; una monótona pantalla de ruido blanco que, en cierto modo, me calmaba. Mientras empuñaba la manga de succión para arrancar el polvo y los pelos de gato, no pensaba en nada, totalmente concentrada en los rojos y los azules de la alfombra. Salí de mi abstracción cuando se atenuó el suspiro de la aspiradora y la canción musitaba sus últimas notas. En el espacio de tres o cuatro segundos previos al comienzo de la pista siguiente, escuché el tañido agudo, insistente, de la campanilla del timbre. Las palabras no me salían, parecía una persona sorda que de repente recupera el oído.

—*Rak...* —balbuceé en hebreo mirando a la puerta—, *Rak rega...* —E inmediatamente me corregí y, desconfiada, eché un vistazo al reloj—. Un minuto, por favor.

Era la una y media de la tarde, pero con el tono gris deprimente que había fuera parecía casi de noche. A través de los cristales empañados de las ventanas, mirando desde el duodécimo piso a la esquina de la calle 9 y University Place, apenas podía distinguir los respetables edificios de la Quinta Avenida, y una franja de cielo bajo, que destellaba como el acero, se colaba por encima de las chimeneas humeantes.

El timbre sonó otra vez, pero dejó de hacerlo justo cuando apagué la música.

—Un minuto, por favor...

Me miré rápidamente en el espejo del pasillo —cola de caballo torcida, camiseta y chándal sucios, zapatillas deportivas— y abrí la puerta de golpe.

Dos hombres, de unos cuarenta años, con traje de calle y corbata oscura, estaban esperando fuera. El de la derecha llevaba un portafolios bajo el brazo y le llevaba una cabeza al de la izquierda, que estaba frente a mí, como un vaquero a punto de desenfundar el arma o como si sujetara en cada mano un maletín invisible. La impaciencia que desprendían los dedos huesudos del de la derecha, tamborileando en la piel de su portafolios oscuro, y el alivio en el rostro mofletudo del vaquero eran la prueba de los interminables minutos que hacía que estaban esperando.

—Hola —dije casi sin voz de tan sorprendida.

—Buenos días, señora. Sentimos mucho molestarla. Soy el agente Rogers y él es mi colega, el agente Nelson. Somos de la Oficina Federal de Investigaciones. ¿Podemos pasar un momentito a hacerle algunas preguntas?

Fue el de la izquierda, el pistolero, el que habló. Llevaba un traje dos tallas más pequeño para su físico robusto, musculoso y compacto, y hablaba modulando con suavidad, estirando las palabras y alargando el final de las sílabas como si se mordiera la lengua. Yo estaba paralizada y era incapaz de entender sus nombres y cargos, tampoco comprendí el significado de lo que había dicho hasta que su compañero, el alto, con indisimulada impaciencia y expresión dura e indescifrable, metió la mano en el bolsillo interior de su chaqueta y sacó algo que yo solo había visto en las películas y en las series de televisión: una placa de identificación de policía, dorada y estampada en relieve.

Supongo que parpadeé y murmuré algo, sorprendida y un tanto compungida, pues, al ver mi reacción de sordomuda que se queda pasmada, supusieron que tenía dificultades para hablar inglés. El alto miró por encima de mi cabeza y echó un vistazo al apartamento. Entonces, mi sospecha de que creían que yo era la mujer de la limpieza se confirmó cuando el grandote insistió, más fuerte esta vez:

—Por favor, solo unas preguntas. Querríamos hacerle algunas preguntas —recalcaba las palabras como cuando se le habla a un niño: separando bien las sílabas—. ¿Nos permite pasar?

Por la vergüenza, o quizá por el hecho de sentirme agraviada, tenía la voz ronca; percibí en ella un temblor que sacaba a relucir mi acento:

—Por favor, puedo saber... —carraspeé—. Lo siento, pero, por favor, ¿podrían decirme por qué?

Vi un destello de alivio en los ojos del vaquero.

—Lo entenderá enseguida —contestó retomando su tono autoritario—. Serán solo unos minutos, señora.

En la cocina me serví un vaso de agua tibia y la bebí de un trago, sin respirar siquiera. No había motivos para preocuparme, mi visado era válido, no obstante, el hecho de que estuvieran sentados allí, en el salón, esperando para interrogarme, era suficiente para ponerme nerviosa. Saqué dos vasos más del armario y me pregunté si no sería mejor telefonear a Andrew o a Joy. Andrew era un amigo de Israel, nos conocíamos desde los diecinueve años y podía pedirle que viniera y confirmara que me conocía. Pero el simple hecho de intentar pensar en lo que le iba a decir por teléfono me provocó más sed.

Cuando entré en el salón, ellos ya habían bajado las sillas de la mesa, donde yo las había colocado patas arriba para limpiar el suelo. El alto se había quitado la chaqueta y estaba sentado de espaldas a la cocina. Y el matón, que estaba de pie junto a la aspiradora, examinaba la habitación.

—¿Vive sola?

Un espasmo me recorrió la mano y los vasos vacilaron sobre la bandeja.

—Sí, es el apartamento de mis amigos —contesté señalando con la cabeza la fotografía de la boda de Dudi y Charlene—. Están en el Extremo Oriente. Un viaje largo. Yo les cuido la casa y los gatos.

Franny y *Zooey* no se veían por ningún lado.

Su mirada se posó sobre los cuencos para el agua y la comida que estaban debajo de la estantería.

—¿Y cómo ha conocido a este matrimonio? —Miró la fotografía—. ¿Alquilan o son dueños?

—El apartamento es de ellos —contesté sin moverme—. Conozco a Dudi desde hace muchísimo tiempo, de Israel, fuimos compañeros de colegio; su esposa es norteamericana...

Murmuró algo y echó un vistazo alrededor.

—¿Es usted de Israel?

—Sí, señor.

Miró hacia las ventanas. Lo observé un instante y enseguida aproveché la oportunidad para acercarme a la mesa.

—¿Cuánto tiempo lleva viviendo aquí? —preguntó.

—Unos dos meses. —Apoyé la bandeja con alivio—. Tienen previsto regresar antes de la primavera. —Afligida, me acordé de que se me habían acabado los cigarrillos—. Pero tengo otro amigo, que es de aquí. —Busqué con la mirada el teléfono inalámbrico para llamar a Andrew—. Pueden preguntarle...

—¿Preguntarle?

—No sé... —me falló la voz—. Sobre mí...

Me dio la espalda y volvió a mirar las ventanas.

—Por ahora no es necesario.

—Muchas gracias. —El alto me sorprendió con su voz profunda, clara, casi radiofónica.

—¿Perdón?

—Gracias por el agua. —Sonrió mirando la botella. Tenía unos dientes perfectos, derechos y blancos, como los de los anuncios de dentífricos.

Asentí nerviosa y le entregué mi pasaporte, que había sacado del bolso, abierto por la hoja del visado. Aunque sabía perfectamente que era válido por cinco años más, en la cocina había verificado dos veces las fechas.

Dio la vuelta al pasaporte, miró la tapa de color azul y volvió a mirar la primera hoja.

—Así que usted es ciudadana del Estado de Israel, señorita Ben-ya-mi...

—Benyamini —intervine con amabilidad para ayudarlo con la pronunciación, como si fuera relevante—. Liat Benyamini.

Pude ver con nitidez los halos de las lentillas en sus vivaces ojos grises cuando se posaron primero en la expresión tensa de mi rostro y luego en la sonrisa que mostraba en la fotografía de mi pasaporte.

Señaló con un gesto la silla ubicada a su lado.

—Soy israelí —musité y obedientemente cogí la silla. Las patas chirriaron al contacto con el suelo.

El interrogatorio duró, en efecto, menos de quince minutos. Lo primero que hizo el alto fue sacar un bloc de formularios filigranados con el emblema del FBI en color verde claro. En el ángulo superior izquierdo de la primera hoja escribió la fecha con una pluma azul. Copió mi nombre del pasaporte, en mayúsculas y espaciando mucho las letras. Luego anotó con meticulosidad los seis dígitos de mi fecha de nacimiento. Tenía una letra muy bonita, elegante, tan firme como el tono que empleó para pedirme que repitiera mi dirección, el número de teléfono del apartamento y los nombres de los propietarios. Escribió unas siglas enigmáticas y comprobó varios recuadros que había al final de los renglones. Cuando pasó a la hoja siguiente, levantó de pronto la vista y examinó mi rostro. Evité su mirada y bajé los ojos mirando la mesa. Pude ver cómo escribía «negros» y otra vez «negros» —probablemente el color de mi pelo y mis ojos— y que describía el color de mi piel como «aceituna oscuro».

Entonces intervino el matón.

—Veo que usted nació en Israel —dijo, pasando las hojas de mi pasaporte de atrás para delante hasta que se dio cuenta de que había que leerlas de derecha a izquierda—. En el setenta y tres.

—Sí —me enderecé en la silla.

—Lo que significa que ahora usted tiene veinti...

—Nueve.

—¿Casada?

De tan nerviosa e impaciente que estaba me clavé las uñas en la palma de las manos.

—No.

—¿Hijos?

Metí las manos debajo de los muslos.

—No.

—¿Dónde vive?

—¿En Israel?

—Sí, señora, en Israel.

—Ah. En Tel Aviv.

—¿Y qué hace?

Liberé mis manos y bebí un sorbo de agua.

—Estoy estudiando para obtener mi licenciatura en la Universidad de Tel Aviv.

—¿Licenciada en qué?

Recordé que él había creído que yo era la sirvienta.

—Tengo una licenciatura en Lingüística y Literatura Inglesa. Traduzco monografías.

—Ah, Lingüística... ¡Es usted traductora! —exclamó—. Eso explica su excelente inglés.

—Gracias. Estoy aquí con una beca Fulbright. —Procuré que mi tono de voz fuera neutro, serio—. Ellos se encargaron de obtener el visado.

Miró el pasaporte otra vez.

—Por casi seis meses. —Señaló el documento con la cabeza—. Aquí dice que su visa es válida hasta mayo de dos mil tres.

—Sí. —Controlé mis pies nerviosos que no paraban de moverse debajo de la mesa; deseaba un cigarrillo con toda mi alma—. El veinte de mayo.

—Interesante, interesante —comentó tras beberse medio vaso de agua—. ¿Traduce del inglés al hebreo?

Asentí secamente. Y lamenté haberlo mencionado. Podría haber dicho solo que era una estudiante que venía de Israel y punto, pero seguramente sentí la necesidad de presumir, de salvar mi dignidad frente a él.

Su rostro permaneció inmutable. Con sus uñas rosadas golpeaba ligeramente su vaso.

—Supongo que el hebreo es su lengua materna.

—Sí. Bueno, no —proseguí abatida—: mis padres son inmigrantes iraníes, pero mi hermana y yo nos criamos hablando hebreo.

Los golpecitos cesaron, sustituidos por un murmullo.

—¿Inmigrantes iraníes?

—Mis padres son judíos de Teherán; emigraron a Israel a mediados de los sesenta.

Se aseguró de que su compañero lo estuviera anotando y se volvió hacia mí:

—Entonces, los dos, su padre y su madre, son judíos.

Asentí otra vez. Y, para que lo oyera el alto, quien me lanzó una mirada inquisitiva, lo repetí en voz alta y clara:

—Correcto.

—Eso es muy interesante, por cierto —prosiguió el matón arrugando la frente—. ¿Y tiene algún pariente que viva en Irán?

—No —contesté. Por el giro que estaba tomando la conversación me sentí más confiada—. Emigraron a Israel y desde entonces todos son ciudadanos israelíes...

—¿Y usted? ¿Ha estado en Irán recientemente?

—Nunca.

—¿No ha ido nunca allí? —insistió—. ¿Ni en busca de sus raíces o algo por el estilo?

—Irán no es un destino muy recomendable si se tiene uno de esos documentos. —Señalé mi pasaporte con la cabeza—. Es posible que me dejaran entrar, pero no estoy segura de que me dejaran salir...

Mi respuesta le agradó. Miró mi pasaporte esbozando una sonrisa y volvió a abrirlo por la hoja que tenía marcada con el dedo.

—Afirma entonces que nunca ha visitado... —examinó las hojas selladas— Irán.

—Así es.

—Pero, a juzgar por lo que estoy viendo aquí, ha visitado Egipto varias veces en los últimos años.

—¿Egipto? Ah, sí, Sinaí. Solíamos ir a menudo. Pero últimamente se ha vuelto un poco peligroso. Para los israelíes, quiero decir...

Llegó a la última hoja de mi pasaporte y retiró un documento que guardaba allí desde que terminé el servicio militar.

—Es de las FDI —expliqué—. Dice que estoy autorizada a salir de Israel cuando lo desee. —Antes de que me bombardease con más preguntas, añadí—: El servicio militar es obligatorio en Israel. Las mujeres lo cumplen durante dos años y los hombres tres. Yo lo hice en una unidad que se ocupa del bienestar social de los soldados. Me alisté en el noventa y terminé en el noventa y dos.

Mi repentina verborragia y, en particular, el esfuerzo que había hecho en los últimos minutos por imprimir cierta calma y una especie de extraña frivolidad a mi tono de voz —como si encontrara divertida la situación— me habían dejado completamente extenuada.

—Por favor, cuénteme. —Ahora su voz sonaba alegre y despreocupada, casi amable—. ¿Cómo escribe sus traducciones? —Cerró el pasaporte y me lo devolvió—. ¿Con pluma y papel o en un ordenador?

Por supuesto, no me esperaba esa pregunta.

—En un ordenador.

—¿Portátil?

No podía creerlo.

—Sí, yo...

Entrelazó los dedos de ambas manos y las apoyó sobre la mesa.

—¿Aquí, en su casa?

—Aquí o en la biblioteca de la universidad.

—¿Y en las cafeterías? ¿Trabaja con su ordenador portátil en las cafeterías?

—Sí. A veces.

—¿Acude a alguna en particular con regularidad?

—¿En particular? —Vacilé. No estaba segura de lo que quería averiguar—. Lo siento, pero no entiendo...

—Señora, ¿ha estado últimamente en una cafetería situada cerca de aquí, en la esquina de la calle 9 y la Sexta Avenida? —Su compañero le pasó la pluma y señaló el pie del formulario—. ¿El café Aquarium?

—¿El Aquarium? Ah, sí...

—¿Es posible que haya estado allí la semana pasada? ¿El martes por la tarde, a última hora?

—¿El martes? Puede ser. Es...

Cerró los ojos un instante, como satisfecho.

—Gracias, señora.

2

Al final resultó que ese mismo día, menos de una hora
después de que los policías salieran de mi apartamento,
acudí nuevamente al café Aquarium. A principios de la semana, Andrew y yo habíamos quedado en que nos encontraríamos allí el sábado por la tarde. Eran las tres y veinte
cuando se marcharon, pero, cuando terminé de ducharme
y vestirme y decidí llamarlo —quería que nos encontráse-
mos en otra parte, en otro café del barrio, cualquiera, pero
no allí—, me saltó el contestador.

—¡En este momento no estamos en casa! —recitaron las
tres alegres voces del coro familiar.

Andrew y Sandra se habían separado el año anterior,
pero él todavía no había podido armarse de valor para
cambiar el mensaje. Una señal sonora prolongada cortó la
risa ondulante de Josie, la pequeña.

—Soy yo —dije a la imagen reflejada en el espejo del
vestíbulo mientras me contorsionaba al ponerme el abrigo—. ¿Ya te has ido? —Aguardé un instante con la esperanza de que me respondería. La aspiradora, la fregona, el
balde y los trapos seguían donde yo los había dejado antes
de la visita sorpresa de los investigadores—. Vale, no importa.

El café Aquarium está al lado de la biblioteca pública,
en la Sexta Avenida, y da a la esquina de la calle 10 Oeste.
Miré por el cristal de la entrada, escudriñé el interior del

local y la campanilla repicó cuando abrí la puerta y volvió a repicar al cerrarla cuando entré. Fuera soplaba un viento frío, cortante, y el cambio abrupto de la calle bulliciosa a la atmósfera caldeada del café, un calor sereno, casi tropical, me aturdió. Me impactó el olor a pasteles y a café recién hecho y el sonido de un piano soñoliento tocando un *jazz* puntuado por las expiraciones de la máquina exprés. Encontré una mesa vacía junto a la ventana, me senté y pedí un capuchino.

Tenía a los investigadores todavía pegados a mis pensamientos, como dos guardaespaldas, y me los imaginaba ahí sentados, frente a mí. Adopté una expresión indiferente, o al menos confiaba en que lo fuera, y eché un vistazo a los demás clientes del café. Había cinco personas sentadas en las mesas de madera oscura, enfrascadas en la conversación u hojeando revistas; dos hombres apoyados en el mostrador; una joven madre conversando con su bebé en un rincón apartado. Nadie me miraba de soslayo ni con suspicacia. Uno de los hombres del mostrador levantó la vista de la sección Metro del *Times*, pero la bajó enseguida y siguió leyendo con total indiferencia.

Esta vez nadie parecía preocuparse por mi aspecto medio oriental. Los agentes me habían contado que un idiota, un ciudadano ejemplar, que me había visto aquí el martes a última hora de la tarde, había llamado a la policía para denunciar que una muchacha, con pinta medio oriental, estaba involucrada en una actividad sospechosa. Dijeron que les informó que la chica estaba escribiendo correos electrónicos en árabe, pero, aparte de su error lingüístico —seguramente me vio escribir en hebreo, de derecha a izquierda, y pensó que era árabe—, no podía entender realmente qué pudo haber visto en mí o en mi comportamiento para suponer que yo era una activista de Al Qaeda. Me pidieron disculpas por el tiempo que me habían hecho perder y me explicaron que desde el 11 de septiembre la atmósfera en la ciudad era muy tensa y había mucho miedo y confusión, pero que ellos estaban obligados a investigar todas las denuncias.

—Pero ¿cómo me encontraron? —se me ocurrió preguntarles mientras los acompañaba hasta la puerta—. ¿Cómo sabía ese hombre dónde vivo?

Me contestaron que probablemente me había seguido hasta mi casa y me había visto entrar en el edificio, se fijó en el apartamento al cual había subido y dio la dirección a la policía.

El capuchino llegó acompañado de una galleta de mantequilla. Eran las cuatro y diez cuando miré el reloj de pulsera de la camarera. Volvió a repicar la campanilla: entró una mujer seguida por otra. Alguien salió. En el otro lado del cristal una procesión de taxis amarillos avanzaba lentamente. Por encima de ellos, la estructura octogonal gótica de la biblioteca dominaba la esquina de la calle 10. Sus torrecillas se elevaban sobre los tejados y podía ver los números romanos del reloj en el torreón más alto. Sus manecillas también marcaban las cuatro y diez.

—Perdona. —Un muchacho estaba de pie ante mi mesa—. ¿Eres Liat?

Asentí. Y la ansiedad me embargó cuando por mi mente cruzó la loca idea de que aquello era una artimaña, que ese hombre de cabellos rizados tenía que ver con el FBI: era un agente infiltrado que enviaban para hacerme caer en una trampa. Ya antes de decirle que sí y ponerme en pie, había estirado el cuello y, perpleja, me había llevado la mano al cabello para alisarlo.

Se le iluminó la cara con un destello de alivio.

—Soy amigo de Andrew. Me ha pedido que te diga que lo siente mucho pero que no puede venir.

Y ahora ¿cómo lo describo? ¿Por dónde empiezo? ¿Qué palabras puedo usar para dar cuenta de mi primera impresión en aquellos instantes hoy tan lejanos? ¿Cómo puedo lograr que su retrato ya acabado, compuesto de capas de colores superpuestas, vuelva a ser aquel boceto a lápiz que mis ojos dibujaron a toda prisa la primera vez que se posaron en él? ¿Cómo puedo en apenas unos trazos pintar el cuadro en toda su amplitud y profundidad? ¿Es posible llegar a esa clase de minucioso análisis, a ese estado de lucidez, cuando las manos de la pérdida siguen tocando el recuerdo, manchándolo con las huellas de sus dedos?

—¿Se encuentra bien?

—Sí, está bien. Por un malentendido con su esposa ha tenido que ir él a recoger a la niña.

Tenía una voz ronca, amable. Su inglés era bueno y fluido, llano y seguro, y su acento muy marcado tenía un deje claramente árabe.

—Soy Hilmi. —Su *h* gutural desparramó por el local un profundo eco extranjero. Tomó la mano que yo le tendía y no pareció tener mayor prisa en soltarla—. Hilmi Nasser.

—Ah, ¿conque tú eres Hilmi? —Ahora todo cobraba sentido—. Eres su profesor de árabe.

Tenía la mano fría y seca por el tiempo que hacía fuera, pero sus dedos eran cálidos cuando presionaron los míos. Traté de recordar qué más me había dicho Andrew sobre él. «Es un tipo sensacional, muy talentoso, tienes que conocerlo», me acordé que me había dicho. Y no sé por qué se me ocurrió que me había contado que Hilmi era actor o que estudiaba teatro.

—Estábamos a punto de acabar la clase —me explicó soltándome la mano y señalando vagamente la avenida—, cuando llamó su exesposa.

Me quedé mirando su mano mientras trataba de pensar en algo que decir.

La sonrisa de Hilmi se ensanchó y se formó un hoyuelo en su cara sin afeitar.

—Andrew es un buen hombre. Un buen tipo.

Uno de sus dos dientes delanteros estaba algo amarillo y su sonrisa dejó a la vista las encías superiores sonrosadas.

—Tú... —vacilé torpemente—. Tú eres de Ramala, ¿no es cierto?

Asintió, no muy seguro.

—Hebrón. Por lo tanto, Ramala.

—Entonces, prácticamente somos vecinos; yo soy de Tel Aviv.

Es posible que al decirlo bajara la voz, que se hundió con nerviosismo en mi garganta, porque Hilmi se inclinó sobre la mesa y, como si se tratara de un gran secreto, susurró:

—Lo sé.

Me esfuerzo de nuevo por dibujar el rostro de este hombre en medio de una multitud de rostros: ¿qué trazos crispados y qué sombreado puedo usar? ¿Cómo dibujo el boceto de su cara tal como se me apareció entonces, a primera vista, aún misteriosa? Entre los innumerables pares de ojos marrones, ¿cómo puedo distinguir aquellos dos ojos dulces y afables, su mirada despierta, aunque algo desconcertada, maravillada? ¿Cómo sabré dibujar los labios, la nariz, las cejas, el mentón, un retrato sobre una servilleta de café, para que yo pueda verlos nuevamente, desprovista de emoción, quizás a través de los ojos de alguien sentado en una mesa vecina, o los de la camarera que en aquel momento se nos acercó?

—¿Desea tomar algo? —le preguntó.

Seguía de pie. Miró la silla.

—¿Puedo?

Lucía una larga melena, que era un mar de rizos ensortijados de color carbón que partían en todas direcciones. Tenía los ojos almendrados y dulces con unas pestañas tan largas y abundantes que por un momento pensé que usaba rímel. Medía cerca de un metro setenta. Llevaba unos pantalones de pana marrón, un jersey gris y una chaqueta de gamuza descolorida. Cuando el café y el vaso de agua que había pedido llegaron, vació el vaso de un trago mientras yo examinaba disimuladamente las matas de vello en los nudillos de sus hermosas manos. Se subió los puños de las mangas y vi el tupido vello de sus antebrazos y las venas abultadas en sus muñecas.

Dio las gracias a la camarera, quien había regresado con otro vaso de agua, y lo alzó mirándome con una sonrisa:

—¡Salud!

Tenía una nariz larga y torcida con aletas anchas que se agitaban mientras bebía. Su nuez se movía de arriba abajo. Su piel era más fina que la mía, de un tono aceituna pálido, y no se había afeitado. Aún quedaban huellas blancas y pegajosas de su sed coaguladas en las comisuras de sus labios después de que, ya saciado, suspirara y apoyara el vaso con estrépito sobre la mesa.

—¡Uf! —exclamó secándose la boca, que ahora se le había puesto muy roja—. Realmente lo necesitaba.

Resultó ser que Hilmi era pintor, no actor. Tenía dos años menos que yo: veintisiete. Me contó que se había graduado en Humanidades en Bagdad y que había llegado a Nueva York con un visado de artista hacía cuatro años, en el 99. Vivía en Brooklyn, donde tenía su taller, en la avenida Bay Ridge. Compartía el apartamento con una chica mitad libanesa llamada Jenny, que estaba estudiando Arquitectura, y cuya madre era la dueña del piso.

—Pero Jenny está con su novio en París desde agosto —explicó mordiéndose el labio. Lo hacía de vez en cuando; entraba los labios y los apretaba como para marcar el final de una frase—. Y de momento no han vuelto a alquilar su habitación.

No estoy segura de qué fue lo que dijo que me hizo pensar en los agentes del FBI.

—No podrás creer lo que me ha sucedido hoy —exclamé de pronto—, justo antes de llegar aquí.

Después de un rato de estar estirando, frunciendo y lamiéndome los labios, me di cuenta de que lo estaba imitando, que había copiado su gesto con la boca. Cuando empecé a contarle que el vaquero y su socio se habían presentado en mi casa mientras yo estaba limpiando, me sentí otra vez asustada y disgustada, sin poder creer todavía que todo aquello realmente hubiera sucedido dos horas antes. Pero ahora parecía ridículo, casi cómico.

—¿Nunca te ha pasado?

—¿Qué, que me sigan?

—No, que alguien piense que eres árabe. —Sonrió—. Porque pareces un poco...

Era una sonrisa adorable.

—¿Qué? ¿Un ente amenazador originario de Oriente Medio?

—Exacto.

—A decir verdad, cuando viajaba por el Extremo Oriente me decían que parecía india o paquistaní.

—A mí también me pasa siempre.

—Y aquí mucha gente cree que soy griega o mexicana...

—¡Y de mí, para qué decirte! Piensan que soy brasileño, cubano, español. Y una vez hubo uno que creyó que era israelí. Un tipo en el metro, que me preguntó algo en hebreo. Le dije: «Disculpe, señor...» —Algo lo distrajo—. «No hablo heb...» —Se detuvo y empezó a hurgar distraídamente en el bolsillo de su americana, haciendo tintinear unas monedas—. Un momentito, tengo que verificar algo.

Se agachó y cogió su bolso, una mochila de color naranja en un estado deplorable, que estaba abierta, y como un desesperado empezó a sacar todo lo que había en su interior: una larga bufanda de lana, un guante marrón, un grueso cuaderno de espiral, una bolsa de farmacia arrugada, un estuche de tela con cremallera, un mapa del metro, un paquete abollado de Lucky Strikes, otro guante.

Recogí un disco plateado que se había caído al suelo y había rodado debajo de la mesa.

—¿Qué buscas?

—Vale —masculló—, es solo dinero, pero ¿dónde lo he puesto...?

Introdujo el pulgar en el cuaderno y pasó las hojas de adelante hacia atrás. Vi desfilar una serie de bocetos a lápiz: pestañas arqueadas, pequeñas olas y rizos, conchas marinas, líneas y líneas de caligrafía árabe redondeada llenas de palabras tachadas, cuyos caracteres sobresalían como volutas ascendentes y descendentes entre los dibujos. Hundió el brazo hasta el codo en su mochila, hurgó en el interior, pero lo sacó enseguida y se golpeó el pecho.

Pasó la mano por debajo del jersey para tocar el bolsillo de la camisa y pareció aliviado cuando extrajo de allí un puñado de billetes: uno de veinte, otro de cincuenta y uno viejo de cien.

Estuve a punto de pedirle que me enseñara el cuaderno para mirar los bocetos, pero ya se había puesto a recoger los billetes del metro y los papelitos que había desparramado sobre la mesa y dijo que tenía que marcharse. Los números romanos del reloj de la torre marcaban las cinco y cinco. Puso sobre la mesa un billete de veinte dólares y llamó a la camarera.

—Cierran a las seis y ya no me quedan azules.

—¿Solo los azules?

Los azules y los verdes se le acababan siempre, explicó, porque pintaba mucha agua.

—Ya lo verás cuando vengas a mi taller —añadió cuando me volví para mirar a la camarera, que se acercaba—. Mucha agua y mucho cielo.

—Supongo que podría... —Me volví hacia él y fruncí el ceño como si tratara de acordarme de algo, como si me hubiera distraído con algo justo en aquel momento—. Quizá con Andrew, en otra ocasión.

Pero Hilmi no se había movido de su silla y seguía mirándome mientras yo me levantaba de la mesa y me ponía el abrigo.

—¿Por qué en otra ocasión? ¿Y por qué no ahora?

3

Fuera había oscurecido en la concurrida avenida. La primera nevada había caído unas noches antes y ya se notaba esa atmósfera de vorágine que antecede a la Navidad. Los rascacielos de vidrio espejeaban a lo lejos y me pareció que aquella noche las luces de la calle, los faros de los automóviles y los semáforos brillaban más que de costumbre. Quizás era por el frío que bruñía el aire con su humedad gélida y me hacía lagrimear.

Nos abríamos paso entre el gentío, conversando todo el tiempo. Por un instante, en dos ocasiones, creí reconocer a alguien entre los rostros: una mujer que se parecía un poco a mi dentista y alguien que yo conocía de Tel Aviv. Después de que hubieron aparecido y desaparecido, yo seguía viéndome como ellos me habían visto, Hilmi y yo a través de los ojos de la gente que pasaba. Podía oírme contándole a mi hermana por teléfono al día siguiente lo que nos habíamos dicho el uno al otro y podía oírla reír de la idea loca que se me pasó por la cabeza en aquel primer instante: que todo era una conspiración —la cancelación de Andrew en el último momento, su profesor de árabe, el encuentro casual en un café—, un complot urdido por los agentes federales para pillarme.

Cuando dejamos atrás Union Square y la estatua de George Washington y nos dirigíamos hacia el norte por Broadway, aceleramos el ritmo y nuestra conversación se volvió más ágil. Me descubrí a mí misma inmersa en la alegría de una charla superficial, espontánea. Había desaparecido la inhibición que antes había proyectado su sombra sobre nosotros y nos mostrábamos más atrevidos, nos sentíamos en confianza. Mientras nos abríamos paso entre el gentío, sentí que su mano guiaba mi brazo con suavidad, la sentí un instante apoyada en la espalda de mi abrigo cuando cruzamos la calle. Miró adelante y se volvió enseguida, como si no quisiera perderse una palabra de lo que yo decía, atento a la mínima expresión de mi rostro.

—Y entonces rompimos —dije saltándome muchas cosas para dar por concluida la historia—. Saqué todas mis cosas del apartamento y dos semanas después estaba aquí.

Se detuvo y se agachó para atarse un zapato.

—Cuatro años... —dijo con cierta gravedad al cabo de un minuto sin dejar de mirarme desde el bordillo de la acera, como si temiera que yo fuera a echar a volar en cualquier momento—. Eso es mucho tiempo.

Aparté la mirada hacia la pequeña plaza de cemento situada en la esquina de la calle 23, pero sentí que él me seguía mirando. Divisé a lo lejos la cara redondeada del edificio Flatiron, los árboles de Madison Square Park, el tránsito.

—¿Qué?

Había pasado el peso de su cuerpo al otro pie y se ataba el zapato izquierdo.

—He dicho que por lo visto lo has superado muy bien, ¿no?

Sus delicados dedos debajo de sus mechones de pelo oscuro atrajeron mi mirada.

—Ojos que no ven, corazón que no siente —dije en broma, pero advertí que había agachado la cabeza otra vez y no había visto mi encogimiento de hombros falsamente arrogante. Me sentí culpable por Noam y me pregunté qué diría si viera con cuánta facilidad me había liberado de él y del dolor que me produjo nuestra separación aquel verano. Me pregunté si él ya estaría hablando de mí de un modo tan desenfadado y si también él, allá lejos, en Tel Aviv, estaría hablando de mí a otra mujer y encogiéndose de hombros.

—Ah, sí. Nosotros también lo decimos. *Ba'id an el'ayn, ba'id an el'kalb.* «Lejos de la vista, lejos del corazón.» —Ajustó el nudo—. Increíblemente cierto.

Los sonidos en árabe que salieron de sus labios me recordaron un chiste que Noam explicó en casa una vez, a su regreso del servicio de reserva, y que siempre nos había parecido muy gracioso. Él y otros muchachos lo usaban para confundir a los palestinos que pasaban por el puesto de control fronterizo. «*Inta bidoobi?*», contó que les preguntaban cuando controlaban sus documentos. «Es usted *bidoobi*? ¿Lo es?» Y entonces imitaba la respuesta de los palestinos desconcertados: «*Shu?*», preguntaban; ¿Qué? *«Shu bidoobi?»*

Cuando Hilmi se incorporó, me pregunté qué diría Noam si me viera ahora, qué pensaría de mí.

—¿Dónde vivíais? —me preguntó mientras seguimos andando—. ¿En Tel Aviv?

No podía explicar por qué, pero algo en la manera de decirlo, algo que tenía que ver con su acento árabe —«¿En *Telabib*?»— añadió una intensa capa de calor a la intimidad que ya sentía con él.

—Vivíamos cerca del mar, en el apartamento de sus padres...

—¿En serio? —Abrió muy grandes los ojos—. ¿Junto al mar?

Su respuesta me hizo reír.

—A dos minutos de la playa.

—¡Caramba! —Y unos pasos después—: ¿Podías ver el mar desde tu ventana?

Me reí otra vez. Le conté que nuestro baño era el único cuarto con una ventana que miraba al oeste y desde allí, si uno atisbaba entre los tejados, se podía ver una franjita de agua. Me asaltó la imagen del mar tal como yo lo veía cuando tendía la ropa, ese mar que parpadeaba lanzándome guiños como un pedazo de vidrio azul por encima de los tanques de agua caliente y las antenas parabólicas que atestaban los tejados, estrujado entre el Sheraton y el edificio de al lado. Embargada por el sentimentalismo, miré al cielo con el corazón lleno de añoranza y los ojos empañados y respiré hondo.

—No hay nada como el mar.

También él había levantado la vista, podía afirmarlo, y entonces yo, con tono soñador, hablé de lo hermosos que eran los crepúsculos en Tel Aviv al final del otoño, y que daría cualquier cosa por estar allí.

—Ir allá solo para contemplar el ocaso y volver aquí enseguida. ¡Eh, mira!

Señalé la luna, que súbitamente había aparecido encima de los edificios.

Murmuró algo; su pecho se vació de algo parecido a un suspiro y dejó caer los hombros.

—¿Qué has dicho? No podía oírte.

—La luna... —Bajó la vista y otra vez sus ojos se cruzaron con los míos—. Está casi llena.

¿Casi llena? Lo pensé un instante, pero después dije con voz entrecortada:

—¿No es lo contrario?

Su mirada estaba en otra parte.

—¿Lo contrario de qué?

Le expliqué que cuando era luna creciente la concavidad de su fase creciente miraba a la izquierda, de manera que la que nosotros estábamos viendo era en realidad una luna menguante.

—¿Lo ves? Está mirando a la derecha.

—No sé —dijo mirando distraídamente hacia el cielo—. ¿Estás segura?

—Del todo. —Dibujé en el aire las letras hebreas del alfabeto mnemónico: *gimel* y *zayin*—. Tenemos este sistema para acordarnos, por las formas de las letras en hebreo.

Llegamos a la tienda a las cinco menos diez. Hilmi fue directamente a donde estaban las pinturas al óleo y yo lo seguí por un pintoresco pasillo organizado según los colores del arco iris. Examiné los gruesos tubos de aluminio leyendo los nombres escritos en las etiquetas mientras él iba de un lado al otro cogiendo lo que necesitaba.

Al final del pasillo encontramos los azules; había muchísimas tonalidades y subtonalidades, desde los muy oscuros hasta los extremadamente claros. Azul tinta e índigo, azul cielo y turquesa, azul marino y celeste bebé, y colores con nombres poéticos como azul medianoche, azul lago y azul porcelana. Había tonalidades hechas a base de pigmentos metálicos: azul cobalto, azul manganeso y azul fluorescente. Y las que tenían nacionalidades, como el azul francés, el azul prusiano y el azul inglés.

—Mira —le mostré un tubo—: azul Copenhague.

Escogió el azul pavo real, el azul jacinto y el azul zafiro, y buscó uno entre los tubos para enseñármelo.

—Es un color muy caro; lo fabrican a partir de una especie rara de caracol. —Antes de que yo pudiera preguntarme si no sería el *tchelet*, ese azul claro tan único con el que se tiñen las rayas de los chales que se utilizan en los servicios religiosos, y si él lo sabría, levantó la vista y señaló con la mano el resto del pasillo—. ¿No te da hambre ver todo esto? —Lanzó una mirada voraz a las estanterías que estaban a mis espaldas y añadió—: Es como si quisieras devorarlos.

Devorar. Abrió mucho la boca cuando lo dijo. Por un instante pude ver el fondo de su garganta, la negrura del interior y la rojez del paladar. Me había impactado la sonoridad de esa hermosa palabra inglesa que había escogido, *devour*, que sonaba fascinante e inquietante a la vez.

—Oye —dije cuando salimos de la tienda—, ¿has ido a bucear alguna vez? Me refiero a bucear con tubos de oxígeno o con esnórquel. ¿Lo has hecho alguna vez?

—No. —Se rio y negó con la cabeza.

Presumí de tener un certificado de submarinista, que obtuve después de las clases que habíamos tomado Noam y yo seis años atrás, y le hablé de las barreras de coral en Sharm y en la bahía de los Tiburones, en el desierto del Sinaí.

—No te imaginas lo increíble que es, maravilloso...

—¿Sharm el-Sheikh? —Alzó las cejas aún más—. ¿En el mar Rojo?

—Sí, Sharm —contesté mirando atrás, pues él caminaba más despacio detrás de mí—. También Dahab y Nuweiba.

Sacó su Lucky Strike y me ofreció un cigarrillo doblado.

—¿Quieres?

Asentí y lo cogí.

—Gracias.

El mechero se disparó un par de veces en su mano hasta que apareció una débil llama que amenazaba con apagarse de un instante a otro.

—Ven aquí. —Ahuecó la mano en torno a la llama—. Deprisa. —Se inclinó tanto que parecía que ladeábamos la cabeza para oír mejor el secreto que nos estábamos contando. Pero la llama tocó la punta del cigarrillo y se apagó. Hilmi se acercó un poco más—. Es el viento.

Cuando acerqué la llama hacia mí, cubriéndola, sentí el roce de uno de sus rizos en mi frente y la tibieza de su aliento en mi mejilla. Me pregunté si, cuando me miraba así, siendo como era media cabeza más alto que yo, podía ver los latidos del pulso en mis sienes.

Inhalé y el ámbar se volvió rojo y brilló con un susurro.

—Gracias —dije apartándome.

—Muy bien.

Miró con satisfacción la voluta de humo, hizo un bollo con el paquete y lo lanzó directo al cubo de la basura que estaba detrás de nosotros.

—Pero, Hilmi...

Y también el mechero vacío destelló cuando cruzó el aire.

—¿Qué?

—Era el último.

—¿Y? —Con un gesto rápido y elegante puso los dedos

como tijeras y me quitó el cigarrillo de las manos—. Lo fumaremos juntos. —Dio dos caladas. La primera inhalando hondamente, la segunda más corta—. *Beseder?*

Sabía un par de palabras y frases en hebreo. *Beseder*: OK. *Balagan*: caos. Dejó caer algunas más mientras íbamos andando: «Dame eso», «Buenos días», «¿Cómo estás?».

Como no contesté, repitió: «*Beseder?*», lo cual me confundió todavía más. No estaba segura de lo que me estaba preguntando. Lo miré y nuestros ojos quedaron fijos, como los dos pares de dedos que sujetaban el cigarrillo cuyas volutas de humo ascendían en espiral llevadas por el viento.

—Claro. —Salí de mi aturdimiento y retiré la mano—. Es tuyo.

—Pero ahora también es tuyo. Ten.

—Juntos, entonces.

—Sí, juntos.

Desde la calle 27 regresamos andando a Broadway y de allí fuimos a la estación de metro Brooklyn. Esta parte de Broadway era más comercial, menos turística. En comparación, las tiendas eran de menor calidad; vendían ropa barata y zapatillas, pelucas y bolsos para mujer a muy buenos precios. Entramos en una pequeña panadería y nos compramos dos cafés con leche y un par de *pretzels* calientes recién salidos del horno. Después de eso, el tema, no sé por qué, volvió a salir.

—Tienes que probarlo —dije—. De verdad, en la primera oportunidad que se te presente.

Se rio sorprendido.

—¿El qué? ¿Bucear?

—Oye. —Me puse la mano derecha sobre el corazón—. Es maravilloso.

Levantó las cejas.

—Tengo que decirte algo sobre mí. —Y se puso la mano derecha sobre el corazón, tal como lo había hecho yo—. Hay tres cosas que no sé hacer.

—¿Solo tres? No está tan mal.

—Tres cosas que un hombre debe saber.

—¿*Debe*?

—Sí. Un hombre debe saber conducir y yo no sé. Nunca he conducido.

—*Walla?* —pregunté con sorpresa.

Sonrió como había hecho las veces que yo había usado palabras árabes como *walla* o *achla*.

Levanté el pulgar para empezar a contar sus defectos.

—No conduces.

—No sé disparar un arma.

Sin quererlo mi pulgar y mi índice formaron una pistola de juguete infantil

—Sí...

—Y nadar. No sé nadar. —Vio la decepción en mi cara—. Nací y me crie en Hebrón —me explicó a modo de disculpa—, y allí no hay mar.

—Ya lo sé, pero...

—Y después nos mudamos a Ramala, y ahí tampoco hay mar.

—Sí, pero ¿y Gaza? —Me salió una voz chillona y rara—. Vosotros en Gaza tenéis mar.

Se rio sin ganas.

—¿El mar en Gaza?

Y se puso a enumerar cada una de las formas que encuentran las FDI para dificultar el paso de la Ribera Occidental a la Franja de Gaza: los permisos, los meses de espera.

—Yo, desde que era niño —dijo como si apenas pudiera creérselo él mismo—, he ido al mar solamente tres veces. Tres veces en toda mi vida.

Siguió unos pasos y se dio cuenta de que yo me había detenido. Todo lo que yo le había dicho antes, toda la alegría de nuestra conversación, el entusiasmo con el que nos hacíamos las preguntas...

—Hilmi, yo...

—*Nu*, anda. —Extendió la mano con una media sonrisa—. No voy a tirarte al mar por eso. Vamos.

Caminamos un rato en silencio. Yo no sabía qué decir y lo único que oía era el sonido de nuestros pasos, un doble ruido sordo y hueco que golpeaba en la acera una y otra vez.

—Pero, sabes, un día —prosiguió de muy buen ánimo, lo cual no dejó de sorprenderme—, un día será el mar de todos y aprenderemos a nadar juntos.

—¿Juntos?

—Sí, juntos. —Y de pronto pareció vacilar y se puso a rebuscar en los bolsillos de su chaqueta—. ¿Qué...?

—¿Juntos dónde? ¿De qué estás hablando?

—Espera, un segundo, por favor, mis llaves. No encuentro las llaves.

4

Volvió a sacar la bufanda y el estuche. Los guantes marrones, el grueso cuaderno de espiral. El mapa del metro, un paraguas plegado. Lo sacó todo y lo puso encima del capó de un automóvil aparcado. Movió la cabeza con incredulidad. Dio un zapatazo en la acera, se quitó la chaqueta y la revisó una y otra vez, como había hecho con la mochila después de haberla vaciado. Había tristeza en su cara de disgusto. Me agaché para recoger algunas monedas que se habían caído y rodaban por la acera. Los transeúntes nos miraban y seguían su camino, indiferentes. Las hojas del cuaderno aleteaban con el viento. Lo observaba mientras hundía con desesperación las manos en los bolsillos del pantalón, rastrillando constantemente con los dientes su labio inferior.

—Aguarda un segundo. —Con prudencia le toqué el brazo con la mano y le dije, alentándolo con la mirada, que tratara de reconstruir dónde había visto las llaves la última vez—. Quizá fue en la tienda de pinturas o cuando pagaste...

—No —musitó y cerró los ojos con cansancio—, no lo creo. —Los abrió de nuevo: parecía derrotado; podía haber sido en el café, cuando le trajeron la cuenta. Creí haber oído un tintineo de llaves cuando sacó las monedas del bolsillo.

Volvimos a Broadway. Desde la 28 nos dirigimos hacia el sur, a la calle 9. Caminábamos rápido, con paso decidido, atentos a cualquier brillo de algo metálico sobre la acera. Bajamos a Union Square, giramos a la derecha, luego a la izquierda y seguimos por la Sexta Avenida. Hilmi iba delante, dando grandes zancadas, abriéndose camino entre la multitud con su paso vigoroso, y yo iba detrás. Mientras buscábamos, entre todos aquellos pies en movimiento, las llaves, por si se le habían caído por el camino, pasábamos por las mismas vitrinas y bocacalles iluminadas que habíamos visto antes, los mismos portales de las tiendas y los gigantescos almacenes, las mismas hileras de árboles con sus copas umbrosas, los mismos edificios de oficinas, ahora ubicados a nuestra izquierda, oscuros y cerrados.

La repetición de todo lo que antes habíamos visto trajo consigo la rememoración de nuestra charla, cada cosa que habíamos dicho una hora antes, cuando subíamos por Broadway, pero la conversación también iba en sentido contrario, del final al principio. Como si uno pusiera un disco tocando hacia atrás e imaginara mensajes subliminales emergiendo de los sonidos incomprensibles o rebobinara la cinta de un casete y escuchara los chirridos de una grabación distorsionada, mi sensación de culpa se aceleró y agudizó, y mi corazón latía más rápido acompasando su ritmo al de nuestros apresurados pasos. Me fijé, retrospectivamente, en todas las cosas que no había visto antes, cuando le había hablado con añoranza del mar en Tel Aviv y le había contado entusiasmada mis aventuras de buceo en el Sinaí. Me acordé de lo callado que se había quedado aquí o que allá no me había respondido, y recordé que me había mirado con inusitada seriedad en este cruce, y cómo, aquí mismo, cuando nos detuvimos a contemplar la luna, él había suspirado hondamente.

Yo estaba ahora en sintonía con cada uno de sus tonos de voz y cada una de sus expresiones. Lo pensaba dos veces antes de hablar, construía mis frases en inglés con sumo cuidado a fin de evitar malas interpretaciones. Asentía con vigor cada vez que él hablaba y me reía estentóreamente de sus chistes. Escudriñaba cada centímetro de la acera, abocándome a la búsqueda de las llaves en un intento por compensar, reparar, restaurar lo que se había perdido: la espontaneidad, la despreocupación.

Kósher-Kósher-Kósher-Kósher. Todas las *delicatessen* del sur de Manhattan se habían vuelto *kósher* y observé que había cada vez más menorás encendidas entre los árboles navideños de las vitrinas.

Dos hombres ultraortodoxos, con *streimels* y mechones que les caían a los costados de la cabeza, venían hacia nosotros, y más adelante, en la misma calle, escuchamos el ritmo estruendoso de un *darbuka* que salía de un tugurio dedicado a tatuajes y *piercings*. Otra sucursal de Humus Place, otra vez la tienda en la esquina que vendía diarios y revistas en idiomas extranjeros, incluyendo *Maariv* y *Yediot America* junto a periódicos con titulares en árabe.

Entramos en la desolada oscuridad de un bar y preguntamos por el aseo. Mientras espero afuera a que se desocupe el único retrete que hay en el lavabo de señoras, me pregunto si Hilmi, que se encuentra en el servicio de caballeros, pared de por medio, también está leyendo la palabra OCUPADO en el pequeño cerrojo de la puerta y pensando en quién estará dentro.

Mis golpes en la puerta del retrete provocan una voz apagada desde el interior:

—¡Un minuto!

Ahora que estaba sola, volví a pensar en lo que estuvo a punto de suceder cuando nos detuvimos en un paso de peatones y, de repente, él me miró, bañado en el resplandor rojizo de la luz. Sus ojos se habían detenido en mi rostro, fijos en mis labios, y tuve la certeza de que se iba a inclinar y a besarme. Recordé la brisa que se había interpuesto entre nosotros y el trémulo instante en que casi sucedió, bruscamente interrumpido cuando la luz del semáforo pasó al verde y a nuestro alrededor la gente avanzó para cruzar la calle. No me di cuenta de que otra vez estaba golpeando la puerta.

—¡Un minuto!

No solo reprimía mis ganas de hacer pis, sino también la voz suplicante que estallaba en mi cabeza como si hubiera estado aguardando la oportunidad de encontrarme a solas: «¿Qué crees que estás haciendo? Estás jugando con fuego. Tentando al destino. ¿No tienes suficientes problemas? ¿Para qué necesitas meterte en esto?» Repentinamente tuve necesidad de verme, de ver qué aspecto tenía cuando él me había mirado antes de cruzar la calle. No había un espejo encima del lavabo ni en el portarrollos de papel higiénico, pero me vi en el cristal oscuro del dispensador de artículos de primeros auxilios y mi cara parecía preocupada, atormentada.

¿Cuándo fue? Hace cinco o seis años. Yo me encontraba en un minibús, en Tel Aviv. Subí en la vieja Estación Central de Autobuses y nos quedamos parados en medio de un atasco fenomenal antes de doblar la curva para coger la calle Allenby. Era mediodía y el minibús estaba casi vacío. Había dos pasajeros sentados atrás y una mujer frente a mí. En un momento dado, el chofer se hartó de la música que transmitía la radio y se puso a girar el dial pasando por fragmentos de verborrea y trozos de melodías hasta que sintonizó una emisora religiosa, Arutz Sheva o algo así. La dejó y subió el volumen cuando el locutor gritó: «¡Docenas de niñas, mujeres judías, cada año!»

Era la voz profunda y cálida de un hombre mayor, un mizrají, con una admirable pronunciación de los sonidos glotales. «¡Hijas de Israel! ¡Almas perdidas!», gritaba. «¡Seducidas para que se conviertan al Islam, Dios tenga misericordia de ellas!» «¡Obligadas a casarse con hombres árabes que las secuestran y las llevan a sus aldeas, drogadas y golpeadas, donde pasan hambre y viven como esclavas, con sus hijos! En el centro de Israel, en el norte, en el sur...»

Por el cristal sucio de la ventanilla podía ver una cola de autobuses azules que avanzaban lentamente hacia Allenby en la luz del verano. La voz prosiguió: «La Mano de la Hermana, *Sister's Hand*, una organización fundada por el rabino Arieh Shatz, ayuda a rescatar a estas muchachas y a sus hijos, y a traerlas de vuelta al seno del judaísmo, al cálido abrazo del pueblo judío. Para realizar donaciones o comunicarse con el número de emergencia, llame ahora...» Entonces oí que la pasajera sentada frente a mí hablaba con el chofer. Recuerdo que le estaba contando algo sobre la hija de su cuñada, que era una de esas mujeres que se habían enamorado de un árabe:

—Un tipo que trabaja en la construcción, cerca de donde ellos viven, en Lod. Es de Nablus...

—*Oy, oy, oy* —me acuerdo que respondió sorprendido el chofer. A continuación chasqueó la lengua y dijo—: Que Dios nos ayude.

—Y no parece árabe, en absoluto —añadió la asombrada mujer.

El hombre chasqueó la lengua otra vez:

—De tipos como ese, justamente, hay que cuidarse.

Le contó cómo el hombre había perseguido a la chica; le contó que al principio había gastado un montón de dinero colmándola de regalos. Su pobre cuñada había implorado a la muchacha que no saliera con él. Había llorado mucho. Pero de nada sirvió. Salieron juntos unos meses y cuando se casaron ya estaba embarazada.

—Ahora está pudriéndose en Nablus, ni se imagina...

—Santo Dios...

—Dos niños y embarazada de nuevo.

—Que Dios los maldiga.

—Casi no le quedan dientes de tanto que le pega.

—¡Son unos animales! Tirarse a una judía es un excelente negocio para ellos.

Alguien tira de la cadena estrepitosamente. Cuando por fin se abre la puerta, aparece una rubia de piernas largas. Masculla algo y mira el suelo.

—Tenga cuidado —dice con voz muy fuerte, señalando un charco a los pies del inodoro—, está resbaladizo ahí dentro.

Entro de puntillas. Mientras me pongo en cuclillas en el asiento, el fuerte ronroneo del tanque que se vuelve a llenar con el agua de las tuberías de la pared se mezcla con la voz de la chica en mis oídos: «Tengacuidadoestáresbaladizoahídentro, cuidadoestáresbaladizo...» Me pregunto si no será una señal: su advertencia, la luz del semáforo que cambia en el momento crítico, las llaves. Sí, las llaves perdidas: es una señal de que no debo ir a Brooklyn. Fue una intervención divina lo que hizo que esas llaves se le cayeran del bolsillo, la mano de Dios protegiéndome de lo que podría ocurrir, tendida para poner fin a esta historia antes de que empiece. Un mal presentimiento titila dentro de mí otra vez, esa incandescencia alterna entre empujar y tirar, entre atracción y miedo.

Salgo y me lavo las manos, y resuelvo que voy a ayudarlo a encontrar sus llaves y después volveré a casa. Cuando lleguemos al café Aquarium me despediré de él afectuosamente, quizás intercambiemos nuestros números de teléfono, un beso en la mejilla, y yo me marcharé directo a casa. Pero mientras me seco las manos con una toalla de papel y me digo estas cosas, sé que no sucederán. Sé que son palabras huecas, que me lo digo para serenarme. Salgo del bar y él me está esperando. Una sonrisa seria tiembla entre nosotros y no puedo evitar fijarme en sus ojos clavados en mis labios. Sus cabellos resplandecen como llamas bajo la luz roja del paso de peatones.

Los turnos, en el café Aquarium, ya habían cambiado y fue otra la camarera que nos saludó cuando entramos en tromba y nos vio ir directamente a la mesa junto a la ventana y agacharnos para buscar algo debajo de las sillas. Que ella supiera, nadie había encontrado unas llaves. Lo confirmaron el personal de cocina y el gerente, quien telefoneó al camarero del turno anterior.

—¿Qué harás? —pregunté a Hilmi cuando salimos a la calle.

Seguía mirando en la acera, buscándolas por todas partes; masculló algo en árabe y hurgó otra vez en los bolsillos de su chaqueta.

—¿Quieres venir a mi casa? —Señalé la calle 9—. ¿Llamar por teléfono?

¿Cómo iba yo a abandonarlo en ese momento? ¿Cómo iba a decirle que me marchaba a casa y dejarlo allí solo? Me sentía responsable, como si estuviéramos atados por un hilo de culpa, una especie de destino compartido.

Caminaba delante de mí con los ojos puestos en el borde de la calzada, mirando y mirando.

—Primero necesito un cigarrillo —dijo.

Antes, cuando veníamos por Broadway, le había dicho que, en el peor de los casos, podíamos llamar a un cerrajero. Le conté que en julio, a los dos días de haberme mudado, la puerta del apartamento se había cerrado sola y yo me había quedado fuera. Cuarenta minutos después llegó el cerrajero, rompió fácilmente la cerradura y colocó una nueva.

Vi una cabina telefónica entre los troncos de los árboles y aceleré el paso para alcanzarlo.

—Vamos a llamarlo, le pediremos que venga ahora mismo —le dije buscando en el bolso mi agenda—. Así, cuando lleguemos a tu casa, él estará en la puerta, esperándonos.

Yo le hablaba en plural, pero ya no estaba tan segura de querer acompañarlo a Brooklyn; dudaba de que tuviera algún sentido. Cuando levanté la vista de mi bolso, vi que al oír un sonido metálico se le iluminaban los ojos, pero solo hasta darse cuenta de que eran mis llaves. Volvió a embargarme aquella difusa sensación de culpa con su inevitable simbolismo: la pérdida de sus llaves y la vibrante presencia de las mías como una metáfora simplista de nuestra lamentable situación en nuestros propios hogares.

Cuando llegamos al quiosco de cigarrillos ubicado en la esquina de la avenida, miré a Hilmi y me pregunté si estas cosas también repercutirían en su corazón. Se detuvo junto a un árbol, de espaldas a mí, y me pregunté si no iría a decirme que también él era consciente de la ironía. En cualquier caso, una rápida mirada mía (carraspeó con fuerza y escupió) bastó para convencerme de que lo que le preocupaba en ese momento era más apremiante que el derecho a regresar.

El vendedor del quiosco era un muchacho indio, más bien gordo.

—Lucky Strike —pidió Hilmi sacando un billete de cincuenta dólares—. Y deme también un mechero.

—Si mal no recuerdo, caro no era —comenté hojeando mi libreta—. Algo así como cincuenta pavos.

Hilmi rasgó el celofán.

—¿Quién?

El chaval le devolvió el cambio.

—Aquí tiene, señor.

—El cerrajero. —No acepté el cigarrillo que me ofreció—. Un irlandés, un tipo simpático.

—¿Qué les ha pasado? —preguntó el indio con un acento muy marcado—, ¿se han quedado fuera? —Su curiosidad y el tono divertido en que lo preguntó me sonó raro—. ¿Necesitan un cerrajero?

Hilmi tapó la llama del mechero para protegerla del viento y encendió un cigarrillo.

—Algo parecido. —Miró a su alrededor antes de preguntar al indio—: ¿Sabe si alguien encontró unas llaves y las dejó aquí?

El chaval le entregó la tarjeta de un profesional, pero Hilmi insistió:

—Dos llaves en un llavero rojo como una clave de Sol. —Con la mano trazó la forma en el aire—. ¿Las ha visto?

El vendedor de cigarrillos sonrió de oreja a oreja.

—Si alguien ha encontrado sus llaves, seguro que ha sido Jackson —contestó muy seguro de sí mismo—. Jackson anda siempre por aquí, recogiendo cosas de la calle. —Miró a Hilmi y no lo vio muy convencido—. Vaya a Union Square, diga que está buscando a Wilcher Jackson.

—¿Wilcher?

—Pero, por favor —protesté incrédula—, no vas a...

—Pero si está aquí al lado.

Íbamos por la calle 14 y de repente me puse a caminar más despacio y le pedí que se detuviera. Me dolían los pies y el azote del viento me hacía saltar las lágrimas. Esa caminata, larguísima, de norte a sur, de oeste a este, ida y vuelta, era como un laberinto interminable. Su obstinado plan se basaba en la convicción ingenua de que en medio del gentío era capaz de encontrar a un pobre infeliz sin techo. Y yo tras él por las calles, con un viento helado implacable, siguiéndolo como si fuera su rehén. Debí haberme ido después de haberlas buscado en el café. Debí haberme marchado y dejado que siguiera solo con su viaje insensato.

Me detengo delante de una gran vitrina llena de aparatos electrónicos y observo su espalda desdibujada en la distancia. En la misma calle, a poca distancia, alcanzo a ver la copa de los árboles del parque y la sombra de George Washington montado en su caballo, saludándome como si dijera: «Para, Liati, esto ha ido demasiado lejos.»

Hay un espejo en la pared, entre esta tienda y la de al lado, que vende ropa. Me sorbo los mocos, me seco los ojos y me miro: tengo la cara roja de tanto caminar. El espejo está sucio, opaco y, aunque mis ojos estén secos y yo me acerque, todo me parece borroso: mi imagen reflejada y Hilmi, que ahora aparece detrás de mí.

—¿Qué sucede?

—Escucha. —Me vuelvo y le digo molesta—: Me marcho a casa.

—¡No! ¿Por qué? ¡Si casi hemos llegado!

No me mira; sigue con la mirada hacia el este.

—Estoy molida.

—Pero si estamos a punto de llegar.

—Hilmi, basta. Es tarde.

Frunce el ceño y me mira con esa lástima comprensiva típicamente norteamericana.

—Lo sé. —Esboza una sonrisa mientras se muerde el labio inferior—. Te he agotado, ¿eh, Bazi? Se te ve cansada.

No han transcurrido ni tres horas que ya me ha puesto un sobrenombre. En algún momento de nuestro recorrido me llamó «dulce alverjilla» y luego encontró una traducción literal en árabe que repetía encantado: «*Bazila hilwa*», me decía con nostalgia, «dulce *bazila*». Luego probó «*hilwa* alverjilla». Hasta que finalmente lo abrevió y quedó en *Bazi*.

No han transcurrido ni tres horas siquiera y ya respondo a este nombre:

—Sí, estoy agotada.

Me froto los ojos con los puños. Estiro la mano para coger mi bolso. A cierta altura de nuestra marcha él decidió llevarlo y ahora cuelga de su brazo.

—No, espera. —Aferra el bolso contra su cintura—. No te vayas.

Veo a peatones y coches reflejados en el espejo mugriento. Y de repente algo sucede: un destello que enseguida desaparece y Hilmi no lo ve. En un instante nuestras dos imágenes reflejadas se duplican, se multiplican y se reproducen interminablemente, dibujando una cadena infinita de Hilmi y Liat a nuestras espaldas.

—¿Lo has visto? —Aparto la cabeza llena de asombro—. ¿Has visto eso?

Descubro la causa de la ilusión en el bordillo de la acera: dos hombres acaban de descargar de una camioneta un enorme espejo y se lo están llevando con mucho cuidado, trasladando la imagen de la calle reflejada en él. Un tercer hombre sale de la tienda de ropa para observar lo que están haciendo y advertir a los transeúntes que tengan cuidado de no chocar con el espejo. Nuestros ojos lo siguen, pero la ilusión óptica se ha desvanecido, así como se ha desvanecido esa idea tan molesta de que todos los israelíes y palestinos anduvieron con nosotros toda la tarde siguiéndonos por las calles.

—*Nu*, vamos. —Me da un golpecito en el hombro y me mira con una sonrisa deslumbrante—. Te cargaré sobre los hombros.

Mi imagen en el espejo se ríe. Y él también ríe amagando un grito:

—¡Auxilio, auxilio! ¡Me han secuestrado! ¡Ayúdenme! —Imita mi acento—: *Aravim!* ¡Los árabes me han secuestrado!

Ya me he olvidado cómo surgió la historia del alfiler, pero ha transcurrido apenas una hora desde que le hablé de Ronnie Gotlieb y del arma de autodefensa que se inventó para defendernos en caso de que los árabes intentaran secuestrarnos camino de la escuela. Por la mañana, muy temprano, acostumbrábamos a armarnos de un alfiler cada una e íbamos a todo correr por el camino que nos llevaba al colegio a las afueras de nuestro barrio. Todo empezó en el verano del 82. Era una calle de tierra con los esqueletos grises de casas sin terminar a ambos lados y edificios en distintas fases de construcción. Pasábamos por allí a toda prisa, con el corazón desbocado, especialmente en las mañanas de invierno, cuando la luz de las siete era aún tenue. Teníamos mucho miedo de los albañiles que se asomaban a las ventanas sin marcos, a los tejados y los patios traseros, obreros árabes que habían dormido allí toda la noche y se despertaban para comenzar otra jornada de trabajo. Teníamos miedo de que nos secuestraran como a Oron Yarden y Nava Elimelech, niños cuyos secuestros ocupaban los tremebundos titulares del día. «Eso no sirve», me acuerdo que dijo Roni el día que me metí un cuchillo de cocina debajo de la manga y se lo enseñé muy orgullosa. «Los cuchillos son peligrosos», dijo, «porque el árabe puede arrancártelo. Escondes el alfiler así, entre los dedos, y cuando te ataque, tú se lo clavas en el ojo o en el corazón y luego corres para salvar tu vida».

—Y así lo hicimos durante casi dos años, te lo juro —le conté a Hilmi—, hasta que terminaron la obra.

Se rio tan sorprendido que yo también me reí.

A continuación, me refirió una anécdota de su época del instituto, cuando fue de excursión con su sobrino y un vecino, pequeños ambos, al *ouadi* que había cerca de Ramala. De pronto vieron llegar a tres niños judíos religiosos que venían de uno de los asentamientos vecinos. Al ver a los palestinos, los niños se quedaron tiesos.

—Al principio nos miraban y nosotros a ellos, pero ninguno se movió. Nadie habló. Entonces, de repente, apareció otro, un chiquillo pelirrojo, no tengo la menor idea de dónde salía, pero se puso a gritar... —Hilmi empezó a reírse a carcajadas—. Chillaba como un histérico, se había puesto frenético. *Aravim! Aravim!* —gritó Hilmi, muy excitado, con una voz aguda, alargando los sonidos guturales y glotales para imitar el acento israelí—. Y los demás también se pusieron a gritar: *Aravim!* ¡Y salieron pitando! *Aravim!* Como si hubieran visto... no sé... —Sus ojos refulgieron—. Como si hubieran visto al lobo.

Se me cruza otra extraña idea peregrina: esas dos imágenes desdibujadas que se están riendo seguirán allí, grabadas en el espejo, después de que nos vayamos. Quedarán ahí, suspendidas en el cristal mugriento, juntas, calladas, borrosas, después de que Hilmi y yo nos hayamos ido, cada uno por su lado. Este hermoso cuadro viviente de nosotros dos vivirá en ese espejo, rasguñado y empañado como una imagen espectral.

—Anda, ven conmigo. —Sus ojos aún refulgen—. Por favor.

Un atasco gigantesco avanza lentamente por el este de la plaza. Todos los semáforos están en ámbar intermitente. Uno de los dos carriles en dirección sur está cerrado por obras y los automóviles aminoran la velocidad y se meten por la transitada bocacalle donde nos encontramos nosotros. Han colocado una cinta roja extendida de un extremo al otro que advierte: «Cuidado Cuidado Cuidado.»

Llegamos a la estación de metro después de haber dado la vuelta a todo el perímetro de la plaza. Todavía se ven algunos vendedores en el arco que forman los escalones. Hilmi habla con todos: la mujer que vende gafas de sol y pañuelos de seda; el chico de los pósteres y las camisetas; un hombre con rastas largas que está levantando su puesto de *souvenirs* para turistas. Pero todos se encogen de hombros y niegan con la cabeza. No conocen a Wilcher Jackson y no tienen idea de lo que Hilmi les está diciendo. Se agacha para preguntar lo mismo a una anciana que toca el chelo y le pide disculpas por interrumpirla, pero ella se retrae enfadada y murmura algo en ruso. Un borracho demacrado, tumbado en un banco, levanta la vista con la mirada perdida cuando Hilmi se arrodilla a su lado. Un tipo, que se encuentra en la orilla de la plaza distribuyendo folletos, dice:

—Sí, claro, todo el mundo conoce a Jackson. Wilcher Jackson, sí.

Lo ha visto por aquí hace una hora, más o menos. Dice que deberíamos probar fuera de la estación, que es donde Jackson suele estar a veces.

Pero en la entrada del metro lo único que vemos es un carrito de supermercado lleno de latas y botellas vacías, que tintinean estrepitosamente cuando Hilmi le da una patada maldiciendo.

—De acuerdo, me rindo. Vamos. —Accede al fin—. Llamemos al cerrajero, dame el número.

—¡Eh, eh! —Los gritos vienen de la calle—. ¡Largaos! ¡Vosotros, fuera de aquí!

Una pordiosera de cabellos grises, con gafas, se abre camino entre los coches que le pitan. Se agacha y pasa por debajo de la cinta roja bramando contra los automovilistas y amenazándolos con los puños. Y después se echa a correr por la acera hacia nosotros.

—¡Dejadlo en paz! Eh, dejadlo... ¿Qué pasa? —Nos

mira con odio a través de los gruesos cristales de sus gafas—. ¿Por qué lo estáis molestando?

Hilmi musita algo y retrocede torpemente. La mujer da un tirón al carrito y lo agarra. Y entonces, detrás de la montaña de latas y botellas, vemos una silla de ruedas en la que un viejo pálido dormita, encorvado, tapado hasta los hombros con las mantas. Lleva colgado en el pecho un cartel que dice: «Si me pierdo, por favor llame al (212) 555-6127 (Jackson).»

5

Por fin encontramos a Wilcher Jackson. Y tenía las llaves. No era el viejo de la silla de ruedas sino su hijo, un *hippy* bajito de unos cincuenta años. La señora del carrito de la compra nos condujo hasta él. Wilcher nos contó que las había encontrado tiradas en la acera de la calle 18 hacía menos de una hora. Hilmi sacó del bolsillo un billete de veinte dólares y el hombre le dio las llaves.

Después, mientras esperamos la llegada del tren de cercanías con destino a Brooklyn, bajo la luz fría de los tubos fluorescentes del andén atestado de gente de la estación Union Square, me entretengo observando en el rostro de Hilmi ciertos detalles en los que antes no me había fijado. Una cicatriz en la hendidura de la barbilla, marcas en las mejillas —del acné de la adolescencia o de viruela— semiocultas tras la oscura barba incipiente. Examino otra vez el ligero tono canela de sus ojos y gracias a esta luz tan chillona puedo ver unas motitas de color miel. Y puedo olerlo. En medio de la atmósfera cargada de humo del metro, del vaho y del hollín, huelo el perfume ligeramente leñoso, masculino, de su cuello, con una pizca del champú de su cabello y una nota agria de sudor.

—Nos fuimos a vivir a Tel Aviv cuando yo tenía quince años. En el instituto —le explico.

Hilmi lanza su llavero al aire y lo atrapa.

—¿Y antes?

—Era un pueblo; no creo que lo conozcas.

Volvió a lanzar las llaves.

—¿En qué parte?

—No estaba lejos de Kalkilia.

—¿De veras?

—Diez minutos.

—La esposa de mi tío es de Kalkilia.

—Nosotros vivíamos a unos ocho o nueve kilómetros de allí. Íbamos muy a menudo —le cuento—. Cuando yo era niña, mis padres, mis tías y tíos y mis vecinos, todos íbamos de compras al mercado de Kalkilia. —Mis ojos miran un instante por encima de su hombro, a lo lejos, al fondo del túnel—. Sabes, ahora me cuesta creerlo. —Y vuelvo a mirarlo fijamente—. Parece que ha sido hace muchísimo tiempo, pero ¿habrá sido antes de la intifada y todo eso? ¿Cuando yo tenía catorce, quince años? Comprábamos de todo. La ropa, los zapatos... Me compraban aquellos vestidos de volantes, preciosos, con encaje y brillos. —Me río y acompaño mi explicación con los ademanes de una niña.

El hoyuelo en su mejilla izquierda resplandece.

—Puedo imaginarte de pequeña. —Encoge el cuello, levanta los hombros e imita a una niña de mal genio con los puños apretados—. Corriendo por todas partes con tu diminuto alfiler en la mano.

Ambos nos reímos tan fuerte que atraemos las miradas curiosas. Entonces Hilmi susurra «*Aravim!*» en hebreo, llevándose las dos manos a las mejillas y poniendo cara de susto: «*Aravim!*»

—Nunca me olvidaré de la vez que, tendría cuatro o cinco años, me dejaron esperando sola en el coche.

—¿En Kalkilia?

La risa sigue suspendida en sus labios.

—Sí, en el mercado. Yo debía de estar aburrida o quizá tenía calor, porque me bajé del coche. Y se me acerca una niña. Era un poco más alta que yo y traía un cordel entre los dedos. —Levanto las manos con las palmas hacia fuera para mostrarle los movimientos de los dedos con el hilo—. ¿Lo conoces?

—¿El qué?

—Este juego... —Miro a mi alrededor, no estoy muy segura de cómo voy a explicárselo—. Un juego de niñas. —Me quito la goma elástica que uso para sujetarme el pelo e improviso—. Ven, dame tu mano.

—Estás muy guapa así —dice. Extiende la mano izquierda y mira mi cabello suelto sobre los hombros—. Libre.

Cojo sus manos y las coloco palma con palma.

—Aguanta. —Ciño sus manos con la goma elástica—. Ahora aquí. —La paso por un dedo y luego por el otro de la otra mano.

—Sí, un juego de niñas —murmura—, supongo que eso es. —Sigue mis movimientos y pregunta—: ¿Qué quería?

—Se me acercó con el cordel, una especie de hilo gris que llevaba estirado entre las dos manos, así, y me habló en árabe. Supongo que creyó que yo era otra, una amiga suya, porque se puso a charlar tranquilamente. Quería que jugara con ella.

—¿Y jugaste?

—No entendía lo que me decía. Y a lo mejor tenía un poco de miedo de ella; miedo de su franqueza. Me quedé callada, sin moverme. Entonces se dio cuenta de que, en realidad, no me conocía y creo que ella también se asustó. De manera que allí nos quedamos las dos calladas, mirándonos, hasta que ella dio media vuelta y se marchó.

—¿Eso fue todo?

—Sí: me miró; miró el coche, mi ropa, mis zapatos. Recuerdo que me fijé en sus manos mientras se alejaba. Sujetaba aún aquel hilo gris cuando desapareció en el mercado. Yo estaba paralizada. No podía moverme. Como si tuviera las piernas atadas.

¿Es posible que otra vez haya dicho algo inconveniente? Mientras hablo, él aparta la vista y mira el andén. ¿Por qué demonios tenía que hablar de Kalkilia? Jugueteo con la goma elástica pasándola de una mano a la otra. ¿Cómo fue que terminamos hablando de Kalkilia? Cuanto más callado está, más nerviosa me pongo, y puedo oír la voz de mi hermana, por teléfono desde Israel: «Por Dios, ¿de qué vas? ¿Son los cuentos de las Noches Árabes? ¿Le vas a hablar del verdulero árabe al que a veces le comprabas? ¿Y de cada tugurio de Yafo adonde fuiste a comer humus?» «Oy, estos árabes», suspira imitando a nuestra abuela, que acostumbraba a chasquear la lengua y a decir eso con voz preocupada cada vez que daban malas noticias por televisión. «Oy, estos árabes.» No solo las informaciones sobre los ataques terroristas, sino también sobre crímenes o cuando hablaban de la inflación: «Oy, estos árabes.»

Estiro el cuello y miro con impaciencia si viene el tren.

—Llegará pronto —dice. Luego me quita la goma elástica de las manos con suavidad, pero con movimientos precisos, y la sujeta alrededor de mi cuello—. Tus padres. ¿Te llevas bien con tu familia?

Inconscientemente me llevo las manos al cuello y toco el collar que me ha regalado.

—¿Por qué lo preguntas? —digo con voz apenas audible, desconcertada.

—No lo sé, eso parece. Me doy cuenta de que eres de buena familia. —Y como si nada, con simplicidad, coge la goma elástica y, como si nos conociéramos de toda la vida, se sujeta con ella el cabello en la nuca—. Tú no la necesitas —dice mirándome de soslayo—. Quédate así.

Lo observo cuando se recoge el pelo en un moño y pienso en mi madre y mi padre, que están durmiendo en Tel Aviv. Estoy en la puerta del dormitorio a oscuras, donde no se oye más que sus respiraciones, mirando, como cuando, en la época del instituto, iba a fiestas los viernes por la noche y volvía a casa de madrugada.

—¿Eres tú, Liati? —murmuraba mi madre con voz ronca; me había esperado despierta.

—Sí, mamá, buenas noches.

Escuchaba los suaves ronquidos de mi padre.

—Buenas noches, cariño.

Y en voz baja, como si no quisiera alterar la paz del hogar y despertar a alguien, aquí, en el otro extremo del planeta, pregunto a Hilmi:

—¿En qué lo notas?

—Lo noto. Se ve que eres una buena chica.

Pienso en lo que diría mi padre de su buena chica si supiera que estoy a punto de subir a un tren con un desconocido, un árabe, alguien que acabo de conocer unas horas antes. ¿Qué diría papi si me viera? Y no con cualquier árabe, sino con uno de los Territorios, oigo que dice mi madre. «Liati, sabe Dios quién es este hombre y cómo es.» Mi padre se acerca por detrás de ella; está nervioso: «No conocemos a su familia. Que Dios nos ayude. Andrew apenas lo conoce, y ya es tarde, es de noche...»

Sus voces desaparecen.

—Pero tú también eres un buen chico —le digo a Hilmi con un guiño.

Rompe a reír con su risa ronca, contagiosa.

—Sí, yo también.

«Ah, sí, seguro que es buen chico», se ríe mi hermana por teléfono, bufando con fastidio desde muy lejos. «Es el chico de al lado.»

—Pero tú eres mejor —añade sin parar de reírse, como confirmando lo que mi hermana acaba de decir.

Una ráfaga caliente que golpea nuestros rostros anuncia la llegada del tren.

Un murmullo recorre el andén; la gente recoge sus bolsos, abrigos y paraguas y se acerca a las vías. Hilmi me toca suavemente el hombro, arrancándome de mis pensamientos fijos en papi y mami.

—El tren R. Es el nuestro. —Aumenta el ruido, chirrían las vías, las luces de la máquina asoman en la oscuridad—. ¿Hace mucho que no los ves? —me pregunta a gritos.

La ráfaga de viento que provoca el tren me obliga a entrecerrar los ojos.

—Desde agosto —le grito por encima del estruendo. Una hilera de ventanillas aminora su marcha poco a poco, un rectángulo iluminado tras otro—. Y regreso dentro de seis meses.

Se le suelta la coleta por la brisa y él atrapa la goma elástica antes de que se caiga.

—Entonces, ¿estarás aquí seis meses más?

Le digo que sí con la cabeza y los vagones del tren avanzan hacia nosotros deslizándose con un silbido.

—Sí, tengo que regresar en mayo para hacer dos cursos de verano. —Cuando las puertas se abren, mi voz recupera su volumen normal—. De vuelta a Israel.

6

Nos bajamos en un barrio que yo no conocía. Hilmi vivía en el sudoeste de Brooklyn, casi pegado a la arteria amarilla trazada en el mapa del metro, un poco antes de juntarse con el río. Eran las diez y cuarto cuando salimos de la estación Bay Ridge Avenue a las calles oscuras azotadas por el viento. Los únicos puntos de luz en la hilera de tiendas cerradas provenían de una lavandería automática donde no había nadie y la vitrina de una zapatería ubicada en la acera de enfrente.

El portal del edificio se cerró pesadamente detrás de nosotros y un rayo de las luces de neón de fuera apenas iluminó una escalera y dos puertas que había a la derecha. Vi la sombra de su mano que buscaba el interruptor de la luz y a continuación se produjo un pequeño estallido y un filamento relampagueó en la oscuridad. La bombilla se había quemado sin dar tiempo a Hilmi a soltar el interruptor.

—¿Te encuentras bien? —Oí su voz cautelosa en el pasillo a oscuras delante de mí—. Ven, es aquí. —Sus llaves tintinearon—. Un segundo. —Dejó caer su mochila junto a sus pies y empujó la puerta. Encendió la luz y parpadeó al mismo tiempo que yo—. ¡Al fin!

La sensación de frío cedió ante el acogedor murmullo de la calefacción central. El ronroneo metálico de la nevera provenía de la pequeña cocina, y del cuarto de baño salía un tufillo a moho. Hice como él y me quité el abrigo.

—Estupendo, dámelo —dijo, y su voz sonó diferente en el interior del apartamento. Más profunda. Me señaló el taller. Vi una mesa larga con tablas de madera alrededor, rollos de papel y cartulina. Había lienzos apoyados de cara a las paredes, un sofá de un color azul desteñido y una bandeja de cobre sobre patas de madera tallada. Frente a mí había un televisor viejo, un equipo de música y pilas de cedés. Encima de la mesa larga había trapos manchados, tarros sucios de pintura, pequeñas cestas con botes de pintura, brochas y tubos retorcidos, raspadores y botellas de pintura más finas. Vi también un ordenador apagado y estanterías metálicas con más rollos de papel y latas llenas de pinceles, lápices, libros y cuadernos.

Tiró nuestros abrigos en el sofá y por un instante fue como una imagen de nosotros dos dejándonos caer rendidos en un abrazo. Luego entreabrió la ventana.

—¿Te apetece beber algo?

Los ceniceros estaban llenos y había rastros de polvo, líquidos derramados y manchas de pintura al aceite por todas partes. Su fuerte olor impregnaba la atmósfera y se mezclaba con el olor a humo de cigarrillo y los olores que salían del cuarto de baño.

—¿Sí? —repitió su ofrecimiento frotándose las manos—. ¿Té?

Yo seguía dando vueltas, mirando.

—Tengo un poco de menta fresca. —Se quitó los zapatos y se acercó—. Acabo de comprarla.

Me reí cuando vi una cinta de vídeo porno sobre la mesa, entre los periódicos y los cedés. Una chica negra y otra blanca en la carátula.

—¡Uy! —Se rio, cogió la cinta y la colocó en un estante—. No esperaba visitas...

Desde el taller vi que había dos habitaciones más. La de la izquierda tenía la puerta entornada.

—Es el cuarto de Jenny. —Oí su voz a mis espaldas cuando me asomé al interior. Abrió la puerta del segundo cuarto—. Este es el mío.

Su dormitorio era más pequeño y, dejando de lado las cortinas y las sábanas color rosa pálido que había observado en el otro, ambos estaban amueblados igual: un futón, un armario laminado y una ventana. Pero en el cuarto de Hilmi había algo que me obligó a levantar la vista.

—¡Increíble!

Había cuerdas tendidas de pared a pared, casi tocando el cielo raso, y de ellas colgaban, sujetados con pinzas, como las que se usan para tender la ropa, dibujos hechos a lápiz en grandes hojas de papel. Todo el espacio disponible encima de la cama estaba dibujado con trazos delicados que componían una única figura, un chico con una cabeza grande y el cabello ensortijado como el de Hilmi; un cuerpo escuálido y piernas y brazos largos; pulseras de abalorios en las muñecas y en los tobillos, y pies grandes. Aparecía con los ojos cerrados en todos los bocetos, durmiendo o quizá muerto. Vestía una camisa de noche blanca, una especie de chilaba, y flotaba, planeando en el aire como si estuviera borracho, ligero como una pluma, entre la tierra y el cielo, como un hilo suelto, con cara de felicidad. Un dibujo lo mostraba sobre una ciudad grande, otro sobre el mar en medio de la noche. En otro volaba junto a los pájaros en una habitación cerrada y en el siguiente se desplazaba entre las nubes en un vagón de tren.

No era solo el hecho de que flotara en el aire lo que me había hecho pensar en Chagall y sus amantes voladores. Había algo en la inocencia de los trazos y los detalles que evocaba la idea de un Chagall árabe o arabesco. Al igual que la melena rizada del chico y sus largas pestañas, el mundo a su alrededor también daba vueltas formando remolinos. Aves y peces, flores y árboles, antenas y tejados, pequeñas olas de agua, rayos de sol; los rizos suaves ondeaban entre todo aquello, y en cada uno de los dibujos la sensación de vuelo era cada vez más intensa, los miembros filiformes del muchacho trazaban círculos cada vez más vertiginosos, y con ellos su expresión de borracho, la maravillosa sonrisa tímida, la naturalidad, que debió de haberse reflejado también en mi cara.

Me di cuenta de que él ya no estaba.

—¿Hilmi?

Me encontraba sola en su cuarto. Sola en la intimidad de sus sábanas y su ropa tirada sobre la cama.

—¿Hilmi?

Su voz me llegó desde la cocina, al fondo del pasillo.

—Un minuto.

Su perfume. Ese olor que yo había tenido toda la tarde en la nariz, y que había vuelto cuando estábamos a punto de bajar del tren, impregnaba la habitación. Miré su ropa, la cama sin hacer.

—He puesto agua a hervir. —Estaba en la puerta, apoyado contra el marco—. Pronto estará listo el té.

Sus pies planos, grandes y pálidos, eran los del chico en los dibujos. A pesar de su tamaño, parecían delicados, vulnerables.

—Es muy hermoso.

Se cruzó de brazos y encorvó los hombros.

—¿De verdad?

—Ven aquí —le dije a media voz—. Ven, tienes que ver esto.

Se puso a mi lado y miró la obra de arte, sonriendo con un placer no disimulado, como si realmente la estuviera viendo por primera vez.

Volví a mirar el cielo raso.

—Muy hermoso... —Respiré hondo llenándome los pulmones y lo único que pude decir, por tercera vez y con mayor asombro, fue—: Muy hermoso...

—Ahora imagínatelo todo. —Abrió grandes los ojos y extendió sus manos a modo de abanico, como un mago que está a punto de hacer un truco—. En colores.

—¡Qué guay!

—¿Verdad? Lo sé. —Su risa vibró y estalló con la fuerza de un bramido cuyo eco rebotó en las paredes—. Va a quedar muy guay.

Con ademán rápido, infantil y a la vez tierno, se llevó una mano a la sonrisa congelada en sus labios y, con repentina seriedad, se puso a contemplar cada uno de los dibujos.

—Va a quedar muy guay —repitió con un deje de preocupación en la voz.

7

Muy tarde en la noche mi cabeza emerge del hueco de su cuello. Con sumo cuidado libero mi hombro del peso de su brazo dormido, separo mis muslos y mis caderas de sus costillas; mi cuerpo está aún rebosante, colmado con su tibieza y el peso de sus miembros.

Me siento en el borde de la cama. Mis ojos están cerrados y mi cuerpo adormecido. Abro los ojos y redescubro la pequeñez del cuarto. Las sombras se proyectan sobre la cama y motean las paredes. Me agacho para recoger mis vaqueros del suelo, me pongo de pie y cojo también mi jersey.

Entonces las sábanas crujen y sus piernas se mueven debajo de la manta. Veo su rostro en la vulnerable perplejidad del sueño, como si me estuviera mirando. No me muevo cuando inhala con fuerza, se coloca boca abajo y en diagonal abrazando la almohada. Veo la sombra de sus omóplatos y sus vértebras, como una cadena de anillos que bajan por su columna, la suave pendiente del coxis, las curvas de los músculos de sus muslos. El corazón se me acelera al contemplarlo, palpitante de deseo, el deseo de sumergirme y quedar envuelta en sus brazos pesados, aplastada bajo el peso de su cuerpo... pero se aquieta, sus latidos ya son normales cuando recojo mi ropa y sigilosamente cierro la puerta al salir del cuarto. Me visto en la oscuridad; siento los tejanos y el sostén contra mi piel y vestirme me despierta. Una satisfacción lujuriosa, exhausta, suaviza mis miembros al moverme. Me siento en el escritorio, donde está su ordenador, y me pongo los zapatos. Mi mano mueve levemente el ratón y la pantalla parpadea con un suave zumbido estático. Es muy temprano, todavía no son las cinco, miro a mi alrededor y, gracias a la luz azul de la pantalla, encuentro un teléfono inalámbrico.

En la puerta de la nevera descubro un imán con el número de una empresa de taxis. La música que responde cuando llamo retumba en el silencio de la noche. Me lleva unos segundos percatarme de que no tengo la menor idea de cuál es la dirección.

Está de pie en el vano de la puerta, en calzoncillos.

—¿Qué pasa? —Tiene un ojo cerrado y la cara arrugada. Se rasca la cabeza con la mano derecha—. ¿Adónde...?

El corazón me late con fuerza y cuelgo el teléfono.

—¿Eh?

—¿Adónde vas?

Sus pasos son pesados, soñolientos.

—A casa. Yo...

Ahora su pecho casi toca mi cara. Irradia calor, me abrasa como una hoguera.

—¿Por qué? —pregunta con voz átona, dormida, una especie de gruñido ronco—. ¿Por qué no te quedas?

Y con la misma gravedad, la misma pereza, inclina su rostro sobre mí como en un sueño.

—Debo... —apenas puedo decirlo—, ir...

Su boca se apoya con suavidad, sedienta, al costado de mi cuello, y besa mi piel, lamiéndola hasta hacerme temblar. Con infinita ternura, tal como se lo enseñé unas horas antes, recorre con sus dientes mi carne y muerde con suavidad, devorando mi cuello. Pasa rozando mi piel hasta el punto exquisitamente sensible de mi clavícula y mordisquea hasta que mi cuerpo gime y se afloja. Con la cara enrojecida, loca de placer, me agarro a él cuando me flaquean las piernas. La ronquera de mi voz resuena en mis oídos como si viniera de otra era:

—Debo irme...

8

El teléfono inalámbrico que quedó anoche sobre la mesa de la cocina está llamando.

Sé donde estoy aun antes de abrir los ojos. En casa de Hilmi. Recuerdo que al final, después de mi abortado intento de marcharme al alba, me quedé dormida. Descubro con asombro el contorno de su hombro, la curva de su cuello y su cabello ensortijado derramado sobre la almohada. Arrugo la cara ante la luz de día y el timbre del teléfono. Me doy la vuelta, me pongo de espaldas a él y me tapo la cara con el brazo, pero se me acelera el corazón cuando evoco ciertos detalles de lo sucedido anoche. A los timbres de la cocina se unen los del teléfono que está junto a la cama, que no para de chirriar.

Noto que se incorpora y lo oigo contestar.

—Hola. —Su voz ronca y muy profunda, aún dormida, bisbisea a mi espalda—. *Ah...*

»*Ah, yama* —murmura en árabe suspirando débilmente—. *Sabakh al'khair.*[1] —Una voz apagada llega a mis oídos a través del auricular, como un lejano trino—. *Tamam, ana sakhi.*[2] —La voz cuchichea y gorjea en el otro extremo de la

1. Sí, mami. Buenos días.
2. No pasa nada, estoy despierto.

línea—. *Ana samei'hom, mnikh.*[1] —El esbozo de una sonrisa llena la voz de Hilmi—. *Ah, mumtaz ktir.*[2]

No entiendo más que una o dos palabras.

—*Intum fi el'bayt?* —pregunta asombrado por los gritos del otro lado—. *Akid, mafish muskileh.*[3]

Mis ojos están abiertos ahora. Miro la ventana: la cubren dos rectángulos de fina tela traslúcida que hacen las veces de cortina, a través de los cuales se distinguen los edificios de la acera de enfrente. Y los dibujos flotan encima de nosotros como un jardín suspendido encima de la cama.

—*Ana hala batsel!*[4] —dice. Se acerca más a mí con las piernas por debajo de la manta—. *Hala.*[5]

Me vuelvo hacia él con una media sonrisa, pero tiene el teléfono apoyado en la oreja.

—Aguarda un minuto, mami —susurra besándome en el pelo.

Esos ojos. No ha transcurrido un día entero y ya conozco esa mirada.

—Te volveré a llamar, solo un minuto —dice. Pulsa el botón con el dedo y se oye el tono. Giro la cabeza y mi mejilla se hunde en su hombro mientras observo sus dedos en el teclado, que vacilan tras cada número. El prefijo me sorprende.

—¿En serio? —pregunto—. ¿Tú también eres 972?

Su dedo me regaña dándome un golpecito suave en la punta de la nariz.

—¿Y tú qué crees?

Un segundo tono, un tercero y a continuación la voz de una mujer.

—¿Hola? ¿Hola, *ya* Hilmi?

1. Ya los oigo, estupendo.
2. Sí, muy bien.
3. ¿Estás en casa? Seguro, no hay ningún problema.
4. Te llamaré pronto.
5. Pronto.

—*Ah, yama.* —Aparta un poco el auricular y lo coloca entre nuestras cabezas invitándome a escuchar—. *Kif el ' khal indkom?*[1]

Ladeo la cabeza con curiosidad y escucho un momento.

—*'Il-hamd u l'allah. Kul il'usbua ma khaket ma'ak.*[2]

Su voz es agradable, despejada, serena, musical.

—*Hala Omar hon, ma Amal ou Nour, kaman huwe bi'ul ino ma khaket ma'ah.*[3]

—*Awal imbarakh dawart aleiya.* —Lo que dice suena un poco diferente en árabe, más intrascendente, sale de su boca con más facilidad, libre de esa suerte de seriedad que impone el inglés—. *Itasaltilo ala maktab.*[4]

Es domingo. No sé qué hora es, pero no creo que pueda llegar a tiempo a mi clase de yoga de las once. Joy va a sentirse decepcionada: habíamos quedado allí y después ir a comer juntas. Pienso en nuestra conversación de ayer por la mañana, cuando le conté mis planes para el fin de semana. Limpiar mi apartamento, lavar la ropa, encontrarme con Andrew a las cuatro.

—Pero, aparte de eso, no tengo que hacer nada en especial —le dije por teléfono. Y ni por un momento me imaginé que iba a amanecer en esta cama. Nunca soñé que al día siguiente me iba a despertar en este cuarto, en Brooklyn.

Los agentes del FBI. El café Aquarium. Vuelvo a repasar mentalmente esa extraña búsqueda por las calles, nuestra peregrinación hasta aquí y lo que pasó anoche. Todo empezó cuando nos pusimos a charlar en el sofá, un poco torpes al principio, pero después nos excitamos y seguimos en el dormitorio; su curiosidad, su hambre de mí, la perfecta coordinación entre nosotros, nuestra fascinación mutua. Estábamos muy impresionados el uno con el otro, con lo

1. Sí, mami, ¿cómo estás?
2. Gracias a Dios. No he hablado contigo en toda la semana.
3. Y ahora Omar está aquí, con Amal y Nour, y él también dice que no tiene noticias tuyas.
4. Lo llamé anteayer. A su oficina.

asombrados y emocionados que nos sentíamos. Me acuerdo del encuentro en la cocina, como un sueño, antes del alba, cómo me ablandó y me desvistió y me hizo gozar hasta que me abrí completamente, contra la mesa, y luego de vuelta aquí, cuando se derrumbó en mis brazos y yo, poco a poco, me dormí, y en esos instantes últimos, antes de zambullirme tras él, débil y exhausta, pensé con tristeza, con genuino remordimiento, como si ya lo estuviera añorando, que era una lástima, que sería un desperdicio renunciar a él, que me iba a resultar muy difícil olvidarlo.

—*Isma?*[1]

¿Cómo se llama? Abro muy grandes los ojos y lo miro: ¿Le está hablando de mí a su madre?

Su sonrisa se ensancha y se le iluminan los ojos con malicia.

—*Isma Bazila*[2] —le dice con dulzura.

Su madre se ríe.

—*Shu Bazila?*[3]

—Ah, *hilwa*. —Con la mano me toca el ángulo del ojo para quitarme una miguita invisible—. *Hilwa Bazila.*[4]

1. ¿Cómo se llama?
2. Se llama Alverjilla.
3. ¿Qué quieres decir con eso de Alverjilla?
4. Sí, dulce. Alverjilla dulce.

9

Puede que sea el olor del cuarto de baño lo que me repele —no hay ventana ni respiradero, pero un leve olor a cloaca me da en la cara cuando pongo un pie en el interior del recinto cerrado, húmedo—, o quizás el hecho de haber caminado descalza por el suelo pringoso y cubierto de polvo. Con la luz del día veo los aros de suciedad en la taza del inodoro y restos solidificados de crema de afeitar y pelos de barba en torno al desagüe del lavabo grasiento. Me fijo en las manchas de moho en la cortina de plástico y en las costras de cal sobre los azulejos. Debajo del lavabo veo una trampa para ratones.

O quizá sea el fastidio que me da el rociador de la ducha, que tiene casi todos los agujeros atascados y la llovizna de agua echa unos chorros que me hacen cosquillas en la piel. Quizá sea el torrente de agua y los quejidos burbujeantes de la tubería en la pared, aunque todavía puedo oír a Hilmi hablando por teléfono, yendo y viniendo de la cocina al salón, hablando fuerte, con claridad, casi a gritos, ya no con su madre, tal vez con un hermano o un pariente.

O podría ser el árabe que está hablando, que suena familiar a mis oídos. El árabe en el cual, aun antes de haber descifrado ecos del hebreo y entendido palabras similares, reconocí la *khet* y la *ayin* en la pronunciación gutural de Oriente Medio. El árabe que ahora, porque me llega a través de la puerta del aseo gritado con su profunda voz masculina, suena de pronto amenazador, bruto y violento, como una retahíla de improperios. Cierro el grifo y trato de averiguar si está hablando de mí otra vez, si pesco en algún momento la palabra «Israel» o «judía». Oigo que se ríe a carcajadas y otra vez siento esa especie de mal olor que me impregna la nariz y me cierra la garganta.

Cuando descorro la cortina para salir de la ducha compruebo que ha estado aquí. Debe de haber abierto la puerta sin que yo lo haya oído. Mi gesto se suaviza cuando miro la tapa del inodoro, que él ha bajado, y encuentro una toalla limpia, de color verde oscuro, doblada con esmero. A través de la pared le oigo silbar; aparentemente ha terminado de hablar por teléfono. Le oigo entrar en la cocina tarareando una canción. Me envuelvo en la toalla y salgo a toda prisa, cierro la puerta y voy de puntillas al taller.

Cuando veo la mesa, me quedo de piedra. Está puesta para dos, con pita y quesos variados, tomates, pepinos y aceite de oliva, tahini y aceitunas verdes, una porción de mantequilla, un frasco de mermelada, galletas de chocolate.

¿En qué momento ha ido a comprar todo esto? Ayer mismo estábamos buscando algo para comer y no fue mucho lo que pudimos encontrar. Y desde que nos despertamos no ha parado de hablar por teléfono. ¿Cómo lo habrá hecho para prepararnos este banquete? Tengo mucha hambre; a lo mejor es por eso que me siento tan irritable y tan malhumorada que hasta este exquisito desayuno y el aroma del café bueno, lo mismo que la toalla limpia, me ponen de los nervios. Esta felicidad romántica —el desayuno sorpresa que ha preparado con alegría para su amante en la cocina, silbando y tarareando una canción, su afán por complacerme, colmarme, amarme, incluyendo las campanadas de la iglesia y el cuervo que reclama— me aturde y al único que oigo es al cuervo que chilla en hebreo: «*Ra! Ra! Ra!*» (¡Malo! ¡Malo! ¡Malo!)

—¿Qué es todo esto? —pregunto al verlo traer con cuidado dos tazas humeantes—. ¿Cuándo has tenido tiempo de prepararlo?

Me sonríe zalamero.

—Salí temprano. —Apoya las tazas sobre la mesa con cuidado—. Justo después de que te volvieras a dormir.

Otra vez me acuerdo de lo que pensé, al alba, antes de quedarme dormida: «Será difícil que no me enamore de él. Va a ser imposible», pensé con preocupación, «un lío, seguir insistiendo en no enamorarme y que mi corazón se olvide de este desconocido, de esta noche fascinante, imposible impedir que me atrape la dulzura de este hombre». Al borde del sueño, envuelta en su aliento, pensé en lo peligroso y complicado que iba a ser, y que si no me andaba con cuidado podría enamorarme de él en el acto.

Sus manos se mueven dentro del paquete de galletas.

—Mi estómago se está quejando —dice remojando una galleta en el café—. ¿No lo has oído? Hacía mucho ruido.

Se ríe y sigue hablando cuando ya me he ido. Vacilo un instante en el vano de la puerta de su dormitorio y luego la cierro.

Me seco deprisa, con determinación, frotando mi cuerpo con la toalla. «Detente antes de que sea demasiado tarde», pienso. «Sé firme, como tenías que haberlo sido ayer.» Me estrujo el cabello apretando las puntas con los puños y me acuerdo de ayer, cuando íbamos a toda prisa por la ciudad, y lo difícil que me resultaba separarme de él, dejarlo solo. Levanto la alfombra para buscar el sostén. «Sí, así mismo, dile adiós y márchate. Corta con esto cuanto antes, decide, aunque te parta el corazón; es mejor de esta manera, mejor para ambos. Y no vuelvas a verlo. Sigue viviendo en Nueva York seis meses más, pero no vuelvas a encontrarte con él, ni siquiera en casa de Andrew.» «Aunque me busque o me llame, le diré que no. Sí, eso es. Fingiré que esta noche fue muy divertida, una noche genial, pero no, vamos, no fue nada serio, "esa maría que me diste era muy potente". Eso es: culpas a la hierba por todo lo que ha pasado.»

Completamente vestida, peinada con el cabello recogido, sujeto con una cola de caballo alta, salgo de la habitación y lo encuentro exactamente en la misma posición, de pie, con el paquete de galletas en la mano. Sonríe cuando me ve y chasquea los labios.

—Ah —recuerda mientras se seca la boca—, también tengo esto.

Se lleva la mano al bolsillo de atrás y saca dos cepillos de dientes nuevos. Se pone a jugar con los cepillos, cambiándolos de mano. Y se le ve tan alegre, tan lleno de vida.

—¿Azul o amarillo? —Rastros de chocolate y migas entre los dientes—. ¿Cuál prefieres?

10

Dos horas después estamos en mi apartamento. Me sigue a la cocina.

—¿Y eso?

Señala un frasco de vitaminas sobre la mesa.

—Sí —confirmo guardando en el armario la fregona y la escoba—. Es mío.

Guardo también el balde y los productos de limpieza. Todo está tal como lo dejé ayer. Las sillas en el mismo lugar donde se sentaron los investigadores y sobre la mesa una copia del formulario que ellos rellenaron y que yo ahora examino. ¿Lo guardo? Quién sabe, a lo mejor un día lo necesito. Pero en un arranque de rabia lo hago una pelota y lo tiro al cubo de la basura.

No paro de moverme, aferrada a la misma determinación que traje conmigo a casa, incapaz de dejar de ordenar o de recoger cosas del suelo. Tropiezo con él otra vez.

—¿Y el ordenador? —Señala la bandada de tostadoras voladoras que danzan en la pantalla—. ¿Es tuyo?

Digo que sí con la cabeza y vuelvo a la aspiradora.

Desde que entramos ha estado recorriendo el apartamento, mirando los muebles y las plantas, observando las ventanas, las fotos, deteniéndose a cada rato tratando de adivinar qué cosas me pertenecen o pertenecen a los dueños del apartamento, de adivinar mis gustos. Está impresionado con la colección de cedés, echa un vistazo a los lomos de los libros, pasa la mano por el respaldo del sofá. Ahora se fija en la cámara de vídeo y en las gafas apoyadas encima.

—¿Estas también? —pregunta con ternura poniéndoselas sobre la nariz. Me sigue con ojos inquisitivos y parpadeantes a través de la fina montura muy femenina—. Bazi...

Me río.

—Las uso solo para leer.

Es extraño y gracioso verlo con mis gafas puestas, como si algo de mi cara me estuviera mirando con la suya. Coge el periódico.

—«Los observadores de la ONU» —lee el titular en voz alta, como un presentador de telediario— «llegaron anoche a Irak».

Vuelvo a mi aspiradora. Ya la he desenchufado y estoy enrollando la manga. La arrastro por el pasillo hasta el estudio.

Mami y papi, alegres y hermosos, me sonríen en la luz tenue que llega del salón, orgullosos, felices. La foto, tomada en la boda de Iris, mi hermana, y su esposo Micah, está pegada con una chincheta a la pizarra de corcho encima del escritorio, entre notas y recordatorios y otras fotografías de la familia: mi hermana con Aviad en brazos cuando era un bebé; Yaara cuando cumplió tres años en el preescolar; papá y Micah jugando al *backgammon* en el jardín; uno de los pocos retratos de mi abuela sonriendo.

Me pongo tensa al oír su voz que se acerca.

—¿Es aquí el aseo? —pregunta, y abre la puerta de la izquierda—. OK, lo he encontrado.

Entra y cierra la puerta.

Sobre el escritorio, junto al fax, la señal roja del contestador titila indicando que hay cinco mensajes nuevos. El primero es de Andrew, parece angustiado, rogándome, con su peculiar acento hebreo muy marcado, que conteste al teléfono: tiene que salir pitando a buscar a Josie, debe cancelar nuestra cita. Seguramente yo estaba en la ducha cuando llamó. El segundo mensaje es del consultorio del veterinario, un recordatorio de la vacunación de los gatos, que escucho por la mitad. Joy me informa apesadumbrada que tiene invitados que no esperaba y no podrá ir a la clase de yoga. Andrew de nuevo, disculpándose, dice que pidió a su profesor de árabe, Hilmi, que pase por el café: ¿me encontró Hilmi?

—Espera, me está entrando otra llamada —me dice—, a lo mejor es él.

—Hola, Liati. —Es la voz de Iris, medio dormida—. ¿Cómo estás? Intenté comunicarme antes contigo —dice decepcionada, zapeando las cadenas de la televisión—. Llámame si regresas temprano porque estoy totalmente... —bosteza y sigue hablando— reventada. Hemos estado todo el día en Haifa con los niños, en el museo de la ciencia. Tendrías que haber visto a Micah y a papá. —El color de su sonrisa pasa a través del contestador—. Como dos niños pequeños. —Es tan tierno y bueno y dulce conmigo, le digo con el corazón apretado, entonces, ¿cuál es el problema? Ella contesta: ¿Qué te importa lo que piense la gente? Yo: No sé, me asusta. Y ella: ¿De qué te asustas? Solo te estás divirtiendo, follando un poco, nada más. Claro, le digo para tranquilizarla y tranquilizarme yo, es solo un fin de semana. No es que vayas a casarte con él mañana, dice. Sí, tienes razón, estoy de acuerdo. Haz el amor y no la guerra, bromea, quizá nos vendría bien a nosotros aquí. OK, bueno, no sé, estoy divagando. Buenas noches, cariño, hablaremos mañana.

El aparato emite una señal que anuncia el final de los mensajes. «Para borrarlos, pulse uno-seis. Para conservarlos, pulse nueve-dos». Pulso uno-seis, pero la preocupación, que me corroe por dentro, de que en realidad es inquietante que entre él y yo las cosas vayan tan rápido, eso no se borra. Oigo tirar de la cadena en el aseo y salgo de la habitación. Desde la puerta me vuelvo a mirar y la luz que reflejan las fotografías parpadea un instante, bailando en la oscuridad sobre sus rostros: un puntito de luz amarillo pálido sobre mami y papi; un rayito de luz sobre mi abuela.

—Entonces, ¿me dices...? —me grita desde el pasillo.

Cierro la puerta y me pongo delante, muy tensa, con los brazos cruzados, como un guardia.

—¿... que lo único que tienes que pagar son los servicios? Y aparte de eso, ¿qué más? —Me sigue al interior del dormitorio y se sienta en el borde de la cama—. ¿Dar de comer a los dos gatos?

—Y regar las plantas.

Enciendo la luz. Qué desordenado está todo aquí también. La camiseta y el chándal que me quité antes de ducharme están en el suelo y las zapatillas tiradas en cualquier parte. Recojo la toalla y los calcetines y los meto en la lavadora. Está a tope de ropa y sábanas. Cierro la tapa, me siento encima y levanto la vista.

—¿Esto también es tuyo? —pregunta.

De todos los libros que están sobre la mesilla de noche tenía que fijarse en el único grueso y de aspecto humilde.

—Es la Biblia —le respondo y noto en él un estremecimiento apenas perceptible.

—¿La Biblia? —Parece sorprendido al descubrir lo que tiene en sus manos—. ¿De veras?

Sopesa el libro y su grosor examinándolo del derecho y del revés. Cuando empieza a hojearlo, me vuelve un poco esa extraña sensación que tuve hace un rato, en el salón, cuando se puso mis gafas.

Lo abre por la mitad. Samuel I, capítulo 31, leo cuando me pongo a su lado. Lo observo cuando pasa de Samuel I a Samuel II y siento en mis labios la sombra de una sonrisa, porque, por un instante, mientras él, muy serio, hojea el libro haciendo crujir las finas páginas, tengo la impresión de que está rezando. Llega a los Salmos, me sorprende su rápido gesto de lamerse el pulgar al dar vuelta a las páginas y saltar de Reyes II a Jeremías, de Ezequiel a Proverbios, del Cantar de los Cantares al Libro de Ruth. Ante mis ojos desfilan los versículos sueltos; pasan volando y se alejan antes de que yo pueda leerlos, pero, aun echando una ojeada a las palabras, puedo sentir el eco del hebreo en mi corazón.

—¿La has estudiado en el colegio? —me pregunta.

—A partir de segundo de primaria. —Vuelvo a sentarme encima de la tapa de la lavadora, frente a él—. Y toda la secundaria.

Me interroga con la mirada.

—Ven aquí —me pide dando una palmadita en el cubrecama.

Me encojo de hombros.

—Aquí estoy cómoda.

Mi hermana murmura otra vez: «¿Por qué lo fastidias de esa manera? En un segundo pasas de no poder dejar de tocarlo a mostrarte fría y distante.»

Y sigo oyéndola cuando digo:

—Supongo que vosotros estudiáis el Corán en la escuela.

—En las clases de Islam, sí. —Tuerce la boca y frunce el ceño—. Pero, como ya te dije —pasa las páginas—, nunca me gustó.

En el metro me había contado que en los últimos años su madre se había vuelto muy religiosa y que eso a él le resultaba incomprensible. Todo había comenzado en el 96, después de que su padre muriera de un infarto a los sesenta y nueve años. Era su primer año en Bagdad y cogió el avión para asistir al funeral, pero regresó al cabo de un mes a sus estudios, y la siguiente vez que vio a su madre, al cabo de dos años y medio, fue en Arabia Saudita; hizo el santo peregrinaje a La Meca con un grupo de mujeres de su mezquita. Me dijo que si su padre hubiera vivido para verla así, rezando el día entero e íntegramente vestida de negro, hubiera tenido de nuevo un infarto.

—Era completamente ateo. Un ateo tozudo. Cuando nuestros vecinos estaban ayunando y orando, él descorchaba su botella más cara de *whisky*. El Corán dice: «*La ill'a ila Allah*», que significa: «No hay más Dios que Alá.» Pero nuestro padre solía decirnos: «*La ill'a wa'khalas*», «No hay Dios, y eso es todo.» Era un hombre sencillo, no era un intelectual o un erudito. Tenía una tienda de comestibles cuando vivíamos en Hebrón. Aceite, especias, esas cosas. Un hombre sencillo, pero con un alma de artista. Le gustaba tallar muñecas de madera y hacía toda clase de estatuillas, y cuando éramos niños nos fabricaba cometas. Tenía un don especial. Daba de comer a las palomas y subía al tejado por las mañanas, cada día, para alimentarlas. Además, cultivaba geranios y artemisas en latas oxidadas. Era un tipo de verdad especial y no lo digo porque fuera mi padre. Era una persona que amaba la vida. Le gustaba beber, comer, reír. Y adoraba a mi madre. —Hilmi parecía triste cuando hablaba de su padre, no paraba de morderse los labios. Entonces me di cuenta de que lo hacía cuando se emocionaba—. Por eso es que nos entristece tanto verla así.

Me contó que eran cuatro hermanos y tres hermanas. La mayor era maestra en Hebrón; luego venían los mellizos: uno era profesor de instituto en Ramala y el otro artista gráfico y trabajaba en una empresa de publicidad de la ciudad. Otro hermano estudia cine en Túnez y el otro está en Berlín, estudiando Ciencias Políticas y Derecho, y la otra hermana es farmacéutica y vive en Jordán con su marido y sus hijos.

«Hola, Liati», oigo de nuevo a mi hermana en la otra habitación. «¿De dónde has sacado a este árabe vegano? Debe de ser uno de los occidentalizados, ¡y mira por dónde, a lo mejor es un askenazí!» Su risa me cosquillea en los labios.

—¿Te lo han regalado?

—¿Qué?

Levanta la Biblia, abre la primera página y señala una olvidada dedicatoria escrita con tinta azul en el ángulo superior izquierdo: «Te deseamos mucho éxito en tu servicio en las FDI. El personal de la Jefatura de Comandancia de la Base 80. Noviembre de 1991.»

Leo las palabras escritas hace muchísimo tiempo, once años, por un anónimo oficial del campamento de entrenamiento, cerca de Hadera, que alguna secretaria de la oficina del comandante seguramente había escrito miles de veces en todas las Biblias. Ayer mismo sabía que este momento llegaría tarde o temprano, así y todo me toma por sorpresa.

—¡Eh! Eso... —tartamudeo—. Me la dieron en el ejército. Cuando fui soldado.

—¿En el ejército? —Se pone tenso, pero enseguida se repone y arquea las cejas—. Entonces, cuando te enrolaste en el ejército... —Mantiene la Biblia en alto—. ¿Te dieron esto?

—Pues...

—¿A todos los soldados?

—Sí —contesto con prudencia, con la incómoda sensación de estar cometiendo una traición, como si alguien pudiera oírme, como si estuviera entregando informaciones clasificadas secretas al enemigo.

Franjas de humo, orgullosas letras en llamas contra el cielo negro, banderas flameando al viento, un viento fastidioso, y estrellas centelleantes por todos lados. Por encima de las cabezas de las mujeres soldado me llega la imagen de esa noche lejana, y me veo allí, de pie, en una de las filas, temblando de frío, durante la ceremonia del juramento celebrada con gran pompa en la base del desierto de Judea. Yo era una boba de dieciocho años, con el uniforme verde oliva y la gorra ladeada, saludando con mirada sorprendida, en posición de firme: «Juro y prometo...» Mano derecha temblorosa sobre la Biblia. «Juro y prometo...» Apretando la culata del Uzi con la mano izquierda... «lealtad al Estado de Israel...».

—Sí, bueno —asiente con tristeza—, como en Hamás. —Vuelve a colocar la Biblia en su lugar, sobre la mesilla—. Con el Kalashnikov y el Corán.

—¿Qué? ¡No, no! —protesto, culpable y furiosa a la vez—. No me parece que sea lo mismo, en absoluto. —Subo el tono y pronuncio las palabras con claridad, como si las destinara a los aguzados oídos que me escuchan del otro lado de una pared que está muy lejos, al otro extremo de la línea telefónica, en Israel—. No es lo mismo.

—¿Por qué no? —También él se exalta—. ¿Acaso no es la misma, exacta, escena fascista, con fusiles, soldados y libros sagrados?

—Puede que la escena parezca la misma —concedo amargamente, con la cara roja de ira—, pero ¡no puedes comparar las FDI con Hamás!

—¿No? —Escéptico, levanta una ceja.

—De ninguna manera. —Niego varias veces con la cabeza y digo orgullosa—: El ejército israelí, como el francés o el norteamericano, el ejército sirio o el argelino —prosigo pese a que sus ojos se ponen vidriosos, se apartan de mí y miran por la ventana—, es un ejército formado para proteger a los ciudadanos de un Estado soberano. —«¡Fíjate!» La voz de Iris me hace burla otra vez. «¿Quién te ha nombrado a ti embajadora de Israel ante las Naciones Unidas?»—. Y lo mismo que Japón, Irán y Alemania tienen ejércitos —insisto—, nosotros también tenemos uno y no voy a disculparme por ello.

—No te he pedido que te disculpes.

—Ni por tener un Estado, gracias a Dios, ni por tener un poderoso ejército que me protege.

—Tu poderoso ejército está ocupando una población civil...

—¿Sabes qué? ¡Tampoco me disculparé por estar del lado del poderoso en este conflicto! No, porque si la situación fuese a la inversa, Dios no lo permita, si en el cuarenta y ocho vosotros hubierais ganado la guerra...

A medida que sigo hablando con esa voz monótona, tan convencida de tener razón, embarcada en una diatriba que nace dentro de mí, me siento cada vez más asqueada. Toda esta polémica es inútil, superflua, como el parloteo fastidioso de las tertulias radiofónicas.

—¿Tenemos que discutir sobre esto ahora? —Suspira con cansancio.

—Eres tú —le espeto a la defensiva, sacando chispas—. ¡Tú has empezado!

—¿Yo? —Exhala con fuerza—. ¡Mírate!

¿Cómo hemos llegado hasta aquí?

—¡Olvídalo!

11

El viento al anochecer hace vibrar el cristal de la ventana y barre la calle. En la esquina de University Place ha derribado un contenedor de basura y arrastra todo lo que encuentra a su paso, rastrillando hojas secas y trozos de papel de periódico. Súbitamente el vendaval ladea hacia un costado las copas de los árboles y mece un instante todas las farolas, pero luego cambia de dirección y vuelve a soplar con rachas de inusitada violencia y velocidad, hostigando desafiante a los automóviles que circulan por la calle, como si vapuleando sin cesar las bolsas, latas y papeles que hay tirados por todas partes, estuviera rebelándose en contra del impecable orden imperante, en contra de las avenidas y calles rectas y numeradas y de las líneas urbanas horizontales y verticales trazadas a la perfección. Oigo los pasos de Hilmi que abandona el dormitorio, el chirrido de las suelas de goma de sus All Stars sobre el parqué. ¿Cuánto tiempo ha transcurrido desde que estoy en el salón, cinco, diez minutos? Lo veo, reflejado en el cristal de la ventana que la noche ha convertido en espejo, acercarse hasta que se coloca a mi lado y ambos miramos la calle.

—¿Cuándo fue? —pregunta al fin, rompiendo el silencio—. ¿Cuándo estuviste en el ejército?

Quiero decirle que no estoy de humor para hablar de política, pero temo que crea que estoy esquivando la respuesta. Podría pensar que en el ejército hice toda clase de cosas cuando, en realidad, yo cumplía un trabajo administrativo en un suburbio de Tel Aviv. Muy importante. Una venerable asesina de árabes.

—Del noventa y uno al noventa y dos —digo con la voz encogida y mi imagen en la ventana hace una mueca—. Hace siglos; no entiendo cómo hemos acabado hablando de esto.

Pero, sí, lo entiendo. Lo entiendo muy bien. Era inevitable. Ayer, mientras esperábamos el tren, me preguntó cómo había conocido a Andrew y yo, sin pensar, le contesté que habíamos cumplido nuestro servicio en la misma base militar. Le conté que, como Andrew no tenía familia en Israel, solía venir los viernes a casa, a cenar conmigo. Todos lo adoraban y llegaron a considerarlo un miembro más de la familia. Yo no paraba de hablar, como si mi mucha labia y mis risitas pudieran hacerle olvidar lo que le había dicho al principio. Le conté que Andrew visitaba a mis padres los fines de semana cuando yo vivía en el kibutz con mi novio. En ese momento me interrumpí. Avichai, mi primer novio, era copiloto de helicóptero y me lo imaginé sobrevolando Ramala, traqueteando encima de la casa de la madre de Hilmi.

—Te he hecho una pregunta —me recuerda—, por eso nos pusimos a hablar de ello.

Sigue mirando por la ventana y yo deseo tanto tocarlo, recostarme en él, meterme en él otra vez. Es como si una parte de mí se hubiera enterrado en él anoche y ahora yo anhelara estar toda dentro de él.

—Oye, un momento, ¿en el noventa y uno? —Se aparta de la ventana y me mira sorprendido—. En el noventa y uno yo estaba en la cárcel. Cuatro meses. En Dhahiriya.

Me da un vuelco el corazón.

—¿En la cárcel?

—Y había algunas mujeres soldado, de manera que nosotros tal vez...

—¿Qué dices? —pregunto con un hilo de voz, petrificada—. ¿Qué hiciste?

Y así como él probablemente me imaginó en uniforme de soldado de las FDI, armada con un rifle, lo estoy viendo, como en uno de esos pantallazos que dan por televisión antes de desarrollar la noticia, mirando por la ventanilla de un autobús lleno de presos de máxima seguridad. Lo veo en compañía de otros hombres, esposado y con los ojos vendados.

—Fue por un grafiti —dice con indiferencia y estira el cuerpo hasta tocar el cielo raso con los brazos—. Nos sorprendieron, a mí y a mi hermano Omar, pintando una bandera.

—¿Un grafiti?

—En un muro, en Hebrón.

—¿Y por eso...? —Estoy de veras sorprendida, no me lo puedo creer, pero sé que en mi sorpresa también hay mucho de alivio—. ¿Cuatro meses?

—Sí, los muy cabrones —dice bostezando—. En esa época estaba prohibido.

«Pero ¿qué creíste tú que había hecho?», me pregunto con un sabor amargo en la boca. «¿Un ataque terrorista?» Me siento culpable, como si él pudiera reconocerse en la imagen que antes me había proyectado, verse entre aquellos hombres encadenados y con los ojos vendados, los terroristas y presuntos saboteadores. Me vuelvo hacia él y le pregunto:

—¿Cuántos años tenías? Debías de tener...

Vuelve a bostezar y asiente con la cabeza.

—Quince. Era ilegal pintar la bandera palestina o cualquier cosa con los colores de la bandera.

Reprimo un bostezo.

—¿Qué quieres decir?

—Rojo, verde, blanco y negro. No estaba permitido usar esos colores. Aunque lo que estuvieras pintando fuera algo inocente, un melón, por ejemplo, te podían arrestar.

Se ríe.

Podía haberme acercado más y abrazarlo, enredarme en sus brazos y arrebujarme de nuevo en ellos. Podía ha-

berlo distraído susurrándole algo. Si hasta siento un cos-
quilleo de risa al recordar su expresión en el tren cuando
recité un verso que aprendí de niña viendo programas de
televisión en árabe: «*Sabakh al'kheir, saydati wasaadati ursha-
layim al-kuds.*» Se rio cuando imité el tono melodramático
«*Mish mumken! Mish mumken!*» y «*Inti Taliya! Taliya, Taliya!*»
de las películas árabes que solían pasar los viernes por la
tarde. Pero, tras permanecer callada e inmóvil largo rato
mirando afuera —¿dónde quedará Dhahiriya? ¿De qué
lado de la Línea Verde estará? *Inta bidoobi? Shu bidoobi?*—,
pregunto tímidamente, sin querer saberlo en realidad, temerosa de lo que vaya a contestarme.

—Entonces... ¿cómo fue aquello? En la cárcel.

—¿Sabes qué? —Suena gratamente sorprendido—.
Esto es muy raro.

—¿Qué?

—He estado pensando en ello hoy, precisamente. Esta
mañana.

Casi digo: «¿Soy yo quien te hace acordar de tus expe-
riencias en una cárcel israelí?»

Pero se pone a tararear una melodía: *Lai la lai la...* Vacila
y enseguida retoma el ritmo: *Lai lai laaai...* Empieza a mover
levemente la cabeza de un lado a otro, absorto en su recuerdo. *Lai lai la lala la lai...* Cuanto más seguro está de lo que
canta, más reconozco yo esa melodía, que escuché cuando
salí de la ducha y le oí silbar en la cocina. *Lai lai lai lai.* La
reconozco y me corre frío por la espalda: es el coro de aquella canción pop de Yigal Bashan, muy popular cuando yo
era pequeña. «Tengo un pajarito dentro de mí...» Me acuerdo de la letra y me emociono. «Una lejana y tierna melodía...» Cojo el tono y las palabras en hebreo me ponen nostálgica. Y le pregunto:

—Pero tú, ¿cómo sabes esta canción? ¿Teníais una radio?

Deja de cantar y se parte de risa.

—¿Radio? ¡Ojalá!

Me río yo también.

—Entonces, ¿cómo es que la sabes?

—Había un grupo de soldados —me cuenta esbozando una sonrisa—. Solían... —Tras una pausa prolongada me mira como disculpándose—. Nos obligaban a cantar para ellos.

—¿A cantar?

—Sí, pensaban que era gracioso.

—¿Cantar en hebreo? ¿Esa canción?

Asiente con entusiasmo.

—Por suerte, mi hermano estaba conmigo. Nos pusieron juntos en la misma celda, menos mal, porque si hubiera estado solo, habría sido peor. Omar estaba asustado, realmente muy asustado por nuestro padre. Ese año papá sufrió el primer infarto y estuvo ingresado en el hospital mucho tiempo. Omar me vigilaba para que yo no me metiera en más problemas. Había montones de compañeros suyos en Dhahiriya, chicos de su edad, que arrojaban piedras y cócteles molotov o quemaban neumáticos. Por eso, si en nuestro pabellón alguien armaba jaleo, los soldados nos castigaban a todos. En cuanto alguno iniciaba una pelea o gritaba o organizaba un lío, nos sacaban a todos y nos obligaban a permanecer allí dos o tres horas de pie, inmóviles.

Se pone triste, se le apaga la voz; se tapa la boca con las dos manos para ahogar un bostezo. Cuando alza la vista, por mucho que se muestre alegre, yo percibo en sus ojos un tenue velo húmedo.

—Había un tipo, un soldado calvo, con gafas; yo le tenía mucho miedo, más que a todos los demás. A él y a su amigo, un gordo cabrón que sudaba todo el tiempo. Para esos malnacidos era un espectáculo. Si veían que alguno de nosotros no cantaba, le daban una paliza en el acto. Lo agarraban por el cuello, así, y lo abofeteaban. O lo embestían por la espalda y le daban un golpe en la nuca y patadas en los pies. Y le gritaban: «¡O abres la boca o no comes en todo el día! ¡Todos en tu celda pasarán hambre por tu culpa!» A veces, sin motivo, porque les daba la gana, decían: «¡O cantáis o no habrá cigarrillos hoy!» Y: «¡No habrá desayuno!»

—¿Tú cantabas?

—Al principio me planté; ni en sueños iba yo a cantar. Estaba cagado de miedo, pero no canté, ni una sola nota. Pero Omar me convenció. Mi hermano cantaba con entusiasmo, como si disfrutara con ello, simulando divertirse. No le importaba que los soldados se rieran, ni que sus amigos pudieran vernos. Empezó a cantar y yo lo imité. Una y otra vez, hasta que al final la sabíamos de memoria. ¿Qué otra cosa podías hacer? Terminas cantando con toda tu alma. Aunque en hebreo la letra fuera obscena (alguien me explicó una vez lo que quería decir), a mí me gustaba la melodía. Al cabo de cuatro meses, te lo puedes imaginar, acabas acostumbrándote. Y eso era lo que me enfurecía, que la melodía fuera realmente bonita. Después, cuando ya habíamos vuelto a casa, yo seguía tarareándola solo. A veces me sorprendía a mí mismo cantándola bajo la ducha o cuando iba en bicicleta. Me ponía enfermo de rabia, encendía la radio o la tele, ponía un casete, cualquier cosa con tal de sacármela de la cabeza.

Qué extraño oír de pronto el hebreo en sus labios. Se nota mucho el acento árabe y la mala pronunciación. «Tengo una ovejita...» empieza y me horroriza la versión satírica que está cantando: «Una ovejita...», canta bajito, tratando de acordarse de la letra, ... «y una cabra». Suena tan mal a mis oídos israelíes, tan ridículo, como una imitación exagerada de un árabe en uno de esos programas cómicos israelíes de los viernes por la noche.

—«No preciso setenta y dos vírgenes...»

Intento acallar su versión con las palabras de la letra original: «Tengo una avecilla dentro de mí / una tierna y lejana melodía / estival / de mil versos...» Escuchar en sus labios esa dulce canción israelí tan cruelmente distorsionada e imaginarlo ahí, en el patio de la cárcel, apenas un niño asustado, cantando como un oso de circo para divertir a los soldados.

—«Cada vez que me siento solo...» —sigue cantando.

Esas palabras vulgares, esa melodía. Una risa escandalizada, llena de pánico, empieza a subir a mi garganta, incontrolable, y me cosquillea en los labios, como si yo también estuviera a punto de reírme con aquellos guardianes israelíes, divirtiéndome con el espectáculo.

—«Voy con ellas.»

—¡Calla! —Lo cojo del hombro y pongo mi otra mano sobre su boca—. Calla.

Se ríe y aparta su rostro de mi mano.

—Aguarda, solo un segundo.

—¡No, no, calla! —Reprimo una risa amarga, una risotada horrible, como de gallina clueca—. ¡No quiero escucharla!

12

Es de noche. Las luces del salón siguen encendidas. Sobre la mesa, lo que quedó de la cena que pedimos al restaurante vietnamita de King Street, tazas y boles de plástico, servilletas de papel arrugadas y una botella de vino tinto por la mitad. Hurtamos el vino de la colección de Dudi y Charlene y un bote de helado de chocolate Ben & Jerry's del congelador. Lo cubría un fino encaje de hielo. Hilmi lo puso a descongelar encima del radiador, pero, cuando regresamos, enrojecidos y relucientes después del baño, el helado se había derretido y convertido en chocolate caliente. Después de habernos restregado a fondo y con el cabello aún mojado, parecíamos un par de impostores: el mayordomo y la sirvienta comiendo hasta hartarse y emborrachándose con el vino caro de sus amos. Nos habíamos dado un baño de espuma lujurioso, fascinados ante nuestras imágenes en el trémulo resplandor de los espejos empañados, y nos habíamos puesto los suaves albornoces de Dudi y Charlene, y luego, perfumados y algo achispados, nos enrollamos en la cama de ellos.

Un rayo de luz que viene del salón atenúa la oscuridad del dormitorio. *Zooey*, a los pies de la cama, lame la cuchara del helado. *Franny*, despatarrada, lo observa desde su puesto junto al armario. Fuera ulula el viento y sus quejidos acrecientan los suaves ronroneos felinos. Los gemidos van y vienen y tiemblan los cristales de la ventana, pero ahora la música de Anouar Brahem inunda la oscuridad cuando Hilmi, que tenía el cedé en su mochila, vuelve del salón caminando de puntillas. La música penetra en nuestros cuerpos relajados, saciados, y completa las pausas entre nuestros murmullos con las flautas del desierto y el susurro de los tambores.

—¿Bazi? —Me mira a los ojos cuando los abro—. Te has dormido.

—No, yo... —Me vuelvo y me acurruco—. Cierro los ojos, nada más.

Se acerca y se enlaza a mi cuerpo. Debajo de la manta, nuestras piernas forman una trenza. Los dedos de mis pies —qué rápido nos hemos acostumbrado el uno al otro— recorren sus tendones de Aquiles y se enganchan a sus talones. Su voz ahora sale de mi nuca.

—¿En qué piensas?

—En nada; en la música. Me acuerdo de algo que leí una vez. —Trato de traducirlo mentalmente, pero después, con esas hermosas notas soñadoras que nos llegan del salón como música de fondo, recito—: «La música es el lenguaje del alma para hablar consigo misma.»

Alza la cabeza.

—¿Qué?

Repito el verso y sus labios susurran roncamente a mi espalda en árabe: «*Al-musika hiye lura a-li ma e-ruakh bithaki maa halha.*» El eco de su voz queda un instante suspendido en la oscuridad, envuelto en la música.

—Es muy bonito —dice tras un largo suspiro, hundiendo su cabeza en la almohada—. ¿Dónde lo leíste?

—Se llama Yehoshua Kenaz. —Y no sin cierto orgullo añado—: Es un escritor israelí.

—¿Escribe en hebreo?

—Sí. —Cito el original—: «*Musika hi ha'safa sheba hanefesh mesochachat im atzma.*»

—Repítelo.

—«*Musika hi ha'safa sheba hanefesh mesochachat im atzma.*»

—Ves, cuando tú hablas hebreo, en cierto modo suena distinto. —En su voz, amortiguada por mis cabellos, noto un deje de melancolía—. Más suave —susurra haciéndome temblar—. Cuando tú lo hablas hasta parece bonito.

13

Aunque estaba extenuada, me costó dormirme. Hacía rato que Hilmi se había dormido, pero yo seguía canturreando mentalmente la melodía del tiempo que acabábamos de pasar juntos, incapaz de desprenderme de ella. Los minutos y las horas de la noche anterior y esa tarde, el tiempo pasado en el apartamento. Repasé una y otra vez las últimas veinticuatro horas, la voz de mi hermana en el contestador automático y los mensajes de Andrew y Joy. A ratos pensaba en las tareas de la semana y en el trabajo que me esperaba, pero enseguida volvía al cuarto, a la respiración rítmica de Hilmi en la oscuridad, a lo que me había susurrado antes de quedarse dormido:

—¿Qué te dije? —Sonaba satisfecho, convencido; sus ojos ya estaban cerrados—. Todo saldrá bien.

Solo después de levantarme para ir a hacer pis y beber un poco de agua, y, pese a que sabía que las ventanas estaban cerradas, recorrer el apartamento corriendo las cortinas, apagando las luces, comprobando que la puerta de la calle estuviera cerrada con llave y la cadena echada, y meterme en la cama, solo entonces pude decirme a mí misma que sí, que todo iba a salir bien. Porque ayer, en los cafés y bares y calles de la ciudad, miles de otras jóvenes parejas se habían conocido, hombres y mujeres cuyos caminos se habían cruzado, y que habían pasado el fin de semana juntos, consolándose mutuamente, aliviando la soledad que sentían en esta inmensa ciudad. «Eso es todo», pensé mientras me hundía en el sueño y mi respiración se iba acompasando con la de él. «Tan rápido como empezó ayer podría concluir mañana. Podría acabar con un fuerte abrazo y un beso de buenos amigos en la puerta. Así que, duérmete, Bazi, todo saldrá bien.»

Segunda parte

INVIERNO

14

Diciembre. Las tres semanas entre Acción de Gracias y Navidad. Despiertos de noche y dormidos de día; prácticamente inseparables. Encerrados en el oscuro apartamento de Brooklyn o con los gatos en Manhattan, teñidos de azul pálido por la nieve que cae del otro lado de las ventanas. Horas tranquilas y largas conversaciones, cada uno flotando en el ser del otro, disfrutando del grato calor que difunden los radiadores, a tono con el viento y los truenos. Los mismos cedés que se repiten: Chet Baker, Mazzy Star, Chopin, Ella Fitzgerald. Aquellos días fríos de diciembre, los últimos del año 2002, vuelven a mi memoria años después, algo borrosos, brillantes a través de la neblina, como preservados en mi memoria desde el comienzo con una distorsión levemente irreal. O quizá lo que sucede es que con el tiempo han perdido algo de su nitidez y han adquirido una vaga luz crepuscular.

Aquí, saciados y exhaustos, en el sofá. Y en la cocina, preparando albóndigas con salsa de tomate y patatas para el almuerzo mientras Ella y Louis cantan. De nuevo en el salón, bebiendo el resto del vino, jugando al *backgammon*. Luego en la penumbra del pequeño dormitorio. Todo parece confuso y radiante a la vez, vislumbrado a través de una translucidez blanca lechosa. Retrocedo en el tiempo y nos veo a los dos rodando por la alfombra, riéndonos y abrazándonos, tanto que nos duelen las costillas. Ahí estoy yo, las mejillas enrojecidas, reprimiendo una sonrisa, con un pañuelo rojo atado a las caderas. Las notas envolventes de Rasheed Taha salen de los altavoces mezcladas con la voz melodiosa de una cantante libanesa, cuyo nombre no recuerdo. Hilmi, ufano y satisfecho, se tumba en el sofá con las piernas abiertas y me mira con ojos chispeantes mientras me meneo y me balanceo retorciendo las manos en el aire. Aun cuando me veo bailar, dando vueltas ante sus ojos llenos de admiración, con el cabello suelto, sin creerme del todo mi propia actuación, es una escena vista desde fuera, como a través de los ojos de un pájaro que mira hacia el interior desde el alféizar helado de la ventana. La bailarina, oculta entre los pliegues de la cortina del dormitorio, termina por marearse. El pájaro ha volado hace rato.

Ahí está Hilmi, en ropa de trabajo, ante el caballete. Yo estoy sentada, cruzada de piernas, en el sofá, escribiendo a mi hermana con mi ordenador portátil. Cuando levanto la vista de la pantalla, compruebo que Hilmi no se ha movido: entorna el ojo derecho y tiene el brazo izquierdo extendido con el pulgar hacia arriba. Pone el pincel cabeza abajo y se pasea de un lado a otro de la tela. Se inclina hacia el caballete, luego hacia la paleta que sostiene con la mano derecha, con sus montoncitos de azules, verdes y amarillos. Sus bucles se menean levemente al mover la cabeza en señal de aprobación. Retomo mi correo a Iris.

A veces siento que es como si pudiéramos volar. Después de deambular por la ciudad, por el East Village o el Lower East Side, cuando recorremos andando la Quinta Avenida o la Segunda y nos abrimos paso entre la gente y los tenderetes de St Mark's Place, cuando vamos de la mano por las calles llenas de juerguistas noctámbulos, turistas y hermosas parejas que pasan a nuestro lado envueltos en una nube de perfume y loción de afeitar y los enjambres de niños bulliciosos, cuando pasamos, pisando con cuidado, entre los vendedores de incienso, bisutería, carteles de películas y libros usados, delante de los bares y cafés, de donde sale un alegre chisporroteo de música y conversaciones cada vez que una puerta se abre, con fragmentos de voces y tintineo de vajilla y olor a especias de los miles de animados restaurantes, sushi, falafel y comida china e india, flores y globos pregonados en medio de un río de rostros y taxis que no paran de tocar la bocina, mendigos, músicos ambulantes, malabaristas y tahúres y, de vez en cuando, congelado en su sitio, un caballero medieval con armadura o una momia egipcia, estatuas humanas, y de repente una increíble abubilla embalsamada, con sus plumas, asustada, apoyada en una sola pata. Nos saluda un Papá Noel de barba frondosa, y luego otro y otro, barrigones y con las mejillas arreboladas, chocolates y propagandas, alcancías para la limosna y campanillas, y van todo el tiempo juntos, músicos callejeros semejantes a una banda ambulante, Dylan cediendo el paso a Chaikovsky, el violoncelo al clarinete, los blues al country, la mandolina al saxofón, y en la densa atmósfera de la noche fría mezclada con la limpia humedad de la nieve y el humo de los kebab y las hamburguesas a la parrilla, una orquesta de sonidos que nos circunda a nuestro paso, y todo resuena y es como si el mundo entero estuviera enhebrado con un solo hilo, palpitante y lleno de vida, de voces y luces y colores; siento entonces que nosotros dos podríamos volar en cualquier momento, elevarnos por encima de las cabezas de la gente que anda por la acera y subir al cielo.

Probablemente leerás esto y dirás que toda esta armonía que acabo de describir se debe al porro que nos fumamos por la tarde o la cerveza que bebimos. O quizá, como dijiste una vez, es que el agua robada sabe muy dulce: te da una embriagadora sensación de libertad. El íntimo sentimiento de victoria que nos envuelve cuando salimos a la calle, dos seres anónimos abrazados en medio del parpadeo incesante de las luces y el ruido espantoso de la ciudad.

Levanto la vista y miro de nuevo a Hilmi. Está mezclando colores. El rosa pálido de la punta de la lengua asoma por la comisura de sus labios. Está muy concentrado. Moja el pincel en el montículo de pintura amarilla y descarga la espesa veta aceitosa en el centro de la paleta, junto al montículo blanco que ha formado antes. Añade un generoso baño de azul. Después, un ligero toque de azul más oscuro.

Los mezcla formando con ellos rayas azules, amarillas y blancas.

Es ahora que empieza la magia. El milagro misterioso que me obliga a levantar los ojos del ordenador a cada rato. Sigo el pincel, lo observo cuando remueve los colores y se mueve en círculos rejuntándolos y esparciéndolos. En un instante el amarillo se ensucia y pasa a ser gris; el brillo de su luz se enturbia y el azul se destiñe y se torna pálido, perdiendo su condición de azul para volverse gris. Mientras lo observo, dentro de ese azul y ese amarillo que desaparecen nace un color completamente nuevo: un verde muy vivo.

Mis ojos vuelven a la pantalla. Releo las últimas líneas. Y vuelvo a leerlo todo desde el principio, tachando y corrigiendo. Pero no me puedo concentrar y se me van las ideas, estoy demasiado pendiente de Hilmi. Voy de su camiseta rota a los músculos de sus muslos moviéndose debajo de los pantalones vaqueros; paso a fijarme en los mechones de pelo, en las manchas de pintura en sus dedos, en los lamparones, verdes y amarillos y azules, sobre la piel de las mejillas y en la frente.

En esos momentos es como si Nueva York, hermosa y resplandeciente como en las películas, se abriera a nuestros pies. Cuando caminamos juntos, arrastrados por las olas de la multitud, siento que esta inmensa ciudad también está enamorada, ebria de amor, igual que nosotros. Los edificios me parecen más altos y los árboles más verdes y relucientes; los trenes marchan cada vez más rápido y traquetean más fuerte, y un gran resplandor de celebración ilumina las calles con sonidos caóticos súbitamente superpuestos a la música ruidosa de la ciudad...

—¿Qué es, Bazi?

Su voz es muy cercana. Me besa en la nuca.

—Oye, ¿no estarás escribiendo sobre mí?

—Claro que no.

Se inclina por encima del respaldo del sofá, la pantalla

del ordenador ilumina la mitad de su rostro. Me mira con un brillo de esperanza en los ojos.

—Entonces, ¿por qué me observas todo el tiempo?

—Por nada. Me gusta mirarte de vez en cuando.

—¿Y sigues escribiendo a tu hermana?

—Sí. —Pongo el ordenador sobre la mesa—. O tal vez no...

—Entonces, sigue, escribe.

—Ni siquiera sé si se lo voy a enviar...

—Bueno, no importa, tú escribe y cuéntale que soy divino.

—De acuerdo.

—E inteligente.

—Inteligente y divino. Entendido.

Hunde sus labios en mi cuello y se me eriza la piel.

—Escribe que eres muy —murmura detrás de mi oreja—, muy... —Muerde mis pendientes y empieza a desabotonar mi blusa con la mano izquierda—. Muy...

Su mano, serena, confiada, se demora entre un pecho y el otro. Bajo la vista y veo sus dedos manchados de pintura que trazan un círculo en torno a uno de los pezones presionándolo suavemente. Mis ojos siguen su mano hasta el otro pecho, lo acarician rodeándolo una y otra vez; entreveo manchas de pintura y venas pálidas en el recorrido de su caricia, y una preocupación parpadea dentro de mí, como una luz lejana en la niebla: somos como esos colores, fluyendo juntos, mezclándonos hasta volvernos irreconocibles, verde y amarillo y azul. Por encima de su cabeza, mientras se dobla sobre mí y va más lejos, por encima de sus rizos, en los que yo hundo mis dedos, mi mirada encuentra la pantalla del ordenador y las palabras que volqué en ella durante toda la tarde. Y es entonces cuando me doy cuenta de que no le estoy escribiendo a Iris. Que, en realidad, la destinataria soy yo, un yo aún desconocido, un yo que hace mucho tiempo ha regresado a Israel y está viviendo mi vida de mañana en Tel Aviv; un yo lejano que un día abrirá este archivo y leerá las palabras y, quizá, con una mirada retrospectiva, comprenderá mejor lo que está ocurriendo dentro de mí ahora, lo que estoy viviendo estos días de maravillosa locura. Nos recordará como fuimos una vez, en Nueva York, en el taller de Hilmi, en Brooklyn. Leerá estas líneas y recordará que una vez yo estuve sentada en este sofá, en diciembre de 2002, como el pájaro posado en el alféizar de la ventana toda la tarde, mirándome amarlo mientras yo escribía esas líneas.

15

El jueves, le cuento a Iris por teléfono, que fuimos con Joy y Tomé a la inauguración de una exposición sensacional, en Chelsea, y luego cenamos en un pequeño restaurante francés que ellos conocían, «magnífico, donde comen los auténticos franceses», y al final de la velada nos acompañaron a Brooklyn y subieron a ver el taller de Hilmi, «y no te lo creerás, pero les gustó muchísimo».

La oigo vaciar el lavavajillas, abrir y cerrar alacenas. «Dijeron que era maravilloso», me jacto, «hermoso, extraordinario». Mi entusiasmo va en aumento. «Estaban enloquecidos con él.» Oigo el ruido del inalámbrico que se desplaza con ella y el agua que sale del grifo. «Y después, escucha esto», pego la mejilla al teléfono, «Tomé dijo que tiene una amiga que es directora en Random House, en la sección de libros de arte, y que se la presentará a Hilmi. Dijo que el trabajo de Hilmi le va a chiflar».

El lápiz que tengo en la mano no para de dibujar estrellas y pirámides y de hacer garabatos en los márgenes de «Termitas y piedras de ámbar: Endosimbiosis en el Mioceno», el artículo fotocopiado lleno de frases resaltadas con amarillo y azul brillante en el que estaba sumergida antes de que sonara el teléfono.

—Hilmi —hablo con ternura a mis garabatos— casi se muere cuando lo escuchó. No sabía...

—¿Adónde vas con esto, Liati? —me interrumpe con impaciencia.

—... cuál editor...

—¿Eh? —El ruido de su respiración corta mi frase—. ¿Adónde vas con esto, cariño?

La sonrisa sigue suspendida en mis labios. ¿Adónde voy con qué? Antes de que pueda preguntárselo, oigo otra vez el ruido del grifo.

—Hilmi, Hilmi, Hilmi —masculla algo pegada al micrófono—. Hilmi hizo esto. Hilmi dijo aquello. Creo que va a hacer dos meses ya... —Un entrechocar de acero inoxidable tapa momentáneamente su voz—... que lo único que te oigo decir es Hilmi, Hilmi, Hilmi.

Se me cae el lápiz. Porque aquí, también, entre las estrellas y los triángulos, han aparecido, no sé cómo, varios *Hilmis* incriminatorios escritos con letras adornadas. Me toma un segundo, pero me controlo.

—Iris, ¿cuál es tu problema? —digo amargamente.

—¿*Mi* problema, Liati? ¿Cuál es *mi* problema?

Más allá de la sorpresa inicial y del insulto hiriente, algo en mí también se sorprende de lo transparente que soy. ¿Cómo lo hace para entender tan rápido todo lo que me pasa? Mi hermana mayor, tan inteligente que por teléfono y desde la otra punta del mundo es capaz de darse cuenta y de entender con toda claridad lo que me sucede.

—Está bien, no te contaré nada más —musito a la defensiva—. Si no deseas oír...

Pero me interrumpe y replica:

—Este chico, Hilmi, quiero decir... es como si lo invadiera todo. Desde que lo conoces, no puedo hablar contigo de ninguna otra cosa...

—Bueno, no es tan así...

—Te lo digo con toda sinceridad, es como si te hubiera hechizado.

—¿Qué?

—Desde que lo conoces, es como si estuvieras... —Hace una pausa—. No sé, como embelesada.

—Eso se llama —le contesto con mal humor y en ese

tono irritado que a veces uso con ella, esa inflexión replicona de adolescente— estar enamorada. ¿Lo sabías?

«Tú, mi hermanita mayor, después de cinco años de matrimonio y dos hijos, a lo mejor te has olvidado de lo que es el amor», pienso para mis adentros. «Tú, con tus recados y tus coladas y tu guardería, ¿no estarás un poco celosa?» Agito el lápiz con impaciencia e irritación, como si ella pudiera verme. «Y es por eso que estás harta de escucharme...»

—Estar enamorada está muy bien —contesta con tono de maestra—. Te deseo lo mejor. Adelante y sigue enamorada todo el tiempo que quieras...

—Muchas gracias, de verdad...

—Pero todo el... —Rezonga y se distrae otra vez con los platos—. Todo eso...

—¿Todo eso *qué?*

Pierdo la paciencia.

—Ya sabes. Todo eso de volar, «volaremos al cielo de un momento a otro», todo eso...

Mierda, mierda. Aparto el teléfono de la oreja, lo sostengo con furia. Mierda. Ese estúpido correo electrónico. Fui tan estúpida como para enviárselo. Cuando volví a casa, el sábado por la noche, y lo releí, temí que pudiera pasar esto. Temí que pudiera pensar que era patético. Y, como restándole importancia a mis palabras o para atenuar el sentimentalismo, escribí al pie: «Dios mío, no sé ni si debería enviártelo.» A continuación añadí una cara sumisa y sonriente. Y, aunque sabía que ya era muy tarde y estaba cansada, y que mejor sería dejarlo para mañana, le di a «Enviar». El sobre amarillo aleteó y cuando lo vi entrar en el buzón de mi hermana supe que lo lamentaría.

—Qué te puedo decir, Liati... —Suspira, parece preocupada—. Toda esta historia... Últimamente tengo la impresión de que no es solo un... ya sabes... solo un... un ligue, como fue al comienzo. Y me preocupa un poco, porque...

—Un estrépito de ollas y sartenes le tapa la voz.

—¡Iris, o hablas conmigo o haces otra cosa! —No me lo

puedo creer pero le estoy gritando—. ¡La verdad es que así no se puede conversar!

Todo queda en silencio; lo único que oigo es el zumbido del inalámbrico.

—Espera un momento, voy fuera —me dice segundos después.

Lejos, en Binyamina, Iris abandona la cocina, cruza el salón y sale al jardín. Allá es de tarde. Como fondo se oye la alegre melodía de unos dibujos animados para niños que pasan por televisión. Y aquí, en los márgenes del artículo, el lápiz en mi mano se pone a hacer garabatos otra vez, más rayas y más triángulos. Recuerdo lo que dijo cuando la llamé desde Brooklyn la semana pasada: «Ah, ¿estás en su apartamento?» De repente su voz se había enfriado. «Está aquí, a mi lado», contesté riendo, «pero no entiende lo que estoy diciendo». «¿Cómo que estáis vosotros?» Pareció dudar. «No te preocupes. Llámame cuando estés en tu casa.» «No, espera, iré a la otra habitación.» Me levanté en el acto del sofá. «Liat, así no puedo hablar contigo», insistió a pesar de que me había encerrado en el cuarto de Jenny, «hablemos mañana, u otro día». «De acuerdo», acepté decepcionada, «como quieras». Y luego, como disculpándose, como restándole importancia o para consolarme, o para compensar la desaprobación implícita por esa distancia que yo notaba en su voz, añadió: «No sé, Liati, eres tú quien habla, pero es como si fueras otra persona, me siento incómoda...»

Oigo que arrastra una silla de plástico y el gorjeo de los pájaros.

—Deberías ver lo que hemos hecho en el jardín —dice, más relajada—. Todo florece este año.

Es exactamente lo que hacía cuando éramos pequeñas y decidía dejar de pelear y seguir jugando como si nada. Me descubro a mí misma poco menos que conquistada por su charla sobre los tulipanes y las margaritas que están brotando, la hilera de retoños de cipreses plantados a lo largo de la valla, y cuán velozmente se propaga la pasionaria.

Tras inhibirme de hacer comentarios durante largo rato, ella acaba cediendo:

—No lo sé, Liati. La verdad es que no lo sé. Estoy pensando en que si papi y mami lo supieran...

Se me corta la respiración.

—¿Qué? —Trato de acallar los latidos de mi corazón—. ¿Se lo has contado?

—He dicho *sí*...

Y, de repente, como en las películas a cámara rápida sobre la naturaleza, con pétalos que se abren y se marchitan en tres segundos o frutas que se pudren en un santiamén, siento mi cara hirviendo y presa de espasmos incontrolables.

—No me lo puedo creer, ¿cómo has podido...?

—Oye, escucha un momento...

—¿Cómo te has atrevido? ¿Por qué lo has hecho?

—¡No, no! ¡Cálmate! —grita fuera de sí—. ¡Dije *sí*! *Si* supieran... No se lo he contado a nadie, ni siquiera a Micah.

«¡Maaami!», oigo mucho más cercana la vocecita dulce de mi sobrino Aviad; pregunta algo sobre la cinta de los Teletubbies.

—Un momentito, cariño —promete Iris—. Mami ya casi termina de hablar. —Le da un beso—. La pondremos en un minuto.

Todavía me siento horrorizada conmigo misma y mi exagerada reacción ante la mera posibilidad de que papá y mamá se enteren de lo que hay entre Hilmi y yo. Pienso en lo que le dije a Joy hace unas semanas, cuando estábamos esperando en la cola de la cafetería y ella me preguntó, mirándome con cara de susto, muy seria: «Y si tus padres se enterasen, ¿qué harían?»

Me acuerdo de mi respuesta en caliente; le dije lo primero que se me ocurrió: «Me colgarían.» En un alarde de indiferencia, me encogí de hombros y me reí. «Me colgarían del árbol más alto de Tel Aviv.»

En aquel momento pensé que algo en la mirada preocupada de Joy, la tensa expectativa en sus ojos, había provocado mi respuesta cínica. Esa expresión suya, grave y a la vez tolerante, me había irritado. Pero después, recapacitando sobre lo sucedido, pensé: «¿No habrá sido su pregunta? ¿El hecho mismo de que mencionara a mamá y papá?» De todas formas, no pude abstenerme de mellar un poquito su candor de niña mimada norteamericana con mis espinas de *sabra*, pero, cuando la vi abrir grandes sus ojos azules llenos de asombro, me apresuré a añadir: «¡No! ¡Es broma!» Y rompí a reír, con una risa bastante exagerada, por cierto. Su reacción fue un parpadeo, una mirada levemente herida y el asomo de una sonrisa indulgente, como diciendo: «ya lo sé».

«Pero la imagen es un poco rara, ¿no?», había dicho pasando la bandeja de una cadera a la otra y volviéndose a mirarme. «Decir que te colgarían de un árbol no es como decir "mis padres me matarían".» Me miró a los ojos, que pestañeaban nerviosamente. «Colgar a alguien de un árbol», prosiguió con voz pausada no exenta de extrañeza, «es una condena a muerte en público. Un castigo para dar ejemplo. Casi te diría que es...». «Bíblico, sí», completé su frase con voz seria. «Es un castigo bíblico.»

Cuando más tarde reconstruí la conversación, me acordé de algo que ella me había contado acerca de Tomé y que me había molestado. Hilmi y yo habíamos estado en casa de ellos unos días antes y Joy me contó que, cuando nos hubimos marchado, Tomé le había preguntado cuál era exactamente el problema con Hilmi: ¿que era árabe o que no era judío? «Digamos que si Hilmi fuese norteamericano, protestante o algo por el estilo, ¿Liat lo descalificaría?» Joy insistió en que de verdad Tomé estaba tratando de entenderlo, como si hubiera algo que entender. Como si en realidad ellos dos fueran capaces de entenderlo.

—Solo dime que te cuidas, cariño, es lo único que quiero saber. Quiero estar segura de que no te estás encariñando demasiado.

La voz de Iris es más suave.

—Me cuido, no te preocupes.

—Bueno, la verdad, no lo parece.

—Te lo he dicho, estoy bien.

—No lo estás; estás yendo demasiado lejos.

—No es verdad. Sé que es algo pasajero, que un día tendré que dejarlo, pero por ahora es...

—Solo una aventura. Ya lo dijiste: una aventura, una isla en el tiempo...

—Sí, una aventura, una isla en el tiempo, lo que tú digas.

—¿Cómo que lo que yo diga? Fueron tus palabras, Liati, hace un mes. Dijiste que todo estaba entre paréntesis.

—¿Qué? Dije que no...

—Llega Micah —susurra en el micrófono.

Antes de que me pida que me calle, escucho la alegría de los niños: «¡Papi, papi! ¡Mami, ha llegado papi!» Y la voz de Micah, que sale con ellos al jardín, y el ruido de un beso.

—¿Con quién hablas? —pregunta—. ¿Liat?

Aviad, como es lógico, en brazos de su padre, ordena con su dulce vocecita:

—Papi, ven, arréglame esto.

—Un segundo, Micah quiere decirte hola —dice mi hermana.

—No, Iris, espera. —No alcanzo a terminar la frase que oigo un tira y afloja con el teléfono: «¡Ahora, papi, ven ahora!» Y la voz profunda de Micah—: ¿Qué hay, Liati? ¿Cómo está Nueva York? —Se ríe entre las súplicas de Aviad—. ¿Has encontrado un buen chico judío?

En invierno, Iris y yo nos distanciamos. No sucedió de golpe, sino que, con el correr de los meses, nuestras llamadas fueron cada vez menos frecuentes. Las excusas son siempre las mismas: las obligaciones que te impone la vida, las cosas que hay que hacer, el coste de las llamadas, la diferencia horaria. Las pocas veces que hablamos por teléfono, evito mencionar a Hilmi. Tampoco les cuento nada a mis amigas de Israel por mail o cuando las llamo. Cuando alguien llega de Israel —en dos ocasiones: una íntima amiga mía en enero y otra pareja en Pésaj— les digo que sí, que estoy saliendo con alguien, un chico griego muy agradable.

Es verdad que están Andrew y Joy, pero no es como hablar con mi hermana. La echo de menos, añoro nuestras largas conversaciones en las que yo le contaba cosas que solo puedo compartir con ella. Tengo tantas que contarle ahora, todo lo que me ha pasado, todo lo que pienso, pero no puedo decirle nada. Una vez, cuando sin darme cuenta dejé caer un «nosotros», Iris me interrumpió y me preguntó:

—¿Con quién estabas? —Suspira y adivino la cara que pone—. Por favor, Liati, con todos los chicos cachondos que hay en Nueva York, ¿tienes que colgarte de ese?

Así que no le digo cuánto nos divertimos haciéndonos reír uno al otro. No le digo que me paso el día reuniendo los chistes que le contaré por la noche para escucharlo reír, para reírme otra vez con él. No le hablo de los momentos en los que yo sé que me entiende, que puede entrar y salir de mi mente y recorrer sus muchos recovecos; que puedo mirar sus ojos sabios y ver las ruedas de su mente girar perfectamente sincronizadas con mis pensamientos. La tranquilidad, la satisfacción, la comodidad que me envuelve entonces. La curiosidad y el placer de reflexionar juntos. En esos momentos, en los que hablamos y hablamos, siento que si yo fuera una suerte de enigma para mí misma, una adivinanza difícil de resolver, él ha llegado hasta aquí para conocerme y contestar a todas mis preguntas.

Y no le cuento a nadie que se pone cachondo enseguida, que se abrasa como un cardal, fogoso y tierno, deseándome constantemente. Ni les hablo de nuestras noches que son como una manzana que, por más que la mordamos, está siempre intacta. Ni de nuestro placer dichoso, generoso y egoísta a la vez, hambriento y saciado, y de nuevo hambriento. Ni que a veces, cuando estamos acostados, debajo de las mantas, abrazándonos acurrucados como dos yemas en un solo huevo, satisfechos y saciados, enzarzados, las piernas y los brazos entrelazados como dos pulpos, en esos momentos yo siento que soy él, cerca de él de modo tan íntimo, tan penetrada por él, que prácticamente puedo sentir lo que es ser él.

Y que a veces, en secreto, sueño despierta. Me imagino que al final me quedo a vivir aquí, con él. Que no tengo la fuerza de voluntad suficiente para partir, y nos quedamos juntos y vivimos en un suburbio, lejos de todos, en una casa de clase media, con tejado rojo, chimenea y jardín vallado, o en una ciudad universitaria donde nadie nos conoce, con un coche grande en la entrada y dos hijos, una niña y un niño, viviendo nuestras vidas de norteamericanos, igualitos a los que se ven por la televisión.

16

En enero, después de las vacaciones, regreso a mis textos y diccionarios, al silencio laborioso de las salas de lectura de la biblioteca. En Brooklyn, Hilmi retoma su trabajo a todo vapor. Dedica la mayor parte del tiempo al chico soñador. Treinta y cuatro dibujos terminados, listos para ser coloreados, cuelgan encima de su cama y de las paredes. Necesita acabar seis bocetos que faltan para el proyecto y trabaja, de manera intermitente, en una serie de pinturas al óleo sobre telas de gran tamaño y tablas de madera: desolados paisajes urbanos, Nueva York como una ciudad fantasma de puentes y torres abandonadas, lagos resplandecientes y ríos aceitosos con objetos incongruentes flotando en el agua: peines y mochilas, hervidores y zapatos viejos arrastrados por la corriente tenebrosa.

El nuevo año se anuncia esperanzador; hay buenas noticias. En noviembre y diciembre, el Centro de Cultura Árabe, en Queens, expone en su vestíbulo seis obras suyas: retratos del chico soñador en lápiz y acrílico como parte de una exposición colectiva de artistas de los Estados del Golfo y de Oriente Medio. Después se entera de que se han vendido cuatro obras suyas por setecientos dólares a una pequeña galería, en las inmediaciones del SoHo, especializada en jóvenes artistas internacionales.

El señor Guido, un italiano sesentón, de piel bronceada y cabellos plateados, es el dueño de la galería. Llega al taller de Hilmi luciendo una corbata de seda, varios anillos de sello y un bolso Louis Vuitton colgado al hombro. Nos presenta a *Beatrice*, una pinscher marrón con bigote gris que asoma la cabeza fuera del bolso. Tras dar una rápida vuelta por el taller, *Beatrice* salta al sofá y, con una mirada de aburrimiento no exenta de elegancia, se acurruca en mi falda. Come de mi mano unos pedacitos de galleta y ambas observamos los gestos que hace el señor Guido mientras camina examinando los nuevos trabajos de Hilmi y el bloc de dibujo. Cuando Hilmi lleva al señor Guido al dormitorio y le explica sus planes y el propósito de su obra, todavía en ciernes, *Beatrice* levanta las orejas al oír las exclamaciones y los aplausos entusiastas de su amo. Al final de la visita, el señor Guido le encarga una serie de seis retratos más. Mete la mano en el bolso y le entrega un adelanto de efectivo: doce billetes de cien dólares.

—¡En efectivo! —Hilmi brinca y baila por todo el salón, dando vivas y gritos de alegría, agitando el abanico de billetes verdes abierto cual penacho sobre su cabeza—: ¡En efectivo, en efectivo, en efectivo!

Después de tres años de pasar privaciones en Nueva York, viviendo al día, trabajando de camarero o limpiando vitrinas, trasladando muebles y repartiendo folletos de publicidad, abandona el trabajo seguro de profesor de árabe. Notifica a la escuela privada de idiomas de Manhattan, que le envió a Andrew y a muchos otros estudiantes durante todo el año pasado, que deja la enseñanza por un tiempo. Cuando llega fin de mes no necesita llamar a su casera, la madre de Jenny, su compañera de piso ausente, para rogarle que le conceda un período de gracia en el alquiler. Y una tarde, cuando pasamos delante de una gran tienda de productos electrónicos, en la calle 42, sucumbe a la tentación y entra a mirar las relucientes videocámaras de última generación expuestas en una vitrina. Se gasta cuatrocientos cincuenta dólares en un nuevo modelo de Sony y lo despacha por correo a Ramala, para Marwan, su hermano menor, que acaba de finalizar la carrera de cine en Túnez.

Hilmi, ahora, trabaja constantemente, dibujando día y noche. Lo deja todo y se dedica en exclusiva a terminar el proyecto. El invierno se apodera de la ciudad y Hilmi se atrinchera en Brooklyn, la punta de la lengua asoma por la comisura de sus labios mientras, muy concentrado, dibuja, borra y vuelve a empezar. Arrecia la tormenta de granizo, ulula el viento, la nieve se acumula en los tejados y alféizares. En su taller, inundado de visiones de colores, líneas y formas, Hilmi trabaja febrilmente, con prisa, con urgencia, con una pasión sin sosiego.

Se conforma con cuatro o cinco horas de sueño. Se despierta cuando oye el despertador, a las siete o a las ocho, se ducha, come algo con el café y, después del primer cigarrillo, se hace un moño con los cabellos, sujetándolos con una cinta de chica, y se dispone a trabajar. A mediodía está cubierto de manchas grises: los dedos son grises, toda la cara es gris, la frente, el cuello, los antebrazos. A veces se queda dormido en pleno día, despatarrado en el sofá, con un lápiz detrás de la oreja. Mantiene su rutina incluso estando yo el fin de semana, aunque salgamos por la noche y regresemos tarde a casa. Fuma mucho y bebe litros de café. Durante la semana come un bocadillo de pastrami frío con pan de pita o una caja de macarrones con queso. Cuando abro la nevera, encuentro botellas de Coca-Cola y envases grasientos de comida comprada en el restaurante chino.

Una noche, al abrazarlo, siento sus costillas y me doy cuenta de que ha perdido peso. Recorro con el dedo sus pómulos y los círculos oscuros debajo de sus ojos y, entre besos, le advierto que se le pondrán negros los dientes con tanto cigarrillo, café y Coca-Cola. «Tonterías», me dice. Me estrecha en sus brazos y me dice que tiene una salud de caballo; el trabajo lo mantiene más alerta y lúcido que nunca.

—Este es el año que yo estaba esperando, Bazi —susurra—, es mi época dorada. —Repite la frase, sobrecogido, besándome el hombro una y otra vez—. Es mi época dorada. —Mira al cielo raso y me dice que tanta buena suerte lo tiene un poco asustado: haber encontrado de repente el amor y la inspiración. Tiene miedo de que tanta abundancia obedezca a un capricho del destino, que esta parte tan generosa que le ha tocado a él en el reparto de cosas buenas pueda acabarse abruptamente en cualquier momento.

Nos vemos dos veces por semana los días hábiles y pasamos juntos los fines de semana. Adormilada, noto que se desliza fuera de la cama y le oigo abrir el agua de la ducha; oigo el ronroneo del hervidor, el ruido del sacapuntas y el crujido de los lápices. A veces, por la mañana, cuando me levanto para ir al aseo, lo encuentro encorvado sobre el bloc de dibujo, rodeado de tazas de café vacías y ceniceros repletos, y cuando, horas después, me vuelvo a despertar, sigue en la misma posición, con el lápiz en la mano, mirándome con ojos enrojecidos, afiebrados.

El proyecto del chico soñador, en el que lleva trabajando dieciséis meses, es ahora su único mundo: donde él existe normalmente. Cuando termina el mes de enero, no queda un solo espacio libre en las paredes del dormitorio. Los cuarenta dibujos que cuelgan, terminados hasta el último detalle, es lo último que ve antes de quedarse dormido y el primer paisaje asombroso que contempla cuando abre los ojos. Un día de principios de febrero, al anochecer, da comienzo la etapa de colorearlos, que durará cinco meses. En cuanto coge los pinceles y los óleos y empiezan a cobrar vida las pálidas pinceladas de gris con una gama de verdes, púrpuras y rojos brillantes, es como si todo el cuarto se iluminara.

Es cuando empiezan a ocurrir toda clase de insólitos percances. Extrañas coincidencias inesperadas. Un día una mujer aborda a Hilmi en el metro y exclama con lágrimas en los ojos que el jersey que él lleva puesto, de punto acanalado azul y gris, que compró en una tienda de ropa de segunda mano hace dos años, es uno que ella misma tejió y donó a una obra de caridad después de la muerte de su esposo. Una tarde alguien llama a la puerta y cuando Hilmi abre se encuentra con una anciana en una silla de ruedas y un muchacho, quien le explica que el último deseo de su afligida abuela es pasar a ver el apartamento en el que ella se crio. Suena el teléfono varias veces y un continuo desfile de personas muy alteradas le informan de que han visto al hijo de Hilmi errando por Washington Heights, durmiendo en Central Park o abordando un autobús en la avenida Ámsterdam. Al final llama el padre del niño perdido para disculparse: había impreso los carteles con el número de teléfono equivocado.

En cualquier otro momento estas cosas habrían sido rápidamente olvidadas. Pero ahora, a los ojos de Hilmi, adquieren una importancia por demás desagradable, pues dejan tras de sí un eco tenso, frágil, como si las hubiera experimentado antes, en otra vida. Y después están los sueños, una gran cantidad de sueños.

—Anoche tuve como cien sueños —me dice por teléfono—, tal vez mil.

Y también un río de recuerdos de su infancia en Hebrón. Los rincones de la casa, el palomar en el tejado, la tienda de comestibles de su padre, los aromas que despedía, las sombras. Estas visiones vuelven a aparecer en sus sueños y en los lienzos, llenos de vida. Dibuja las casas de piedra, las calles y los patios traseros con las cuerdas para tender la ropa. Dibuja los arabescos de las baldosas del suelo, el cuarto de los niños con los colchones, los techos altos, la sombra de los minaretes que se ven por la ventana de la mezquita Ibrahim alzándose por encima de los tejados a la hora del ocaso.

Y entonces, una noche, sueña que su padre está en el tejado de su casa; sopla el viento y él fuma en actitud contemplativa. No es el padre anciano y enfermo de quien Hilmi se despidió hace siete años, cuando fue a Bagdad, el padre de sesenta y nueve años cuyo corazón cedió meses más tarde. Tampoco es la figura borrosa grabada en la memoria de Hilmi de la última fotografía de la familia, cuya copia está dentro de un cajón en el apartamento. Dibuja un retrato de su padre tal como era veinte años atrás, cuando Hilmi tenía siete años. Así es como había aparecido en su sueño.

Plasma la firmeza de su mirada impresionante y las arrugas cinceladas de su frente, la barba entrecana y los pliegues de su cuello fuerte y bronceado. Llora mientras lo dibuja, como lloró anoche, cuando en el sueño vio a su padre con extraordinaria nitidez.

Y esa especie de sentimiento profético que lo acompaña constantemente. Una sensación involuntaria, incómoda, como si lo único que tuviera que hacer para que algo se cumpliera fuera pensar en ello. Le preocupa su clarividencia, ser capaz de ver el futuro o, incluso, sin darse cuenta, condicionarlo. Veo auténtico temor en sus ojos cuando me dice:

—Es como si la realidad imitara mi imaginación.

Pero cuando le pido que me dé un ejemplo, se niega. Teme que, si habla de esas cosas, podría hacer que sucedan. Vuelvo a intentarlo, pero me contesta con evasivas.

—Olvídalo —me dice ceñudo, encendiendo y apagando el mechero—. Tengo que dejar de pensar en ello.

—Es que me preocupas, tonto —le explico cuando me reprocha que parezco su madre. Por teléfono puedo oír cuando cierra el mechero y da una calada. Le pregunto qué es lo que ha comido en todo el día. Como reconozco el tipo de calada y la voz rasposa, la inhalación reprimida, comento que está fumando demasiada maría. Me preocupa que se distraiga y llegue siempre tarde. El paraguas que ha vuelto a dejarse en el tren; los ciento ochenta dólares que desaparecieron de su bolsillo; el ataque de confusión y ansiedad cuando fuimos a comprar ropa y, en una zapatería muy grande, con bolsos por todas partes, de repente se da cuenta de que su mochila con el bloc de dibujo no está. Se pone pálido y se lanza a toda carrera por la tienda, subiendo y bajando por las escaleras mecánicas, sin aliento y con los ojos desorbitados. Hasta que al final se desploma en el probador aferrando la mochila contra su pecho y, temblando y con lágrimas en los ojos, acepta el vaso de agua que le ofrece una vendedora.

Me preocupa que llore tan a menudo. Y cuando ríe me

preocupa su tos, que le sale de la garganta y le vuelve rasposa la risa. Me preocupa el estallido de sollozos húmedos. Una noche, mientras lava los platos, se le cae un vaso y, en medio de una nube de espuma, un pedazo grueso de vidrio se le clava en el pulgar izquierdo como una navaja, haciéndole una herida en forma de herradura que cubre el fregadero de sangre. En otra ocasión, sale y se deja una olla de sopa hirviendo en la cocina, lo cual dispara la alarma del detector de humo. Cuando, al atardecer, regresa a casa, los vecinos y los policías de la comisaría lo encaran furiosos. El apartamento apesta a humo y la olla, negra y quemada, sigue encima de la hornalla.

Encuentro preocupante y, también, fastidioso:

La nube de humo del cigarrillo constantemente suspendida en el aire. La ceniza y el polvo por todas partes, las manchas de pintura y las virutas de los lápices, las miguitas que deja la goma de borrar. El ratón que hace meses anda por todas partes, apareciendo y desapareciendo en el aseo, cruzando el pasillo en la oscuridad. Las trampas con pegamento en cada rincón, con trocitos resecos de salami y queso, llenas de polvo y pelos pegoteados. Me fastidia que le tengan sin cuidado las corrientes de aire que entran por la ventana de la cocina porque está atascada o el tubo fluorescente que titila y habría que cambiarlo. Me fastidia que no le importe lavar los platos con champú cuando se acaba el detergente. Me fastidia que no doble la ropa cuando la trae de la lavandería y la meta en el armario así como está, recién salida de la secadora y aún caliente. Montañas de ropa desparramada atiborran las estanterías y sus camisas y calzoncillos huelen a moho. Me fastidia que siempre se retrase, que llegue siempre con la lengua fuera, siempre con excusas y pidiendo mil disculpas. Una vez lo espero dos horas en la calle West 17 mientras que él me está esperando en East 17. Me fastidia que vaya a todas partes con el bloc de dibujo y no deje de dibujar cuando viajamos en tren o estamos esperando a que nos sirvan en un restaurante. En el cine se duerme sobre mi hombro a los diez minutos de empezada la película. Pasamos una tarde con Andrew y su hijita Josie, y Hilmi tiene la cabeza en otra parte. Jody, Julie, Joey, nunca se acuerda del nombre de la niña. Me preocupa y me fastidia que se disculpe y evite mis besos y mis caricias; dice que no está de humor, que prefiere seguir trabajando, que tiene algo que terminar.

Me aferro a los pequeños detalles de la vida, al ritmo cotidiano, y perdono. Ocasionalmente le explico, y me explico, que es la pasión de la creatividad, la fuerza embriagadora del arte, lo que se ha apoderado de él. Es el origen de la intensidad de sus emociones y sus extravagantes adivinaciones, sus bruscos cambios de humor, las señales y presagios que lo asaltan de manera constante, las lágrimas.

—Equilibrio —declamo—, lo que tú necesitas es equilibrio. Recuperar el equilibrio de tu vida. Equilibrar las cosas.

Me aferro a las cosas simples, terrenales, prometiéndole que es posible si intenta dormir más y comer normalmente, si no pasa días enteros sin tener contacto humano, si sale a tomar el aire de vez en cuando, ve más a sus amigos, viene conmigo a la clase de yoga.

Quizás adopto este tono de voz práctico, maternal, porque no sé cómo afrontar su febrilidad, sus estados de pánico, y tampoco sé cómo lidiar con su vulnerabilidad. A lo mejor es cierto que me he vuelto irritable, que en cuanto empieza a hablar, pierdo la paciencia y que su fragilidad me disgusta, y que es por eso que me he vuelto tan eficiente y decidida. Es por eso que en el instante en que llego, trayendo comestibles y flores, aunque no nos hayamos visto durante cinco días, me pongo a freír hamburguesas y cambio las sábanas de su cama. Por eso hoy, por teléfono, cuando me pidió que fuera porque me necesitaba, no se refería a sexo: quiso decir que me necesitaba para que lo escuche, para que hable con él.

—Lo repito. Lo que te está pasando es natural y comprensible. Este sentimiento que tienes de ser todopoderoso, obviamente, tiene sus consecuencias. No es que yo no te crea. Pero el hecho es que tus fantasías, tu subconsciente, están al máximo... No, no me estás escuchando. Todas estas visiones, las señales, los sueños extraños... ¿me escuchas? Es solo que tu imaginación trabaja más de la cuenta... Claro que está relacionado. Y si piensas en la cantidad de porros que estás fumando, realmente tiene sentido. No tiene nada de sorprendente que la realidad, aun cuando estás despierto, te parezca un poco onírica... Lo sé, sí. Muy aterrador. Porque si tú tienes el poder de plasmar esta belleza, entonces, quizá, los miedos y todas esas locas fantasías tuyas, quizá, también puedan hacerse realidad. Pero mira, Hilmik, la vida continúa. Todo está bien. Mírame, cariño. Nada malo sucede, ¿verdad?

Asiente. No se ha tranquilizado, es evidente.

—Y por otra parte te prometo que pasará. Ya lo verás, cuando acabes con la colección, todo pasará. Te lo aseguro, sinceramente. No tienes por qué preocuparte.

Pero, por la noche, cuando me acuesto y me acurruco a su lado en la oscuridad, soy yo quien llora. Cuando regreso del lavabo, medio dormida, y paso por delante de los cuadros apoyados contra la pared del pasillo, del retrato de su padre, que me mira lleno de vida antes de que yo apague la luz, un pensamiento se abre camino entre la neblina del sueño: así será Hilmi cuando sea viejo. Y son mis lágrimas entonces las que mojan su rostro dormido, el rostro que beso en la oscuridad, con las arrugas y la vejez que un día tendrá. Beso esa cara gastada, arrugada, lloro y beso a Hilmi a los cincuenta, a los sesenta, al anciano que será con el correr de los años, con la respetabilidad madura que asumirá su cuerpo, la carne que posiblemente se vuelva más densa, el vello canoso sobre su pecho arrugado, las manchas en la piel y las gafas, y después a la esposa, su esposa, que aparece en mi imaginación, delgada y alta, aún hermosa, como una de esas actrices egipcias de las películas de los viernes por la tarde que pasaban por televisión cuando éramos niños. Cierro los ojos y los imagino en el jardín bajo la luz dorada del sol: Hilmi en una silla y ella de pie a su lado. Me imagino que me mira con frialdad, cegada por la luz, y los hijos de ambos, la vida que él tendrá mucho tiempo después de que yo me haya ido, años después de que él se haya olvidado de mí y yo de él y de que la aventura que tuvimos un invierno en Nueva York sea solo un recuerdo lejano.

17

Salimos del cine de Midtown después de haber visto una comedia estúpida. Nevaba y hacía tanto frío que tomamos un taxi. Mientras entrábamos en calor, el chofer puso la radio y, después de la publicidad, se escuchó una guitarra y a Annie Lennox preguntándose cuántas penas más seríamos capaces de ocultar. Conocíamos la letra al dedillo y cantamos con ella cuando prometió que el milagro del amor borraría nuestro dolor. Después del coro, cuando ella cantó a todo pulmón: «*They say the greatest coward can hurt the most ferociously*»,[1] Hilmi dejó de cantar y preguntó:

—¿Qué quiere decir *ferociously*?

Yo también me callé.

—No tengo la menor idea.

Se inclinó hacia delante para preguntárselo al chofer a través de la mampara de cristal. El hombre nos miró por el espejo retrovisor.

—Es algo así como... —Bajó el volumen—... como salvajemente, cruelmente.

—El mayor de los cobardes puede herir...

—... brutalmente.

Nos miramos en silencio y el taxi se encharcó con el recuerdo de las durísimas palabras que Hilmi me había dicho unos días antes, cuando nos peleamos: no solo era yo la

---

1. Dicen que el mayor de los cobardes puede lastimarte brutalmente.

cobarde más grande que había conocido en toda su vida, me había dicho, sino que había transformado mi cobardía en una bandera que agitaba a la menor oportunidad, que parecía una bandera blanca, pero que en realidad era munición para mi egoísmo, mi falta de pasión y mi crueldad.

Todo había empezado con un chiste malo. Nos hallábamos en su taller —yo sentada en el escritorio y él frente a su ordenador—, cuando levanté la vista y vi que eran casi las dos. Alargué la mano para coger el teléfono y antes de empezar a marcar le pedí que se fuera a la sala, así yo podría llamar a mi casa.

No apartó los ojos de la pantalla.

—Llama, si quieres —dijo al cabo de un minuto.

Como no se movía, insistí:

—Anda, Hilmi. —Empezó a moverse y se levantó—. Y estate quieto. —Murmuró algo de mala gana y yo sonreí y asentí con la cabeza cuando él ya estaba de espaldas—. Solo diez minutos. —Antes de que cerrase la puerta, añadí sonriendo—: ¡Desaparece de mi vida solo diez minutos!

Nunca lo había visto tan herido y enfadado. Se puso furioso, con la cara tensa, encendida por la ofensa. Su mirada era aterradora, se le hincharon las venas del cuello y los tendones parecían inflamados, y me gritó tan fuerte que me encogí de miedo. Nunca antes me había levantado la voz. Me senté en el borde del sofá y lo miré pasearse de un extremo al otro de la alfombra, hablando y regañándome con el dedo en alto, agitándolo, gritándome toda clase de acusaciones y, a veces, golpeándose el pecho.

Intenté volver al punto de partida insistiendo en que no había sido más que una broma inocente. Traté de defenderme, supliqué, pero todo lo que yo decía lo encolerizaba aún más. Cuando oímos el ascensor que se había parado en nuestro piso, seguido de los pasos de nuestros vecinos, entonces se agarró la cabeza y cerró los ojos. Ya con otra voz trajo a colación cosas que yo le había dicho dos o tres semanas antes, con ternura y cariño, pero él las repitió con desdén, imprimiéndoles un tono despectivo.

Sus labios echaban saliva y se llevó la mano a la boca para quitársela con violencia, como si estuviera abofeteando a alguien.

—Es extraordinario, es exactamente lo mismo. «Levántate y vete. Anda, ve al salón y desaparece de mi vida por diez minutos. Ahora vuelve y ámame.» Es siempre ese mismo puto control que necesitas ejercer. «Ámame, Hilmik, dame todo lo que posees. Pero no te olvides, es solo hasta el veinte de mayo. Solo puedes amarme hasta el veinte de mayo.» Y ¿por qué, Baz? ¿Por qué? Porque el veinte de mayo «regreso a mi vida real». Sí, *real*. Jugaremos a nuestro jueguecito durante cinco meses, lo jugaremos cuatro, tres meses más, pero solo hasta el veinte de mayo. Entonces *khalas*, se acabó el juego. Daremos una fiesta de despedida y adiós. «Esto no es la realidad, cariño, esto es Nueva York.» «Es solo un largo sueño que estamos soñando juntos.» ¿Y sabes de qué me acordé en esos diez minutos cuando me echaste de tu vida? ¿Lo sabes?

Del alfiler. El alfiler que yo sujetaba entre el índice y el pulgar cuando era pequeña y corría a la escuela temprano por la mañana. El alfiler que supuestamente me protegería de los secuestradores árabes. Dijo que yo aún lo tenía, que lo sujetaba entre nosotros. Dijo que a veces yo estaba tan abstraída en mí misma, tan preocupada con mi cobardía que ni siquiera veía que yo lo estaba pinchando una y otra vez con ese alfiler.

La última vez que habíamos hablado de ello, le confesé que era algo más que mis padres y el miedo que yo tenía del daño que podría causarles. La verdad era que yo no tenía agallas para esto. No tenía valor para vivir esta clase de vida, una vida rebelde, inapropiada, heroica. Soñaba con algo simple, un tejado rojo y un par de niños, con alguien como yo.

«Esta es la verdad», le había dicho encogiéndome de hombros. «Soy demasiado convencional para esto.»

Ahora veo sus ojos entrecerrados entre mis lágrimas, y, mientras me las secaba, me fijé en la rápida ondulación que bajaba por su garganta, y mi corazón saltó a esa abultada nuez que subía y bajaba. Estiré el brazo por encima del respaldo del sofá y casi rozo con la mano su brazo, pero su pecho se puso rígido y giró la cabeza.

—Ni siquiera lo ves.

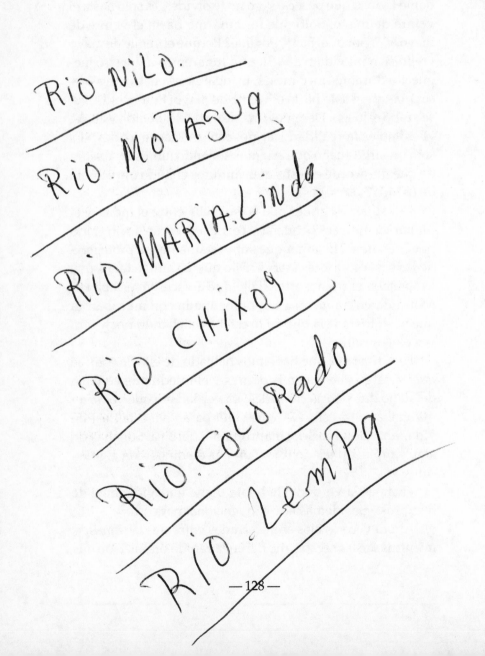

18

Unas semanas antes, a comienzos de enero, el primer viernes del mes, paso la mañana entera en la sección de ropa para niños de un gran almacén situado en las cercanías de Union Square, aprovechando las rebajas postnavideñas para comprar regalos para mis sobrinas y sobrinos. Mi hermana me envió por fax sus alturas y peso, y un calco conmovedor del pie derecho de Aviad junto al izquierdo de Yaara, aún más pequeño que mi mano. De camino a casa, con las bolsas de las compras en cada mano, me detengo en la tienda de comida orgánica, que está cerca de la universidad, y compro una botella de vino tinto y un pastel para la cena.

Por la tarde me visto y me maquillo y cojo el metro hasta Upper West Side. Me bajo en la calle 110 y camino hacia el este, a la avenida Ámsterdam. El conserje me pregunta mi nombre y, tras una breve conversación telefónica, llama el ascensor. Subo al piso dieciocho. La puerta del apartamento de Maya y Gidi tiene un dibujo hecho con lápiz por un niño sobre un cartel que dice «¡Bienvenidos!», en hebreo y en inglés. Puedo oír un viejo tema de los Kaveret, uno de mis preferidos, sonando en el interior.

La puerta se abre y la canción llega a mis oídos junto con retazos de conversación y los aromas que salen de la cocina. Uno de los mellizos está en la entrada, descalzo, vestido con un pijama con el dibujo de un astronauta.

—Hola.

Tiene el pelo lacio color arena, una nariz brillante y la cara llena de pecas claras.

—Hola. —Me mira con una sonrisa codiciosa, le faltan los dos dientes delanteros, y extiende las dos manitas para recibir los paquetes de regalo que sobresalen de mis bolsas de papel.

—¡No, Tali, cariño! —Aparece Maya detrás de él, secándose las manos con el trapo de cocina—. No son para nosotros. —Los mellizos han heredado de ella la piel, el cabello y las pecas. Lleva puesto un pantalón gris y un jersey de mangas anchas a tono con sus ojos verdes—. ¡Hola, Liat, pasa!

El niño, decepcionado y tímido, agacha la cabeza y se abraza al muslo de su madre.

—¿Estás segura de que no te importa? —pregunto entre besos—. No pude resistir...

Maya coge las bolsas y las sopesa.

—No es nada —promete—, tendrías que ver la cantidad de cosas que estoy empaquetando para pasar apenas dos semanas en Israel.

Días antes, esa misma semana, después del quinto mensaje que había dejado, la llamé al trabajo para disculparme. Me habían invitado a encender las velas en Janucá y no acudí, luego me escabullí de la fiesta de Año Nuevo y ahora, mientras me quito el abrigo con torpeza, me disculpo otra vez.

—He comprado vino y un pastel —le digo, pero me doy cuenta de que he olvidado la bolsa de la tienda—. Me los he dejado en casa...

La mesa está magníficamente puesta para doce personas, como la última vez que vine, en Rosh Hashaná. Sobre el mantel blanco hay jalás trenzados con uvas, botellas de vino y coloridas fuentes de ensaladas. En el alféizar de la ventana, un candelabro de *Sabbat* con las velas encendidas que se reflejan en el cristal oscuro.

—¡Bueno, hola, señorita! —Gidi me da la bienvenida con

fingida sorpresa. Me da un abrazo de oso y luego retrocede haciéndose el ofendido—. ¿Dónde has estado? ¡No te vemos nunca! —Tiene la edad de Maya, unos cuarenta años, con la cabeza afeitada, cejas oscuras muy juntas y piel morena. Debajo de su camisa de tela tejana de diseño y el barniz profesional adquirido durante sus años en Norteamérica, Gidi posee esa calidez masculina, propia de la gente de Jerusalén, un aspecto de Oriente Medio que en el acto me inspira ternura—. Entonces, niña traviesa, ¿dónde has estado escondida?

Empiezo a disculparme de nuevo. Culpo el trabajo, las traducciones que tenía que entregar a fin de año. Mientras hablo, veo a Yael y Oren e intercambio besos con ellos también. La panza de Yelly ha crecido un montón desde la última vez que la vi. Está en su decimotercera semana. Es un varón, explica. Otra pareja israelí, Dikla y Kobi, me saluda desde el sofá: «*Shabbat Shalom.*»

Oren señala su copa de vino al hermano de Maya:

—Conoces a Yaron, ¿verdad?

Me acuerdo de cuando Hilmi y yo casi nos tropezamos con él en el East Village. Una tarde estábamos paseando por Tompkins Square y de repente, entre los árboles y las sombras, reconocí a Yaron caminando con su labrador. Solté la mano de Hilmi y bajé la vista. Afortunadamente, el perro dejó de olfatear un poste de luz y, mientras Yaron estaba ocupado con el perro, nosotros pasamos de largo. Hilmi no se percató de nada, ni tampoco, cuando, con una excusa, le pedí que nos alejáramos de allí, se dio cuenta de que yo estaba muy contrariada.

Gidi me inspecciona a conciencia.

—Tienes algo diferente... Te has hecho algo...

Mi antena reacciona.

—¿Como qué?

—No sé. —Cuatro pares de ojos expectantes se vuelven a mirarme—. Algo en tus cabellos, quizá...

—No. —Involuntariamente me llevo la mano a la cabeza y luego la bajo al cuello—. No me he hecho nada.

Durante la cena hablamos del presidente Bush y su apetito de petróleo y de la gran manifestación contra la invasión de Irak el pasado fin de semana en Central Park. Hablamos del discurso de Sadam Hussein que vimos por televisión anteayer, y recordamos el cómico alivio por TV en Israel durante la guerra del Golfo, y cómo todos, en nuestros hogares, tuvimos que cerrar una habitación y sentarnos allí cada vez que sonaba la sirena de un ataque aéreo, no fuera a ser que se tratase de un ataque con armas químicas. Conversamos sobre Ilan Ramon, el astronauta israelí que al cabo de diez días viajaría al espacio y llevaría consigo la bandera de Israel y la Torá en la lanzadera *Columbia*.

Los cabos de las velas siguen encendidos después de la cena; dos llamas en una cascada de cera congelada, difundiendo su suave aroma cálido a la noche del viernes. Salgo a fumar al balcón y me vuelvo para ver a Yaron que abre la puerta cristalera corrediza. Cuando me ve enfundada en mi abrigo y con bufanda, se da cuenta de que fuera hace frío y me dice:

—Un segundo.

Cierra la puerta y me hace señas de que lo espere.

¿Y si me vio en el parque aquel día? A lo mejor no quiso que yo me sintiera incómoda y por eso dejó que me marchara sin saludarme... ¿Me dirá algo ahora que estamos los dos solos, lejos de los demás?

Pero, después de dar otra calada y arrojar el humo, me doy cuenta de que la culpa que siento es ridícula. Después de todo, aun si nos vio, no podía saber que Hilmi era árabe; para ello tendría que haber hablado con él y escuchado su acento.

—Hola.

Reaparece en la puerta. Le dirijo una sonrisa impostada, de inocencia y alivio, a modo de compensación por aquella vez.

Se ha puesto una chaqueta gris con coderas de piel encima del jersey y tiene un vaso de *whisky* en la mano.

—¿Te apetece uno?

Tiene mejillas redondas, con una pulcra barba francesa, nariz afilada y lleva gafas de montura muy fina. Su rostro me recuerda a una ardilla o un hámster, uno de esos pequeños roedores adorables. Al comienzo de la velada le oí explicar a Dikla su tesis doctoral sobre la economía saudita en la primera mitad del siglo XX.

—¿Arabia Saudita? —Dikla frunció la nariz—. ¿Por qué ese lugar habiendo tantos otros?

Yaron explicó que, en Israel, como estudiante de diplomatura había cursado Estudios Medio Orientales después de haber estado cierto tiempo en Inteligencia como soldado profesional.

—Hasta aquí nos siguen estos árabes, ¿eh? —dijo Dikla en broma y Yaron le rio el chiste. Dikla es una mujer muy hermosa, alta y atractiva, y era evidente que él se sentía halagado con la atención que ella le prestaba—. Donde nosotros vivimos, en Queens —prosiguió con tono de preocupación—, hay montones de árabes.

En el balcón doy por supuesto que aceptará un cigarrillo y saco el paquete de Lucky Strike que Hilmi se dejó en casa. Pero Yaron mueve la mano.

—No, gracias.

—Ah. —Mi tono de sorpresa no es muy convincente—. Creí que tú...

Dice que no fuma desde hace casi dos años y medio. Su ex le obligó a dejarlo. Se ríe mirando los cubitos de hielo y bebe un sorbo.

—Es lo mejor que saqué de toda aquella historia. —Se asoma a la barandilla y mira abajo, a la avenida. Las ruedas de los automóviles escupen incesantemente sobre la calle mojada. Me cuenta que, cuando venía hacia aquí, un patrullero lo detuvo para hacerle el test de alcoholemia. «¡Salud, muchachos!», se mofa de ellos con una sonrisa vengadora antes de beber otro sorbo.

Tiene el típico estilo de adolescente sabelotodo, cínico, que ya lo ha visto todo y nada puede sorprenderlo o entusiasmarlo. Pero su cuerpo clama incomodidad consigo mismo, como si le resultase equívoca esta máscara de indiferencia y optara por suplicar amor como los niños.

—¿Y tú? —prosigue, jugando al seductor—. ¿Sales con alguien?

Es obvio que el tono ligón no le sale con naturalidad. Me siento presionada por este inesperado y torpe intento de ligar conmigo y no se lo pongo fácil.

—No.

Tiro la ceniza por encima de la barandilla y me concentro totalmente en fumar.

Un par de meses atrás, habíamos ido los cuatro al teatro y después a comer *sushi*. Yaron me había acompañado de vuelta a casa en su Golf plateado. Ahora me ofrece otra vez llevarme a casa en su coche.

—Por lo que a mí respecta, podemos marcharnos pronto —dice, mostrándome la hora en su elegante reloj de pulsera.

Me acuerdo de Maya en el aseo de señoras del restaurante japonés cuando, mientras se retocaba los labios con el lápiz, comentó sonriendo: «Creo que le gustas a mi hermano.» Me guiñó un ojo mirándome en el espejo y frotándose los labios uno contra el otro. Me pregunto si en otro momento de mi vida, si no hubiera conocido a Hilmi a los pocos días, habría podido suceder algo entre nosotros.

Son las diez y cuarto. Apago el cigarrillo.

—Muy pronto. —Recojo los Lucky Strike y el mechero, simulo que estoy tiritando de frío y miro a Yaron—: ¿Entramos?

De golpe, me retiene, y, mientras se acomoda las gafas en el puente de la nariz:

—Liat... —Me mira con ojos confabuladores, que el alcohol parece haber achicado y oscurecido—: ¿Conoces ese lugar secreto, PNC?

Por un instante pienso que me está gastando una broma, que me está insinuando algo porque lo sabe todo.

—¿Por favor No lo Cuentes?

—¿Por favor qué? —pregunto cada vez más nerviosa—. ¿No cuentes qué? No te entiendo.

—Está en la calle McDougal, cerca de vuestro apartamento. Es un tugurio, un sitio clandestino.

—Ah, un sitio clandestino.

Se entra por una pizzería, luego hay un interfono escondido, hay que saber dónde está, y cuando llamas te ven por una cámara y la puerta se abre.

—Voy siempre —me cuenta, apoyando una mano sobre mi hombro al pasar al interior—. Podríamos ir luego, si te apetece.

Abajo, en la calle, un coche toca la bocina y otro le contesta con un pitido más largo y gracioso.

—La verdad es que mañana debo levantarme muy temprano —me disculpo, y él pone cara triste.

Una vez dentro, con café, pastel y nueces, conversamos sobre las elecciones en Israel, que han sido aplazadas a fin de mes.

Gidi, todavía con la *kipá* que se había puesto para las bendiciones del *Sabbat*, de terciopelo azul con bordados dorados, pela una manzana y deja caer una larga víbora de piel roja sobre el plato. Oren admite que aquí, en Norteamérica, una campaña antirreligiosa como la que ha lanzado el partido Shinui en Israel no sería permitida.

—Sería considerada antisemita —protesta.

—Vamos, por favor, el problema de Mitzna no es su falta de carisma —interviene Kobi, rechazando el último trozo de manzana que Oren le ofrece ensartado en la punta del cuchillo—. El problema es Hamás. Y los ataques terroristas.

Todos aprueban con la cabeza y suspiran abrumados. Yael cuenta que el hijo de una buena amiga suya resultó herido en el atentado suicida cometido en la Intersección de Pat, en Jerusalén; estaba esperando el bus en la parada y el terrorista se explotó a pocos metros de donde él estaba. Lo han operado quince veces. Kobi aguarda con impaciencia a que Yael acabe y cuenta con horror que hace apenas unos días, y de pura casualidad, descubrió que conocía a una de las chicas que había muerto en el ataque a la Universidad Hebrea, en Monte Scopus; Shmulik, su marido, y él estaban en la misma unidad militar.

—Recuerdo cuando se casaron —dice, agarrándose la cabeza con las dos manos.

Solo de pensar en Hilmi sentado conmigo aquí, en el salón de Maya y Gidi, con Oren, Yael y los demás, me da dolor de estómago. En el instante mismo de entrar en este ámbito hebreo habríamos llamado la atención y nuestro inglés forzado les habría aguado la fiesta. «Atención todos, ella es Liat», habría anunciado Maya en inglés y con acento muy marcado, «y él es Hilmi». Y a continuación, con toda seguridad, silencio general y una incómoda turbación. Me imagino las cejas arqueadas, las miradas yendo de un sofá al otro, hasta que Gidi se hubiera sobrepuesto y se habría incorporado para estrecharnos la mano e invitar a Hilmi a tomar asiento. «¿Te apetece una copa?», le preguntaría a Hilmi. Y el acento de Hilmi, que ningún oído israelí podría confundir, y las sonrisas socarronas y las guiñadas de ojos. Después, las preguntas ostensiblemente corteses, la curiosidad que confirmaría sus sospechas. Y las preguntas inconfesables que cada uno de ellos, mirándome disimuladamente, se haría sobre mí.

Más tarde, esa atmósfera cargada se habría disipado y probablemente habrían retomado la conversación. Pero no puedo imaginar a Hilmi en esta habitación conmigo, cercado de hebreos por todos lados, como una criatura en este bosque de israelíes, todos graduados oficiales del ejército, sin que la angustia se apodere de mí. No puedo evitar imaginarme el cotilleo interminable después de que nos hubiéramos marchado, los chistes y las risas que aflojarían la tensión en el preciso instante en que la puerta se hubiera cerrado detrás de nosotros.

Yaron se fue a su casa en taxi esa noche. Como estaba demasiado bebido para conducir, dejó su coche aparcado cerca del piano bar donde permanecimos hasta después de medianoche. La pianista, una negra corpulenta, con el pelo rapado y enormes aretes de oro, tocaba con los ojos cerrados casi todo el tiempo y a veces se acompañaba cantando con voz rasposa. En las mesas había velas, posavasos de cartón para las cervezas y un clavel en un vaso de porcelana. Pedí una copa de vino tinto y Yaron otro *whisky* con hielo.

En el coche, mientras nos dirigíamos al bar, conversamos sobre la situación en Israel, terrible, con autobuses explotando casi cada semana, pero al mismo tiempo ambos admitimos lo mucho que añorábamos nuestra tierra y la nostalgia que teníamos del sol y el mar. Compartimos la misma aversión por los inviernos neoyorquinos y lo cara que era la ciudad. Contó que le habían ofrecido un puesto en la Universidad de Haifa y que estaba pensando seriamente en regresar al comienzo del año lectivo.

Me pareció más tranquilo mientras conducía. El sentimiento de control sobre el coche y su manera de aferrarse al volante le daban un aspecto relajado, una suerte de masculinidad que antes no había notado. Una arruga socarrona que antes había aparecido entre sus cejas se había distendido, así como el tono íntimo de su voz. Me contó que tenía un hermano y una hermana; Maya era la mayor. Su hermano vivía en un *moshav* en el sur de Israel, con su esposa y tres niños.

—Y mis padres también son parte de la ecuación. Me refiero a si debo o no debo regresar. —Hizo una pausa como si necesitara disculparse por esa verdad tan simple y trivial—. Ya no son jóvenes.

Me reí sorprendida.

—Es exactamente lo que me ha dicho hoy mi madre por teléfono.

La había llamado esa mañana, en cuanto me desperté, más temprano de lo habitual para poder hablar con ella antes de todo el revuelo familiar de la cena del viernes por la noche. Estaba terminando de cocinar y tenía puesta la radio.

—¡Ah, esa melodía! —Yaron entendió de inmediato y se unió a mí cuando empecé a tararear la música que anunciaba el inicio del programa de Reshet Gimel—. Me encanta...

Desde casa, muy lejos, me habían llegado la enérgica guitarra y la voz eternamente aterciopelada de la presentadora:

—Aquí, allá. —Apenas había tenido tiempo de decir con su voz pausada antes que mi madre apagase la radio—. Y en todas partes.

—¡Oh, Liati! —exclamó mi madre con ternura en cuanto reconoció mi voz—. ¡Que tengas una larga vida... estaba pensando en ti! —Se rio—. En este preciso instante.

Los matices de aquellos sonidos me dieron una imagen instantánea, detallada y maravillosa, de la escena: viernes por la tarde, la radio está encendida, mi madre trajinando en la cocina entre ollas burbujeantes y fuentes humeantes, un pastel que acaba de sacar del horno, las verduras que pronto se pondrá a cortar. Podía verla allí, mientras el anochecer llegaba a la ventana, con los periódicos del fin de semana, las bolsas de comestibles, el teléfono en una mano y un tenedor en la otra. Podía oír la berenjena crepitando en la sartén, podía oler el aceite de freír y el arroz. Podía adivinar, solo por el ruidito, que en aquel mismo instante, tomándose por fin un respiro, estaba sorbiendo el café instantáneo, ya frío, que había preparado una o dos horas antes. Podía ver el jarro de cristal, el ligero tono lechoso del café, la expresión de persona ocupada en su cara, aun bebiendo su café y charlando conmigo; sus ojos, que ya iban en busca de algo que le había quedado por hacer.

Le expliqué que la llamaba ahora porque más tarde no estaría en casa. Le dije que iba a cenar a casa de unos amigos israelíes que muy pronto viajarían a Israel y llevarían regalos para Aviad y Yaara.

—¿Qué era lo que quería contarte...? —murmura después de informarme de quiénes eran los invitados a la cena—. Ah, sí, ya me acuerdo, cariño. Soñé contigo. Anteanoche.

Había soñado que entraba un ladrón en la casa por el balcón del salón. En el sueño vivíamos en Hod Hasharon y vio al ladrón a través de la pared del dormitorio.

—¿Y sabes qué? ¿Te acuerdas del pequeño televisor que había en nuestro dormitorio? Bueno, era como una cámara de seguridad, en blanco y negro, una cámara oculta. De manera que lo veo trepar con una mochila, tenía cabellos ensortijados...

Interpretó mi respuesta ahogada, un jadeo de estupefacción, como una expresión de inquietud. Se rio tiernamente.

—Pero si está bien, mi tesoro, es un buen sueño.

—¿Cómo podría ser bueno? —pregunté con impaciencia y enfado. Pensar que, gracias a sus instintos maternales telepáticos, podría haber visto a Hilmi en sueños, me había dejado estupefacta—. Pero, de todos modos, ¿qué tiene que ver conmigo? Dijiste que habías soñado conmigo.

—Bueno, escucha lo que la abuela dijo —contestó como si fuera a contarme un secreto—. Le pregunté a ella el significado del sueño y dijo que ladrones que entran en la casa en un sueño es cien por cien una profecía. Es la señal de que hay un novio en camino, gracias a Dios.

—¡Ay, mami, realmente!

—¿Qué quieres decir con «ay, realmente»? Liati, ¿en qué piensas? ¿Crees que tu padre y yo somos jóvenes?

—Es cierto, el tiempo vuela —prosiguió Yaron mientras nos acercábamos a Union Square—. Por desgracia, yo tardé en darme cuenta, pero, sí, se están poniendo viejos. Cuando veo a mi madre, no puedo creer lo envejecida que está. Mi padre no es en absoluto el que era. Y están en forma, relativamente hablando, ¿entiendes? Por eso, estar con ellos es algo que estaría haciendo también por mí. Deseo estar cerca de ellos. Verlos dos veces al año, ¿qué significa? Nada. —Me miró, pero enseguida, con timidez, volvió a mirar la calle—. ¿Qué?

—Nada. —Me encogí de hombros y seguí mirándolo—. Es bonito.

Me miró con una media sonrisa y yo también sonreí, mirando al parabrisas.

—Bueno, creo que te ha tocado el único día de la semana que me pongo más sentimental.

El reloj del tablero marcaba las diez y media. Me puse a pensar en la olla de *cholent* que mi madre habría cocinado a fuego lento toda la noche, con huevos duros y patatas que ahora, a las cinco y media, asadas y con manchitas, estarían echando humo, aromáticas, en el apartamento de Tel Aviv. Pensé en ese aroma cálido, íntimo de sábado por la mañana que se desparrama por nuestra casa dormida y a oscuras, en combinación con el *cholent*, la cera de las velas, mirto y geranios que mi padre debía haber cogido por el camino a su regreso de la sinagoga para dar las gracias antes del *kidush* del *Sabbat*. Recordé cómo se me impregnaba la nariz con ese olor reconfortante cuando yo volvía a casa después de haber pasado la noche en la ciudad y sin hacer ruido me descalzaba y caminaba con sigilo al pasar delante de los candelabros, las velas *yahrzeit* en memoria de mis abuelos y las respiraciones en el dormitorio de mis padres. «¿Eres tú, Liati?» «Sí, soy yo, buenas noches.»

—Es raro, ¿sabes? —le comenté a Yaron algo que se me ocurrió por primera vez—: Por la diferencia horaria, es como si, desde que estoy aquí, ellos estuvieran siempre dormidos.

Se puso muy serio y frunció el ceño.

—¿Qué quieres decir?

Le expliqué que, como el día y la noche estaban invertidos, cuando yo pensaba en mis padres en Israel, dónde estaba mi madre o lo que mi padre estaba haciendo, a menudo los imaginaba durmiendo. Como si aquí yo viviera siempre de día, mientras que, en Israel, mi familia y todas las personas que yo conocía estaban profundamente dormidas. Y, quizá —le dije a Yaron—, quizá todo lo que yo esperaba en Nueva York, la independencia y la libertad para hacer lo que yo quisiera y ser la que quería ser, procedían en parte de ese sentimiento liberador de que nadie se enteraría.

—Y no es que yo esté haciendo cosas raras... —maticé sonriendo—. Ya sabes.

Yaron se rio.

—¡Iba a preguntártelo! ¿Con qué clase de personajes dudosos sales tú por las noches?

La camarera —cola de caballo púrpura, gafas de media luna, hilera de *piercings* plateados en la ceja derecha— llegó con nuestras copas y nos dijo que la llamáramos si deseábamos algo más. Yo no le noté ningún acento en particular, pero Yaron inmediatamente la identificó como australiana.

—¿Tú también? —le preguntó.

—No, no, ambos somos... —nos señaló a él y a mí uniéndonos con un movimiento de la mano—... israelíes.

Resultó que la camarera era de Melbourne, como la exesposa de Yaron. Se habían conocido cuando trabajaba en Princeton, en la administración, y dos años después de casarse, un sábado por la mañana se despertó y encontró una carta sobre la mesa de la cocina: estaba enamorada de otro hombre. Después del divorcio, ella se trasladó a San Francisco y Yaron quedó destruido. Creyó que nunca se recuperaría. Trabajaba como un robot el día entero, volvía a su casa y se quedaba dormido delante del televisor. Procuraba no beber los días de entre semana y no volvió a fumar, pero pasaba los fines de semana borracho. El otoño, el invierno y la primavera del año pasado estaban completamente borrados de su memoria, como si hubiera estado nueve meses en coma. En Pésaj, cuando estuvo de visita en Israel, un amigo que estaba haciendo su residencia en Psiquiatría le recetó antidepresivos.

Pero lo que realmente lo salvó —se rio y se le iluminó la cara cuando pronunció su nombre— fue *Henrietta*, una labrador blanca que adoptó en un centro que adiestraba perros lazarillos. En marzo, cuando *Henrietta* terminara su formación, iba a tener que despedirse de ella pues la darían a una persona ciega. Pero desde que había llegado, aquella perrita revoltosa de dos meses lo había obligado a salir y a caminar por la ciudad con ella dos o tres horas cada día, y a correr y jugar en el parque.

Al *jazz* tristón siguió una música más melódica. Un rato antes habían llegado dos hombres y una hermosa muchacha que pasaron junto a nuestra mesa conversando animadamente cuando se dirigían al bar. Mientras Yaron hablaba, yo podía oírles detrás de mí chocando las copas y riendo. Cuando, para disgusto de Yaron, empezaron a cantar con entusiasmo acompañando al piano, me volví y comprobé que el lugar ya estaba casi vacío. Hasta la camarera se había marchado. Pero la pianista parecía renacer. Uno de los muchachos, de pie junto a ella, apoyó la mano sobre su hombro mientras ella tocaba melodías de espectáculos musicales.

—¿Y tú? —preguntó. En un momento dado se había quitado las gafas. Me miraba con ojos cansados y enrojecidos en los que se reflejaba la llama de la vela—. ¿No quieres niños?

Me acordé de que en septiembre, en la cena de Rosh Hashaná, los mellizos lo habían rodeado bailando y brincando. En el momento de las bendiciones, después de que remojáramos la manzana en la miel y nos deseáramos un feliz año nuevo, Kobi había guiñado un ojo a Yaron diciendo que la siguiente bendición estaba dedicada especialmente a él, y cuando sirvieron el pescado relleno, recitó del *siddur*: «Que nos multipliquemos abundantemente, como los peces.» Recordé la turbación de Yaron cuando todos lo miraron y cuando, de repente, estiró la mano y removió el pelo a uno de los niños.

—Estoy segura de que los tendré —contesté. Un movimiento de mi mano torció ligeramente la vela.

—Bueno, tienes tiempo todavía. ¿Tienes veintinueve, no?

—Treinta.

Dijo que él había perdido mucho tiempo en tonterías. No podía creer que dentro de un mes cumpliría treinta y seis años. Tenía la sensación de que los últimos años habían sido una especie de ensayo general de la vida que no había salido bien y que ahora, si la vida comenzara, no estaba seguro de saber cómo vivir. Dijo que no alcanzaba a entender cómo lo hacían Maya y Gidi para encontrar tiempo para todo: sus carreras, una casa, los niños, los amigos y viajar. A veces, cuando regresaba a su apartamento vacío, hambriento y cansado, con una pila de trabajo esperándole, se preguntaba cómo se las arreglaría si además tuviera una esposa y dos hijos.

—Ya está bien, he hablado demasiado. —Se puso de pie, un poco mareado, y se dirigió al lavabo—. Discúlpame.

Lo observé mientras se alejaba, luego me volví y toqué de nuevo el cabo de la vela con la punta de los dedos. Esta vez la llama se apagó y solo quedó el rabo negro de la mecha y una voluta de humo que pronto se esfumó. Pensé en la conversación telefónica con mi madre y en su sueño. Volvió a impresionarme ese sexto sentido suyo, ese ladrón nocturno de cabello ensortijado —la imagen de Hilmi— que había llegado hasta ella en sueños. Pensé en la interpretación profética de mi abuela, en mi novio prometido que supuestamente entraba en secreto en nuestro hogar. Me di cuenta de que mi madre había enunciado, disfrazándola de mil maneras, esta noche: las velas del *Sabbat*, el aroma del *cholent* al amanecer, y, quizá, también Yaron, sin saberlo, era la encarnación de lo que en el fondo la preocupaba. El paciente, sensible Yaron. El bueno y amable Yaron. Enviado con amor para devolverme a ella, para llevarme a casa, para alejar a Hilmi de mí.

Yaron regresó y, de pie, desde el otro lado de la mesa, preguntó:

—¿Nos vamos, Bazi?

—¡¿Qué?!

Levantó la voz para hacerse oír por encima del ruido:

—He dicho: Vamos, está demasiado *jazzy*.

19

Camiseta interior de franela gruesa debajo de una camisa de manga larga y jersey de cuello de tortuga. Calzoncillos largos debajo de los vaqueros. Dos pares de calcetines, botas de piel. Chaqueta de esquí roja. Boina y guantes a juego. Y ahora, también, la bufanda de lana azul de Hilmi, y todavía siento frío.

Estamos en la estación del metro de la avenida Marcy, en el noroeste de Brooklyn, no muy lejos del puente Williamsburg. Es aquí donde las líneas J-M-Z suben a la superficie, saliendo de los túneles al aire libre; la estación es elevada y todo —las vías, los andenes a ambos lados y los bancos de madera— está a la intemperie.

Apenas son las ocho, pero está neblinoso y deprimente como en el cine negro. Sopla un viento helado que viene del río acarreando nubarrones que anuncian frío. Un vapor queda suspendido en el aire y flota silenciosamente en el resplandor de las luces a lo largo de las vías, sobre los manchones de nieve tiznada. Vuelve a asomar de un color blanco grisáceo y se torna rojo en las luces de señalización.

Vamos de regreso a casa después de haber visto a la doctora que trató a Hilmi cuando se lastimó la mano con el trozo de vidrio hace diez días. Su clínica no está lejos de la estación y esta tarde le ha quitado los puntos. Ha controlado la motricidad de la mano y le ha prometido que no hay ningún nervio dañado; el tendón del pulgar ha cicatrizado bien. Le ha recetado una pomada con antibiótico. Lleva la mano izquierda envuelta en una venda blanca nueva y la derecha con un guante de lana marrón.

—Ven aquí. —Me sujeta la bufanda al cuello con la mano derecha, la ata bien y alisa ambas puntas—. Así está mejor, ¿no?

Sonríe y controla que haya quedado bien. Empuja dentro de mi boina un mechón de pelo que se ha salido.

—Estoy bien.

Me siento como una niña pequeña. Una niña calladita y obediente cuidada por su papá. Estoy sentada, inmóvil, con las dos manos sobre la falda, y me rindo a sus atenciones con una pasividad de menesterosa apropiada a este frío. Por encima de su hombro veo varios pasajeros con sombrero y abrigo en el andén; algunos están sentados en los bancos, inmóviles como estatuas, otros de pie, moviéndose de un lado para otro, conversando y expulsando vaho por la boca. No hay nadie sentado a mi derecha y alguien se ha dejado la sección de deportes de un periódico. La anciana, que estaba sentada aquí cuando llegamos, sigue en el mismo sitio, a mi lado, con la cabeza inclinada sobre el pecho y los ojos cerrados, y a sus pies unas bolsas de plástico.

—Eso es. —Ladea la cabeza y me observa con ojos divertidos—. Tendrías que verte.

Pero no hay espejo, y si hubiera alguna superficie donde reflejarme, lo único que vería serían dos ojos como dos ranuras. Me ha envuelto la cabeza con la bufanda tapándome los oídos, la boca y la nariz y me ha bajado la boina hasta las cejas, de manera que tengo la cara enmascarada y solo los ojos han quedado expuestos al frío.

—¡Deberías ir ahora a verlos! —Se ríe—. ¡A los tipos del FBI! ¡Así como estás!

No puede ver mi sonrisa debajo de la bufanda que huele a su calor; no ve más que la sonrisa en mis ojos.

—Gracias, cariño —se oye mi voz amortiguada por las

capas de lana—. Gracias. —Lo miro y se está riendo—. ¿Qué?

Saca un cigarrillo.

—¿Quieres uno?

Son tres. Los observo cuando suben por la escalera al andén. Tres chicos jóvenes, de unos veinticinco años, vestidos con vaqueros y abrigos negros. Pasan junto al mapa del metro que está en la pared en dirección a mi banco y se colocan entre Hilmi, que se ha alejado y camina de un lado a otro fumando, y yo. Al principio, por la bufanda tapándome las orejas, sus voces me llegan confusas, pero, aun antes de identificar el tono y reconocer el hebreo, sé que son israelíes.

—¿Qué quieres decir, Lior? ¡Te quedaste completamente dormido!

—Olvídalo, no creo que los actores entend...

Echo un vistazo a Hilmi y puedo ver en sus ojos que él también sabe que son israelíes.

—¡Y les dieron cinco estrellas, tío!

—¡No me jodas!

Como hago siempre que me cruzo con israelíes en Nueva York, me quedo un rato dándole vueltas al misterio: ¿Es el modo de andar? ¿El lenguaje del cuerpo? ¿Qué es lo que hace que nos hagamos notar tanto, que parezcamos tan desinhibidos y seguros de nosotros mismos, tan animados? ¿Qué es lo que hace que instintivamente nos reconozcamos, aun antes de oír el hebreo? Todo se resume en la expresión facial, los gestos de las manos, la mirada.

—Ay, Abramov, Abramov...

—Qué cotorra.

—Dios lo bendiga.

—La madre de las cotorras.

Hablan con voz fuerte, sin reparos, como si la estación fuera el salón de su casa. El idioma extranjero les permite intimidad, aunque hablen en voz alta: las ventajas de la exclusividad. Uno de ellos lleva una capucha y tiene las mejillas y la nariz tan coloradas por el frío que son casi rojas. El segundo, con gafas y hombros anchos, parece yemenita; se frota las manos y estudia el mapa del metro. El tercero, un tipo gordito, escudriña la estación con sus ojillos curiosos y se detiene en mí un instante.

—Venga, ya. ¿Dónde está ese mierda de Abramov? —pregunta el encapuchado al de las gafas.

—Anda, Lior, encuéntralo.

—Olvídalo, tío, esa tía me está volviendo loco.

El gordito se mete en la conversación:

—Es su esposa, ¿qué queréis?

—Vale, es su esposa, pero ¿las veinticuatro horas?

—¡Y en medio de la película!

—¡Como si tú fueras mejor!

El gordito se acerca a Hilmi.

—Eh... perdona... —Extrae un cigarrillo de su cajetilla de Marlboro Light—. ¿Me das fuego?

Hilmi cambia su Lucky Strike a los dedos de la mano izquierda vendada y con la derecha saca el mechero del bolsillo de su abrigo. Una llama salta entre ellos; el gordito se acerca más y se inclina.

—Alguien se llevó mi mechero —explica a Hilmi con fuerte acento; las huellas del hebreo son visibles en la manera como pronuncia la R y la W. Cubre la llama con la mano y un instante después echa la cabeza hacia atrás y arroja una cinta de humo—. Gracias.

Hilmi asiente. Desliza el mechero dentro de su bolsillo y se cambia el cigarrillo a la mano derecha. Da una calada y sus ojos se cruzan brevemente con los míos, brillantes a través del humo, y se desvían hacia los otros dos israelíes que están sentados en el banco vacío.

El chico de gafas se endereza y se apoya contra el respaldo del banco con los brazos cruzados y las manos en los sobacos. Tiene la piel morena y parece un cacique indio. El de la capucha está repantigado a su lado —las piernas estiradas, las manos cruzadas en la nuca, como si tomara el sol—. Entre ellos y yo está la anciana sentada, que sigue durmiendo.

—¿Qué te ha pasado? —El gordito le pregunta a Hilmi con amabilidad, señalando el vendaje—. En la mano.

—¿Esto? —Hilmi se mira la muñeca como si le hubieran preguntado la hora—. Tuve un accidente. Un vaso roto.

El gordo lo mira en silencio, asombrado.

—¿Un vaso roto? —dice al cabo de un rato, como sorprendido por la información—. ¿En serio?

La razón para la pausa y la respuesta exagerada es el acento de Hilmi, con una evidente inflexión árabe.

—Lavar platos puede ser una misión peligrosa —añade Hilmi con una sonrisa.

El gordo entrecierra los ojos y sonríe a Hilmi de manera extraña.

—¿De dónde eres? —No puede resistirse a preguntarle—. ¿Qué lugar?

—Soy palestino.

—¿Palestino?

—Sí, hombre. De Ramala.

El gordo se ríe incrédulo.

—¡*Ashkara* palestino! ¡De verdad! —Mira a sus amigos sentados en el banco—. ¡Mira tú!

Hilmi también parece divertido con un destello en los ojos cuando me mira:

—*Ashkara* palestino.

—¡Nosotros somos de Israel! —El gordo se ríe sin salir de su asombro—. De Herzliya. —Señala el banco—. Llegamos el domingo.

—Actúas como si fuera la primera vez que ves a un árabe, idiota —le dice en hebreo el que figura que toma el sol.

El gordo se incomoda y adopta una expresión seria. Da un paso atrás, como si no estuviera seguro de si debe o no responder a su amigo.

—No uses esa palabra —le dice amablemente, mirando al banco—, di «primo».

El cacique bufa y habla en secreto con el otro.

Pero no están hablando de Hilmi. Cuando los dos me miran y desvían la mirada enseguida, puedo imaginarme lo que están viendo: nada más que ojos, velados por este ridículo hiyab; casi seguro que creen que soy una terrorista o algo así. Me siento casi como si me insultaran y, nerviosa, desvío la mirada, ignorándolos y haciendo como que no los he oído pronunciar la palabra «muyahidín». Como si realmente yo fuera como ellos me ven.

—Entonces, ¿eres de Hebrón? ¿Bromeas? —El gordo está fuera de sí—. ¡Claro que conozco Hebrón! Conozco Hebrón muy, muy bien.

No se percata de la ironía cuando Hilmi repite:

—¿Bromeas? —Arquea una ceja—. ¿Muy muy?

Las nubes de humo que salen de sus bocas se ensanchan con el vaho de sus respectivos alientos y dos ondas se unen encima de sus cabezas y se dispersan en el aire frío.

—¡Sí! —exclama el gordo—. Estuve allí hace cuatro meses, cuando hice mi... en las...

Se interrumpe y baja la vista al andén. De mal humor, como disculpándose, musita:

—En el ejército, ya sabes...

El que figura que toma el sol bromea con su amigo:

—«No es un pesado, es mi primo...» —canta con acento deliberadamente norteamericano.

—¡Cállate ya, Yaniv! ¡Hablo en serio! —grita el gordo.

—¡Anda, déjame en paz!

—¡Mierda, tío, déjame hablar con él!

Hilmi me mira por encima del hombro del gordo, desconcertado, como preguntándome qué es lo que dicen. Solo dicen tonterías, le indico con los ojos, frunciendo con desdén mi ceño invisible. Casi saco la mano para pedirle que venga y se siente a mi lado, pero de pronto el cacique silba.

—¡Allí está! —Silba de nuevo y hace señas con la mano en dirección a la entrada—. ¡Aquí, Abramov!

Es increíble lo rápido que lo reconozco, incluso de tan lejos. Mi rostro está tapado, gracias a Dios, pero mis ojos —se me acelera el corazón, palpitando contra la mochila de Hilmi apoyada sobre mi falda—, ¿y si me reconoce por los ojos? Contengo la respiración, me encorvo igual que la vieja y, abrazada a la mochila, hundo mi cabeza en ella y me hago la dormida.

—¿Todo arreglado, tío? —Oigo que dice el gordo—. ¿Tenías cobertura en el móvil?

Me tapo más con el cuello del abrigo.

—¡Señor Abramov!

Debajo de las capas de ropa, tiemblo como un animal a punto de ser destrozado y que en el último momento se salva haciéndose el muerto.

—*Meh*. No mucha.

Es él. Reconozco la cadencia de su voz.

—Y, además, me perdí.

Conozco ese tono nasal, de nariz congestionada, el silbido suave de la *sh*.

—Aparecí del otro lado.

—Tío, ese va a Queens.

—Me confundí con tantas entradas.

Es Boaz. Boaz Abramov, el hijo de Simona y Shlomo. Su hermano Amnon fue al colegio con Iris, eran vecinos nuestros en el edificio de la calle Gordon. Nosotros vivíamos en el tercero y ellos en el primero, y solíamos jugar a... con él y Amnon y otros dos niños vecinos. Juntábamos leña para las hogueras de Lag Ba'omer y librábamos batallas con agua. Hace más de diez años que no lo veo, desde que nos mudamos a Tel Aviv. Tampoco he visto a Amnon; ambos estaban en el ejército cuando yo terminé mi servicio. Ha engordado un poco, pero su cara no ha cambiado: los ojos separados y oscuros de su padre, la mandíbula equina, la barbilla partida. Lo reconozco inmediatamente, antes incluso de que llegue a nuestro extremo del andén. La última vez que supe de él fue hace dos o tres años, cuando mi madre me contó que se casaba, que su novia estaba embarazada. Más tarde, en la cena del *Sabbat*, nos informó de que la ceremonia de la boda había sido hermosa y que Simona y sus hermanas, cuyo padre había muerto súbitamente ese año, no paraban de llorar. Mi madre siguió manteniendo su amistad con Simona después de que nos marcháramos a Tel Aviv.

—Te juro, Abramov, que eres una cotorra —dijo Yaniv, el que tomaba el sol—. ¿Qué cojones pasaba en ese coñazo de película?

—Ya lo sé. —Oigo la voz nasal de Boaz cada vez más cerca de mi banco—. Te puedo decir que estábamos un poco perdidos, Yaniv.

—¿Perdidos? ¡Lior roncó todo el tiempo! Estábamos totalmente planchados.

—Tío, ya te lo he dicho... Yo no estaba durmiendo.

Me encojo más todavía y permanezco inmóvil, simulando que duermo. Las voces siguen temblando en mi interior. Es patético, vergonzoso, esconderse de esta manera, pero tengo que mantener los ojos bien cerrados. Si Boaz me ve y establece una conexión entre Hilmi y yo, si se da cuenta de quién es Hilmi y de dónde es y lo que es para mí, bastará con una rápida llamada telefónica para que la información llegue a mis padres. Me siento como una niña que esconde la cabeza bajo las mantas y cree que es invisible. Pero no tengo elección. No puedo correr el riesgo.

—Al parecer aquí también se han dormido todos —dice Boaz. Me estalla el corazón cuando me doy cuenta de que me está mirando, a mí y a la anciana dormida—. Estoy seguro de que la vieja está muerta, ¿no crees?

Lior y Yaniv le dicen algo en voz baja y él bufa. Y de pronto siento que me ahogo. La bufanda me pica y está demasiado apretada en la cara y las orejas, me resulta difícil respirar.

—¿Tres años? ¿De veras? —le dice el gordo a Hilmi—. ¿Hace tres años que vives aquí?

—Tal vez, no lo sé. —Oigo a Hilmi que contesta y me doy cuenta de que se está acercando a mí. Tengo el cuerpo tenso, momificado en mi abrigo. ¿Cómo me he metido en esto? ¿Qué puedo decirle para que lo entienda y me deje sola? ¿Y si, antes de que él llegue, simulo despertarme y me pongo de espaldas a ellos? ¿O me levanto ahora mismo, voy hacia él y me lo llevo al otro lado de la estación? Pero entonces, al fin, se oye el traqueteo del tren; su aproximación hace temblar el banco.

No nos detenemos hasta llegar a la mitad del tercer vagón. Solo después de empujar una puerta y luego otra y otra, bamboleándonos entre una fila y otra de asientos, avanzando con dificultad en sentido contrario a la marcha del tren, abriéndonos paso entre cuerpos, bolsos y barrotes, desde el primer coche al segundo y al tercero, solo entonces, una vez que hemos puesto suficiente distancia entre Boaz y sus amigos y nosotros, me detengo, me quito la boina y me siento libre de mostrar mi rostro.

En la estación le había susurrado a Hilmi que me moría de ganas de hacer pis. Sentía la llegada del tren que hacía temblar el andén y cuando él se acercó al banco donde yo estaba, abrí los ojos medio atontada como si me estuviese despertando y enseguida me volví, cubriéndome la cara con las manos, ostensiblemente, como protegiéndome del ruido y de la corriente de aire frío. Así fue como caminé hasta el borde del andén, delante de Hilmi, y, cuando las puertas se abrieron, subí y me metí en el vagón atestado de gente abriéndome paso hasta el fondo, como si tuviera prisa por ir al lavabo. Cada tanto miraba atrás para asegurarme de que Boaz y sus amigos no nos seguían, convencida de que ellos podían estar ya lo bastante cerca como para ver la mochila de Hilmi que seguía colgada a mi espalda.

En el resplandor blanco del neón sobre la serie de ventanillas empañadas, tropecé con la imagen de mis ojos negros y asustados. Era mi propio rostro el que a su vez me miraba, con una mirada desconocida y temerosa, desde el reflejo bruñido de los demás pasajeros en los cristales y también por los ojos de aquellas personas junto a quienes yo pasaba. Me examinaban aprensivamente o se limitaban a parpadear incómodos y a mirarme de arriba abajo. Mientras me escabullía entre ellos, con Hilmi detrás de mí, me di cuenta de que también yo, de haberme cruzado conmigo misma, habría retrocedido. Si una mujer muy nerviosa, con el rostro tapado, viniera hacia mí en un vagón de tren, yo también me habría puesto tensa y, como ellos, habría mirado para otro lado. Si tropezara de repente con este par de ojos oscuros y angustiados, puede que no me reconociera en ellos, ni a primera ni a segunda vista.

—Ya está, no necesito ir —dije sin aliento. Me ubiqué entre un grupo de pasajeros de pie en el pasillo y me agarré a un barrote—. Estoy bien. —Me quité la bufanda de un tirón, y la boina y los guantes, me froté las mejillas, que me ardían y picaban por la lana y el calor que me había dado la carrera, como si mi rostro fuera una máscara que yo intentaba quitarme con todas mis fuerzas.

Hilmi no se sorprendió cuando nos detuvimos. No le pareció raro que de pronto se me hubieran pasado las ganas de hacer pis. Quizá sabía que la carrera hacia el lavabo no era real, que mi vejiga —ahora sí la sentía muy llena— era solo una excusa para librarnos de los israelíes.

Tampoco se sorprendió cuando le conté, con cierto alivio y creyendo aún que a lo mejor todo había sido una pesadilla, que en definitiva yo conocía a uno de aquellos tipos. Que conocía a Boaz desde hacía años, que nos habíamos criado juntos y que era increíble haberlo encontrado en esa remota estación de Brooklyn. Le conté a Hilmi que los padres de Boaz y los míos eran buenos amigos y le describí lo mucho que se me había acelerado el corazón y la suerte extraordinaria de haber tenido la cara cubierta: casi un milagro. Y que enloquecí y no sabía qué hacer: tenía miedo de que Boaz me reconociera por los ojos. Por eso se me había ocurrido, inspirándome en la vieja que dormía en el banco, quedarme inmóvil, como en coma.

—Sí, me lo figuraba —dijo evitando mirarme, y con indiferencia, o aburrimiento, giró la cabeza y se puso a mirar por la ventanilla con ojos llorosos—. Pensé que se trataría de algo así.

¿Por qué, con Hilmi, yo siempre acabo siendo la culpable? ¿Por qué termino siendo yo la egoísta, la hiriente, la insensible, la equivocada? Esta vez, cuando me doy cuenta de lo que he hecho, me siento doble, triplemente culpable. No solo lo ignoré delante de Boaz y los demás muchachos, sino que me concentré en mí y en mi ansiedad, en mi necesidad de ocultarme, en el peligro y en escapar, y ni por un instante tuve en cuenta cómo él podía interpretarlo, o lo que pensaba o sentía.

Me oí a mí misma defender con culpa mi comportamiento:

—Y lo peor de todo era que temía herir tus sentimientos, que te sintieras ofendido.

Mientras decía esa mentira cobarde, hipócrita, sentía que las orejas me ardían y me temblaba la cara.

Volvió a mirar por la ventanilla; yo solo veía su perfil.

—¿Por qué iba a sentirme ofendido? Quieres decir, porque...

—Lo siento, Hilmi —lo interrumpí con remordimiento.

Insistí diciéndole que no tenía otra opción. Bajé la vista a los zapatos, al suelo mugriento.

—¿Por qué iba a ofenderme? —preguntó de nuevo, mirando la espalda del hombre con traje que estaba de pie a nuestro lado—. ¿Porque te avergüenzas de mí?

En su voz no había odio ni condena. No me estaba atacando, no parecía decepcionado. Se encogió de hombros como si dijera que no esperaba nada mejor de mí. Estaba resignado al hecho de que una conducta más honorable y leal era algo que superaba mi capacidad.

—Avergonzada no, pero... —Estiré y apreté la bufanda entre mis manos—. Bueno, ya sabes.

En la oscuridad y a través del vapor helado de las ventanillas parecía que el tren iba volando por el cielo, a toda velocidad por un puente entre las nubes. Las luces que surgían aquí y allá en la niebla, carteles publicitarios y fábricas, aparecían y desaparecían.

—¿De qué hablabais vosotros? —Traté en vano de cambiar de tema y me forcé en dar a mi voz un tono más alegre—. ¿Tú y el gordito?

Hizo una mueca, como si no pudiera oírme bien con tanto ruido, y deliberadamente adoptó una expresión de tensa perplejidad, hasta que al final dijo:

—Nada. Solo cosas...

Dijo algo más, pero su voz quedó ahogada por el chirrido de las ruedas del tren contra las vías. El vagón gruñó y se estremeció largo rato, sus paredes temblaron, meciéndose a un lado y al otro, como si cabalgáramos sobre nubes.

—¿Qué has dicho? —grité cuando acabó el barullo y el tren retomó su traqueteo normal—. No podía oírte.

—Nada, me preguntaba algunas cosas.

Cuando volvió a mirarme, vi que su orgullo se había aplacado un poco e insistí con renovada esperanza:

—Entonces, ¿no te preguntó acerca de mí? —Sentí una sonrisa de alivio y proseguí riéndome—: ¿No trató de averiguar qué había entre tú y yo?

—¿Y qué esperabas que yo le dijera?

La necesidad de complacerlo, la necesidad de ser perdonada, de llevar una sonrisa a su rostro cansado, hizo que me extralimitara y, más fuerte aún, exclamase:

—¿No pensó que yo era tu esposa? Los que estaban en el banco así lo creyeron...

—De acuerdo, Bazi, ahora dime —me interrumpió—. ¿Qué soy para ti? De verdad, dímelo ahora.

—¿Qué quieres decir? —Me temblaba la voz de vergüenza—. Eres mi amante, ¿qué...?

—¿En serio? ¿Tu amante? —exclamó con desdén y levantó la cabeza—. Soy tu amante árabe secreto.

Los pasajeros sentados a mi izquierda escuchaban, sin poder evitarlo, nuestra conversación. Los vi cuando apartaron de inmediato la mirada. El hombre con traje me miró y enseguida se volvió fingiendo desinterés. Pero, por culpa del ruido, yo no podía contestarle en voz baja.

—Sí, árabe y secreto —susurré, evitando sus ojos—. ¿Qué puedo hacer?

—Árabe y secreto... —Se detuvo, invitándome a completar la frase—. ¿Y...? —Levantando un dedo acusador, que movía con la mano vendada, añadió en tono declamatorio—: Y temporal.

Había sido dos semanas antes, pero al momento supe de qué hablaba. Habíamos pasado la velada en Chelsea, recorriendo galerías, caminando entre la gente, bebiendo un vaso de vino tinto aquí y otro de vino blanco allá, y aún llevábamos los vasos de plástico en la mano cuando nos encaminábamos por la Décima Avenida a la estación.

Quizá yo estaba particularmente excitable y feliz esa noche. Enamorada. Sentí una vaga sensación, que el sonido de mis tacones sobre la acera hacían más nítida, como si todo a mi alrededor, la luna y las calles iluminadas y la nieve plumosa encima de nuestras cabezas, todo fuera una escenificación, como el decorado de una película en la que nosotros éramos las estrellas. Nos sentamos para compartir un cigarrillo, mirando la calle arrebujados en nuestros abrigos, nuestros cuerpos pegados para darnos calor el uno al otro.

—Tal vez sea esto lo que es hermoso, ¿sabes? —Hundí la cara en su pecho, dejando solo mis ojos abiertos junto a su cuello, y seguí expresando algo que tenía guardado en el corazón—: Esta temporalidad.

—¿A qué te refieres?

—Nuestra transitoriedad aquí. Sin futuro. —Parpadeé al mirar la acera de enfrente y tiré de él para acercarlo más a mí—. Sin una promesa de futuro. Nos permite apreciar lo que tenemos en este momento. —Lo sentí estremecerse cuando deslicé mi mano por el cuello de su camisa y pasé mis dedos por el vello de su pecho—. Inmediato y temporal, como la vida. Como todo aquí. Efímero. —Cerré los ojos y lo besé en el nacimiento del cuello, besé el pedazo de piel fragante y hundí allí mi rostro—. Eso hace que yo te quiera, Hilmik, muchísimo.

Ahora, mientras el tren estaba a punto de llegar, la pantalla de niebla se había evaporado y podíamos ver, a través de las ventanillas empañadas, la carretera y los coches que pasaban a toda velocidad. Más allá del muro de cemento y las vigas de hierro del puente, emergía el East River con el cielo, ambos desplegados en una sola hoja oscura. El conductor anunció la siguiente parada, Delancy Essex, y cuando el tren se sumergió y entró en el túnel, vimos los grafitis en las paredes y los andenes iluminados y a nuestro alrededor el alboroto de la gente que se disponía a bajar.

Antes de que el tren frenara, me fijé en que había dos asientos que habían quedado libres a mi izquierda. Me apresuré hacia allá antes de que alguien pudiera ocuparlos, pasando entre los pasajeros que se apiñaban para acercarse a la puerta. En cuanto la puerta se abrió, yo me senté, puse la mochila de Hilmi a mi lado y levanté la vista buscándolo. Muchos pasajeros se apearon y otros subieron y, cuando lo vi de pie en el mismo lugar, todavía aferrado al barrote con la mano sana, por un instante mi mirada se cruzó con la suya.

—¿Está ocupado? —Una mujer gruesa señalaba el asiento ocupado por la mochila—. ¿Puedo sentarme?

—Lo siento... —Volví a mirar a Hilmi—. Hay alguien aquí.

Mientras tanto, el vagón se había llenado y, entre tanta gente, yo no podía ver sus ojos sino solo partes de su cuerpo, un poco del pelo, sus manos en el barrote, uno de sus zapatos entre todos aquellos pies.

—Por favor, apártense de las puertas —anunció el conductor—. Por favor, circulen...

La mujer seguía allí, esperando, y, cuando retiré la mochila, se sentó con todo su peso. Se agachó y recogió la bufanda de Hilmi.

—¿Es suya?

20

Un frío terrible. Irreal. Un frío imposible de creer. Un frío que te congela la cabeza y las orejas, te lastima los dientes, te penetra en los huesos. Un frío tan venenoso y lacerante que incluso las pupilas parecen congelarse. Un frío que te sacude todo el cuerpo y te hace perder la esperanza.

En el telediario dicen que es uno de los inviernos más fríos y largos de la historia de Nueva York, y con más nieve. La primera nevada cayó durante la noche, un poco antes de Acción de Gracias, y después siguió nevando con fuerza y en tal cantidad como no se había visto aquí en los últimos veintidós años, cayendo sobre toda la ciudad y amontonándose en las calles. Desde fin de noviembre hasta finales de abril, Nueva York es una ciudad completamente blanca y gris, cubierta de escarcha. De día en día, la capa de hielo se regenera bajo nuestros pies, crujiendo y derritiéndose, manchada de barro, y se vuelve tan gruesa que nuestras botas se hunden hasta los tobillos. Antes de Navidad tiene unos quince centímetros, pero en enero ya nos tapa las rodillas. En la tercera semana de febrero, una dura ventisca azota la ciudad durante el Día del Presidente y las precipitaciones registran un nuevo pico: las montañas de hielo en la torre de Central Park miden cincuenta centímetros; me llegan casi hasta la cintura.

A mediados de marzo se produce un poco de deshielo, hay cierta pesadez en la atmósfera, un cambio en la luz. Durante casi quince días la temperatura oscila muchísimo y luego, poco a poco, sube hasta el punto de congelación. Algunas optimistas mañanas de sol y cielo azul dan la tibia ilusión de que la primavera está en el aire. Pero, después, una mañana de abril, como un chiste malo en un programa de radio, las temperaturas se desploman otra vez, a una traidora velocidad, y por la noche regresa el invierno en su máximo esplendor. Por la televisión muestran imágenes de calles oscuras y tormentas de nieve arreciando a orillas del río.

—Damas y caballeros —dice el hombre del tiempo—, este invierno pasará a la historia como una larga, larga estación. —Se pone serio y con dramatismo retira de su rostro la deslumbrante sonrisa—. Una estación fría como la que estamos teniendo este año, amigos míos, no se veía desde el invierno de mil novecientos ochenta y uno.

A sus espaldas, un mapa con los promedios mensuales sobre una pantalla azul muestra números entre cinco y diecinueve grados Fahrenheit. Nosotros dos, moviendo los labios debajo de las mantas, nos ponemos a calcular en grados Celsius: restamos 32 y dividimos por dos. El resultado es entre siete y quince grados bajo cero. Todavía convertimos dólares a *shekels* cuando queremos saber si algo es caro. Y nos parece que la única forma en que podemos tomar en serio estas temperaturas es convirtiéndolas a la única escala que conocemos, donde llegan a niveles muy por debajo de cero. El clima proporciona a los impecables meteorólogos de la televisión más tiempo en el aire y provoca alegría y espíritu de equipo entre los neoyorquinos más antiguos, como Andrew y Joy, que, a nosotros, los recién llegados, nos resulta increíble. No podemos entender el orgullo que sienten por este invierno blanco con temperaturas que baten todos los récords, que encabeza los titulares y es tema de conversación en todas partes, como una nueva celebridad. Pero es una agonía, un motivo de llanto y continua frustración para nosotros, los que venimos de Oriente Medio, de la tierra de los veranos calientes y los inviernos simbólicos; inviernos fáciles, casi hipotéticos. Nosotros, que hemos viajado desde el otro lado del planeta, desde el lugar donde el cielo es casi siempre azul y el sol sonríe trescientos días al año y la nieve es una rareza, un resplandor festivo que dura un par de días únicamente en las regiones montañosas y solo cada pocos años. Para nosotros, estos son meses de un frío intolerable, devastador, extenuante. Para nosotros el frío es traumático, una sensación rara que sacude nuestros cuerpos incrédulos y a la que no nos podemos acostumbrar.

El invierno baraja los naipes, mezclándonos tanto que ya no nos reconocemos. El frío helado nos hace lloriquear y mima nuestros continuos resfriados y la tos. Hilmi y yo nos parecemos más que antes. En este frío norteamericano, ártico y profundo, los dos somos del este, dolorosamente levantinos. Nuestra temporalidad en Nueva York, la desconfianza y el extrañamiento que hemos sentido a menudo hacia el estilo de vida americano, se agudiza con este clima espantoso, pone de manifiesto hasta qué punto somos diaspóricos, hasta qué punto somos extranjeros en esta parte del planeta. Si nos habíamos considerado ciudadanos del mundo, espíritus universales, sin lazos de dependencia con sus idiomas maternos o fronteras políticas o distancias geográficas, si por un momento, aquí, nos habíamos sentido en nuestro hogar, habíamos tenido la sensación de pertenecer, de ser aceptados, y casi estuvimos tentados de creer que las posibilidades de esta ciudad realmente eran ilimitadas, ahora la sombra oscura del invierno con su abrazo paralizante nos recuerda que Nueva York no es solo un estado mental y que nosotros no somos más que cuerpos con una capacidad de adaptación limitada, no muy distintos de los de otras criaturas extranjeras traídas de las regiones australes y albergadas en el zoo del Bronx —la cabra montés, el antílope blanco, la familia de los camellos dromedarios que vimos un domingo—, animales que, si no fuera por los invernaderos y los ambientes controlados que imitan sus hábitats naturales, no sobrevivirían en este invierno septentrional.

Tenemos todos los sellos necesarios en nuestros pasaportes, nuestros visados son válidos. Pero a veces nos parece que este invierno ha sido reclutado por las autoridades de inmigración y es tan rígido e inflexible como ellos, que, con esa eficiencia americana cortés e inaccesible, trabajan para proscribirnos de este país. Qué provinciana fue nuestra tentativa por imponer el ciclo climático de Oriente Medio al calendario local. Qué ingenuos fuimos por desear la llegada del calor en marzo o abril y qué optimistas para seguir diciéndonos que la primavera estaba a la vuelta de la esquina por más que viéramos que todo a nuestro alrededor seguía congelado.

Debajo de los calzoncillos largos y los dos pares de pantalones que Hilmi se pone; debajo de mis jerséis y la chaqueta roja de esquiar, que se deshilacha y se decolora cada día, temblamos todo el tiempo y nos castañetean los dientes. Como dos miserables yonquis sin su dosis, estamos sentados en nuestro banco de la esquina sudeste del Washington Square Park, bajo las copas oscuras de los árboles, y contemplamos con asco las ramas esqueléticas cubiertas de nieve; luego, con una mueca lacrimosa, miramos la turbia palidez del chorrito de luz que impregna el cielo. Sin perder nuestra ingenuidad, seguimos saliendo bajo ese sol ficticio, engañosamente brillante, para sentarnos con ese frío detrás de la estatua de Garibaldi, frente al portal de piedra que forma un arco sobre la fuente vacía, de cara al helado resplandor septentrional, como dos girasoles ciegos. Cerramos los ojos desesperados y temblamos de añoranza por las dulces caricias de nuestro sol de invierno, dorado como una naranja, por la lejana tibieza mediterránea que alimenta nuestras fantasías.

Los días son cortos y oscuros. La luz de día es poco menos que un parpadeo gris pálido de anochecer que se desvanece en la tarde. Aterradores cielos plomizos se extienden como un techo bajo por encima de los árboles y una niebla sucia se mezcla con la blancura que todo lo cubre.

—No puedo más —gime Hilmi. La desesperación le

arruga los párpados apagándole la mirada—. Es que...

—Mira a su alrededor los bancos huérfanos. Puedo ver claramente el suspiro que escapa de sus labios: una tira de vaho blanco pálido—. Nuestros inviernos —termina diciendo— son más confortables. —Se calla y mueve los ojos mientras busca la palabra adecuada—. Más...

Mi mano derecha permanece todo el tiempo en su mano izquierda, ambas metidas juntas en el bolsillo de su abrigo —su guante de lana marrón, el mío de piel verde descolorido— y nuestros diez dedos se aprietan entre sí cuando yo, temblando, termino su frase:

—Humanos.

—Sí. —Aliviado, apoya su cabeza en mi hombro—. Muy humanos. —Al cabo de unos minutos murmura, casi para sí mismo—: Quizá no se trate en absoluto de la tierra.

Siento un escalofrío.

—¿Qué tierra?

—Por lo que han peleado los judíos y los árabes todos estos años —prosigue con los ojos cerrados y una sonrisita amarga en los labios—. ¿Y si esta guerra en realidad fuera por el sol? —Parece maravillado, y susurra—: Imagínate, una guerra por el sol. Qué cosa...

Una noche, salimos de su apartamento, en Brooklyn, con un *pack* de seis botellas de cerveza y una botella de vino para ir a la fiesta de cumpleaños de Andrew. La fiesta era en el apartamento de Kimberly, su nueva novia, un pequeño ático con techos inclinados que quedaba muy cerca de la calle State. Había mucha gente y calefacción, buena comida y buena música. Cuando nos dispusimos a marcharnos, a las dos de la mañana, la fiesta todavía estaba a tope. Amigos apiñados en la cocina y en el pasillo, otros que bailaban ocupaban el espacio entre el dormitorio y el salón. Con abrazos ebrios, besos y palmadas en la espalda, nos despedimos de Andrew y Kimberly, y de los demás. Abrigados, salimos al silencio nevado.

Nuestros rostros estaban enrojecidos y nos silbaban los oídos. Cuando empezamos a andar podíamos oír todavía el fragor de la fiesta que llegaba amortiguado hasta la calle, y cuando levantamos la vista hacia la ventana del ático vimos siluetas que bailaban debajo de un globo de discoteca. Los copos de nieve caían muy suaves a nuestro alrededor, momentáneamente iluminados por las farolas de la calle antes de desaparecer en la oscuridad silenciosa de los patios delanteros. Los sonidos de los bajos todavía reverberaban en nuestros oídos, envolviendo nuestras cabezas en una mullida masa que silenciaba el mundo exterior. Nuestros pies, aún livianos de tanto bailar, sentían las vibraciones que traspasaban las aceras mientras nos llevaban por Court y las tiendas y los restaurantes cerrados de la avenida Atlantic. Nos detuvimos a comprar café en el Starbucks, fuera de la estación Borough Hall. Calentándonos las manos con los vasos de papel subimos por la empinada escalera de mármol hasta el vestíbulo con columnas y nos sentamos en el jardín helado, frente a la fuente congelada, a esperar el tren de cercanías de las tres que nos llevaría a casa de Hilmi.

Dejándome llevar por un rapto de nostalgia, empecé a hablar de mi casa. Antes le había hablado de Israel, me quejaba todo el tiempo por lo mucho que añoraba mi hogar, pero siempre había habido cierto temor y algo de culpa que me impedían decir más. Ahora, estimulada por el alcohol, hablaba con libertad, sin complejos, y no sentía la necesidad de justificarme o mencionar el conflicto o la ocupación.

Los copos de nieve flotaban en silencio a nuestro alrededor y desaparecían en la oscuridad, pero nosotros nos habíamos trasladado al otro lado, más brillante, del mundo: yo a los campos verdes de mi infancia en Hod Hasharon; Hilmi a los *wadis* de olivos y pinos en Hebrón, cuando era un muchacho. Le hablé de las huertas cerca de nuestra casa, con naranjos, limoneros y mandarinos, y que salíamos a caminar por los campos de Magdiel, a visitar amigos en el pueblo de Ramot Hashavim, o a la piscina de Neveh Yerek. Hilmi me habló de las altas montañas de calcita que circundaban la casa de su madre, en Ramala.

—Parecen olas —dijo abriendo los brazos—, un mar quieto de montañas.

Y me contó acerca de los días que pasó dibujando el paisaje a la sombra de una gran morera.

A nuestro alrededor todo era hierro y cemento, calles de asfalto y puentes de piedra, pero nosotros nos extasiábamos con los olivos. Habló del tono plateado del dorso de las hojas.

—El lado plateado es lo que les otorga esa cualidad nostálgica —explicó; fue como si los estuviera viendo a través del velo de sus lágrimas. Yo le hice notar que el color verde agrisado de los olivares realzaba la gloriosa floración nupcial de los almendros al final del invierno. Mientras él recordaba el aroma amarillo de los crisantemos, que para él era la fragancia de la primavera, y mencionaba los manchones de amapolas rojas en un cuadro de Claude Monet, yo veía y sentía los pastizales entre los que acostumbraba a caminar, los abrojos peludos y pinchudos y las pelusas de los dientes de león. Recordamos los tallos de agrillo y malva que mascábamos, y que los dos llamamos *chubeza*, y nos reímos porque recordarlo nos trajo el sabor y la fragancia de los campos a la noche fría de Nueva York.

Seguíamos conversando cuando bajamos a la estación y subimos al tren. Comparamos el otoño y la primavera de Norteamérica con la breve, engañosa transición de las estaciones en nuestra tierra. Nuestros vientos del oeste con las olas de calor neoyorquinas. Los sorpresivos aguaceros de verano con las cálidas brisas vespertinas de Israel. Seguimos charlando hasta la siguiente estación. Habíamos viajado confortablemente sentados en un vagón vacío, pero cuando las puertas se abrieron, subieron algunas personas, que se sentaron. Las puertas se cerraron, el tren se movió y el silencio volvió entre nosotros.

Veo los pálidos reflejos de nuestros rostros que nos miran desde las ventanillas oscuras. Como fantasmas melancólicos viajando en un tren paralelo, irreal, que nos miran silenciosamente desde los cristales. Las paredes del túnel se mueven hacia atrás en la oscuridad y yo pienso en la primera vez que nos cepillamos los dientes juntos, el encuentro vacilante de nuestros dedos al tocar el grifo. Después de poner dentífrico en mi cepillo y mojarlo en el chorro de agua, mi mano izquierda se movió automáticamente para cerrar el grifo y tropezó con su mano húmeda, que, justo en ese momento y también sin darse cuenta, se había movido. En el silencio que prevaleció después de que dejara de correr el agua, uno de nosotros, quizás Hilmi, preguntó: «¿También tú te criaste aprendiendo a no derrochar agua?» O tal vez fui yo quien preguntó y Hilmi quien respondió: «¿Tú también?» Y cuando lo único que se oía en el baño era el ruido de las cerdas cepillando nuestros dientes, lo miré en el espejo y pensé en aquel imperativo desierto tan profundamente arraigado en nosotros, la obligación de ahorrar agua instilada en cualquiera que se haya criado en una región seca y caliente como la nuestra. Pensé en las veces que nos lo repitieron, en la escuela maternal y en el colegio, hasta que se convirtió en nuestra segunda naturaleza, y en cómo perdura en nosotros, incluso aquí, en América, esa buena educación chapada a la antigua que nos dieron. A este parecido entre nosotros, a este destino compartido, han de referirse cuando afirman que el hombre está marcado por el paisaje de su tierra natal.

—Pero ¿qué nos importa el agua aquí? —comentó después de enjuagarse la boca. Se rio y me miró a los ojos en el espejo—. ¿Quién lleva la cuenta? —Abrió más el grifo y se lavó las manos con el agua espumosa, salpicándome y riéndose con su risa de gamberro—. *Yallah, mayeh!* —gritaba—: ¡Agua!

En la estación Bay Bridge, subimos por la escalera y salimos a las ráfagas de viento y las capas de nieve. Nos refugiamos debajo del toldo de un banco para descansar antes de seguir caminando.

—El mar —dice con una mirada decepcionada—. No has dicho nada sobre el mar.

Entrecierra los ojos para protegerse del viento, que de repente afila sus hojas y nos fustiga.

Vuelvo mi rostro a la penumbra del banco y tiemblo. Con remordimiento de conciencia recuerdo las veces que he pensado en el mar últimamente. Pero siempre el agua vuelve a mí, como el terco flujo y reflujo de las olas. Me quito de la mente esa imagen prohibida y busco otra cosa que añorar.

Una tarde, en SoHo, de camino al cine Angelica para encontrarnos con Joy y Tomé, yendo por la calle Church, nos detuvimos en la galería para saludar al señor Guido.

Los óleos de Hilmi adornaban la pared del fondo: dos telas rectangulares, de la serie de paisajes, que el señor Guido había comprado en enero. En ambos cuadros, que a simple vista parecían idénticos, había un río discurriendo por el medio de una ciudad fantasma sumergida en las sombras amarillentas del crepúsculo. Sobre la superficie del agua, entre los reflejos de los árboles y los pastos color verde oscuro, flotaban objetos: un viejo zapato de trabajo, un peine, un tazón de cerámica cascada.

Yo conocía esos cuadros, por supuesto. De los dos, prefería el que mostraba la calle levemente iluminada, en el que la sensación de vacío no era tan inquietante como en el otro, donde pronto llegaría la oscuridad y los objetos que flotaban en el río eran borrosos, tétricos. Pero era la primera vez que veía los títulos que Hilmi les había puesto. Leí las letras impresas encima del nombre del artista, la fecha y las dimensiones: «Jindas 1» y «Jindas 2».

La débil luz que aún iluminaba las calles húmedas de SoHo cuando salimos del metro se había desvanecido en el breve tiempo que estuvimos en la galería. Como en el cuadro de Hilmi, las sombras de la noche invernal envolvían el aire húmedo. Ya en la calle, le pregunté qué significaba «Jindas».

—Es nuestra aldea. —Se bajó la gorra de lana y echó un vistazo a derecha y a izquierda, preguntándose cuál era el este y cuál el oeste—. De donde es mi familia. —Señaló a la derecha.

—¿Qué aldea? —Me acerqué a él, confundida—. Creí que erais de Hebrón.

Pero en cuanto lo dije me acordé de las veces que él había mencionado «la aldea» y yo no lo había entendido. Recordé que me había contado que, cuando su padre era joven, los aldeanos lo llamaban «señor Perfume» por su afición a las lociones para después de afeitarse. Y la broma que solían hacer él y sus hermanos cada vez que una brisa fresca de verano entraba en la casa y sus padres suspiraban profundamente y decían: «¡Ahhh, ese aire!», y ellos los imitaban con un: «¡Ahhh, el aire de la aldea!»

Hilmi asintió.

—En efecto, vivíamos en Hebrón, pero solo a partir del sesenta y siete, cuando mis padres huyeron del campamento de refugiados de Jericó durante la guerra.

¿Huyeron? ¿Campamento de refugiados? No sé por qué, pero yo pensaba que él venía de una familia muy arraigada, una antigua dinastía hebronita con raíces profundas. Sabía que se habían trasladado de Hebrón a Ramala cuando él estudiaba en el instituto, pero ¿Jericó? No estaba muy segura... eso quedaba por el valle del Jordán, ¿no? Me acordé de haber visto ese nombre indicado por la carretera cuando conducía en dirección al mar Muerto.

—Entonces, la aldea... —pregunté con la mirada puesta en los pies de los transeúntes—, Jend...

—Jindas.

—¿Está cerca de Jericó?

De golpe, sorprendido, se rio.

—¡No! —Cuando se volvió hacia mí vi pasar por su rostro una sombra de dolor—. Nuestra aldea estaba al sur de... Lid. —Lo dijo con deliberada lentitud, como si quisiera darme una pista—. Donde ahora está vuestro aeropuerto.

—¿Lod?

—Vale, llámalo Lod.

Los cuadros: ahora lo entendía. El cuadro de los edificios abandonados bajo un cielo que se oscurecía adquiría un nuevo y turbador significado. Comprendí entonces a quién pertenecían los objetos en el río, el significado de esas posesiones perdidas que arrastraba la corriente.

Supe que las preguntas eran superfluas. Pero:

—Entonces, cuando se fueron de la aldea, ¿cuándo fue? ¿En el cuarenta...? —Tenía que preguntárselo.

—«Se fueron.» Sí... —Rompió a reír y me miró fijamente.

—¿Mil novecientos cuarenta y ocho?

Por la noche, después de que Joy y Tomé nos dejaran en casa de Hilmi y nos encontramos otra vez solos, en la cocina, le pregunté mientras llenaba con agua el hervidor:

—¿Es a ese lugar adonde tú querías regresar? ¿Querrías vivir allí un día, si realmente pudieras volver?

Cerré el grifo y me volví para mirarlo.

—¿Dónde? ¿Jindas? —preguntó bostezando mientras cerraba la puerta de la nevera.

—Sí, donde antes estuvo Jindas.

—Ni hablar. —Se encogió de hombros antes de salir al pasillo—. Quizá mis tíos o mis hermanos mayores querrían regresar, pero yo no. —Su voz me llegaba del lavabo—. Ya te lo he dicho, Bazi. Quiero vivir junto al mar.

21

La película comienza con los números en una pantalla encima de un ascensor. La cámara sigue los números a medida que el ascensor baja, cuatro, tres, dos, uno, hasta que se para en la planta baja. Las puertas se abren y vemos al fotógrafo reflejado en el espejo. Tiene el cabello ensortijado y el cuerpo longilíneo de Hilmi, viste tejanos y chaqueta de cuero marrón, y, cuando se acerca al espejo, vemos su nariz rotunda y sus cejas pobladas. Sus labios rojos, carnosos, esbozan la misma sonrisa familiar. Es Marwan, el hermano menor de Hilmi, usando la cámara DV-8 que Hilmi le envió a Ramala hace un mes.

El ascensor sube y se para en el noveno piso. Los pasos de Marwan resuenan en el suelo de una oscura caja de escalera y su puño golpea una puerta. La puerta se abre. Ahora vemos a Omar, el hermano mayor, con la misma estructura facial ancha, las aletas de la nariz bien delineadas, la frente alta. De unos treinta y cinco años, más bajo que Marwan, con el pelo rapado y un cuerpo pesado, morrudo. Pero la sonrisa de Hilmi también aparece en sus labios. Omar se muestra sorprendido al ver la cámara:

—¿Ya has empezado?

La cámara asiente bajando y subiendo. Sigue a Omar al interior de su modesto salón de clase media, muy luminoso. Un juego de sillones modernos, pantalla de televisión, plantas en macetas, cortinas, el sector para el ordenador, con objetos decorativos y adornos de estilo árabe: samovar y bandeja de cobre, bordados tradicionales, arabescos en la pared, un narguile. Atisbamos la vista a través de la ventana cuando la cámara pasa por allí y se aleja deprisa, cegada por la luz del sol: un paisaje abierto de montañas, terrazas de calcita y cielo azul.

Una voz femenina que canta se oye más fuerte: música pop árabe que viene de la cocina. Vemos a tres chicas entre ollas y sartenes humeantes encima de la cocina. Una pica cebollas, llorando, y se encoge con suspicacia. La segunda, un poco gorda, levanta la vista de las entrañas de la nevera con curiosidad. Y la tercera sujeta contra su hombro a un bebé en pañales y le da palmaditas en el trasero.

—Marwan está haciendo una película para Hilmi. —Se oye la voz de Omar al fondo—. Para enviársela a América.

La mujer que llora mientras pica las cebollas es Widad, la mayor de las hermanas de Hilmi. Sonríe tímidamente mirando el cuchillo que tiene en la mano, turbada por la cámara. La segunda es Amal, la esposa de Omar, quien mira a la cámara y se alisa el cabello ondulado con coquetería. La tercera, la madre del bebé, es Farha, prima de Hilmi, que mira a Amal primero y luego a Widad.

Y aquí vienen cuatro, cinco, seis niños irrumpiendo en la imagen con chillidos de alegría: la hija de Farha, los gemelos de Omar y Amal, el hijo y las hijas de Widad. Rodean a Marwan saludando y tirándole de la manga, y luego lo empujan.

Ayer, Hilmi y yo miramos la película juntos dos veces. Riendo como loco y disfrutando con los rostros que aparecían en la pantalla, me presentó a cada uno de sus hermanos, hermanas, cuñadas, sobrinas y sobrinos, asombrado al comprobar lo mucho que habían crecido los niños. Con el mando a distancia del DVD, cada tanto congela la imagen, luego rebobina y la vuelve a pasar traduciendo para que yo entienda lo que dicen, riendo y explicándome los chistes.

Ahora que se ha marchado y estoy sola, los observo por tercera vez —a Omar, Widad y los mellizos—, y veo en ellos a Hilmi. El salón se llena con sus voces, con el árabe. Ese perfil, aquel tono de voz —reconozco la forma de hablar y los ademanes—. Encuentro rastros de la sonrisa de Hilmi danzando aquí y allá. Ahora que estoy sola me siento libre para recordar los rostros que yo había puesto a sus hermanos mayores y a su madre, a quien había imaginado como una mujer religiosa de rostro serio y adusto bajo el hiyab negro. Me siento con la libertad de examinar mis pensamientos, que ayer callé, las cosas que no deseaba recordar cuando Hilmi estaba aquí, sentado a mi lado. Con libertad para ver cómo es realmente ese apartamento de Ramala, que yo me había figurado oscuro, tétrico y sin muebles, un lugar donde todos ellos llevaban una vida extraña e inquietante, o así fue como me lo imaginé el mes pasado durante cuatro espantosos días, cuando se atrasó mi período.

Los nervios y el terror que sentí pensando que podría estar embarazada. El pánico, las noches sin dormir, cuando al final comprendí que ahora yo estaba realmente liada con él, perdida en una maraña de interrogantes sobre el aborto, la vida y la muerte. Esta aventura secreta, que no guardaba relación alguna con el futuro, con la realidad de mi vida en mi país, saldría a la luz y sería un escándalo. No le conté a Hilmi lo del retraso ni los escenarios de pesadilla que desfilaron por mi cabeza; lo evité con toda clase de excusas. Trabajaba de noche hasta tarde, invocaba un dolor de espalda, un calambre, y cada vez que iba al lavabo salía de allí amargamente desilusionada. Ciertas noches me veía a mí misma en una casa anónima, en Ramala, con su familia. Me veía viviendo allí con ellos, una judía que había cambiado de bando. Veía al bebé, veía todo mi destino anulado. Me acordaba otra vez del minibús número 4, años atrás, y los gritos aquellos de «¡Que Dios las ayude!». Y de la mujer sentada frente a mí. «Ahora la pobre chica está pudriéndose en Nablus con dos niños. Casi no le quedan dientes.» Veía a mis padres llorando por mí. Me imaginaba a mi abuela.

—¡Ah, Yama! —había gritado de repente y había subido el volumen—. ¡Es mi madre!

Una mujer alta y corpulenta, de unos sesenta años, bien erguida y ancha de hombros, salió de una de las habitaciones. Llevaba una chilaba negra y el cabello recogido debajo de una pañoleta blanca. Tenía una tez luminosa y bronceada con arrugas muy marcadas. Y sus ojos eran los de Hilmi: pardos, cansados, inocentes.

—Marwan le ha preguntado si desea enviarme un mensaje —tradujo para mí con voz complacida y serena—. Y ella le ha contestado: «¿Por qué? Hablé por teléfono con él el sábado.» —A continuación, interpretó lentamente sus palabras mientras la contemplaba con ojos llorosos—: «¡Oh, *ya khamis*, mi niño! Que Alá te bendiga, *inshallah*. Que te bendiga con hijos varones. Con una buena esposa y una vida próspera. Que te conceda una buena y larga vida.»

Se lleva la mano al pecho para serenarse y, cuando deja de hablar y mira con tristeza al techo, la voz de Omar la insta a proseguir. Una voz femenina, fuera del cuadro, quizá la de Amal, dice: «Dile cuánto lo echas de menos.»

—Pero si él lo sabe, *ya binti* —replica asombrada y suspira—: ¿Crees que no me conoce?

Un niño llora en el fondo robándole un instante su atención. Pero cuando sus ojos vuelven a mirar nerviosos la cámara, el *zoom* enfoca de cerca su rostro ensanchándolo.

—Mi corazón está muy, muy, muy, muy sediento de Hilmi de regreso aquí.

Su voz está llena de añoranza, y también la de Hilmi cuando repitió en inglés: «Sediento de aspirar, de oler su olor.» Emocionada, cierra los ojos y aprieta sus labios uno con otro, como hace su hijo cuando está alterado.

—Pero, Hilmi, mi amor, es mejor para ti allá en América. Mejor que aquí, mi alma. Poco a poco te estás afincando, construyendo para ti un futuro mejor. ¿Sabes una cosa? *Yallah*, quédate en América, cariño. Regresa cuando puedas y quieras, no tengas prisa.

Hago avanzar rápido las escenas siguientes: la mesa

para la cena con las verduras rellenas y los buñuelos, carne troceada y montañas de arroz. Llegan cada vez más parientes, besos en las mejillas y apretones de manos. Paso toda la comida y las entrevistas a los sobrinos y sobrinas en otra habitación hasta que llego al balcón y la puesta de sol.

Un deslumbrante globo de sol cuelga en mitad del cielo inundando la escena con un dorado rojizo que se refracta brevemente en las lentes de la cámara. Desde el noveno piso, orientado al oeste, Marwan fotografía el cielo que se extiende de un extremo al otro en suaves rosas y azules. Capta el pedacito de una pálida luna y un largo hilo de aves que atraviesa muy veloz el cielo como un fino collar de cuentas negras.

Sus ojos se mueven despacio hacia la izquierda y bajan a un grupo de edificios que antes se veían al borde del marco. «Hotel Occidente», anuncia un cartel de neón en uno de los tejados. Luego sigue bajando y enfoca el aparcamiento del hotel. Un Mercedes decorado con cintas y flores se para y bajan un hombre vestido con esmoquin negro y una mujer en traje de novia color blanco merengue: la novia y el novio. Con tambores, bailando y vestidos de fiesta empiezan a llegar los invitados. Se apiñan en torno a la pareja y los acompañan con canciones y aplausos pasando entre los coches.

La cámara se mueve nuevamente a la derecha, baja al *wadi* que está detrás del hotel. El ocaso tiñe las colinas con una cálida luz de color miel, alargando las sombras sobre las laderas. Y es tal como me lo describió Hilmi una vez: mientras Marwan se demora en el juego de luz y sombra, la extensión de colinas bajas se superpone a las curvas doradas de cada una, ondulantes manchas de sombra que se arremolinan entre ellas, y parece el mar.

La imagen se empaña un instante, envuelta en un velo de bruma, luego vuelve a ser nítida y se abre a la lejanía. Tierras de pastoreo, de unos 16 a 20 kilómetros de profundidad, entran en la imagen. Olivares, terrazas de piedra, parcelas verdes y marrones con pálidas hileras de casas entre ellas y luces que brillan a lo lejos en las pequeñas aldeas incrustadas en las pendientes del valle. Ayer, Hilmi reconoció estos lugares y me dio los nombres de las aldeas y los asentamientos, que ahora no recuerdo. Puedo, sin embargo, reconocer con facilidad las aldeas árabes por sus mezquitas, con su luz verde en la cima de los minaretes, y las aglomeraciones judías por la blancura centelleante de sus barrios de casas modernas. Las casas de los palestinos son de tonos grises; parece que no estén terminadas y se funden en el paisaje, mientras que los judíos han edificado una sucesión de cubos de dos plantas con tejados inclinados de teja roja.

En esta parte de la película, me acordé del relato de Hilmi sobre el grupo de niños colonos, que habían tropezado con él y sus sobrinos en el *wadi*, y que huyeron a toda carrera gritando como si hubieran visto una manada de lobos. La víspera, yo se lo había recordado alargando las «r», a la manera israelí, imitando, como cuando él me lo había contado con una voz chillona, horrorizada, de niño: «*Aravim, Aravim!*»

Pero ahora me preparo para lo que vendrá. La imagen vuelve a perder nitidez, como si desapareciera en una nebulosa brillante. Y al cabo de un momento, cuando la cámara se enfoca de nuevo, toda la pantalla se llena del rojo del cielo, del globo del sol que se desvanece en el oeste, y, otra vez, estoy estupefacta, como ayer, estupefacta y sin poder creerlo: lejos, muy lejos en la línea del horizonte, gris pálido, como una visión brumosa, aparece de golpe una aglomeración urbana muy densa, que se despliega hacia lo alto.

Desde el balcón de Ramala, la cámara de Marwan capta, ve muy claramente toda la costa, una parte de Gush Dan, los rascacielos de Tel Aviv, hasta la franja azul, centelleante, del mar. Y todo está tan cerca, tan extraordinariamente cerca, a sesenta o setenta kilómetros, tan cerca que se puede tocar.

Rebobino la película y congelo la imagen. Alucinada,

dirijo mi mirada de norte a sur, de sur a norte, viajo con los ojos de la mente por la autovía de la costa, la antigua carretera 4, y reconstruyo los carteles que indican las salidas a Rehovot y Rishon Le'Zion, Ramle y Lod, el aeropuerto Ben Gurion, Holon, Petach Tikva, Rosh Ha'Ayin. Retrocedo y abarco toda la masa de cemento gris azulado, la línea del horizonte de Tel Aviv, de sus suburbios que se desvanecen en la bruma, y me doy cuenta de que, como la imagen en la pantalla, mi mano, que sujeta el mando a distancia, también está congelada.

Israel, tal como la ve Marwan desde el noveno piso de Ramala, parece una isla de extraordinarias dimensiones. Una majestuosa montaña de cemento que brota del mar, con sus edificios, rascacielos y torres como un solo bloque. Como una ilusión óptica, Tel Aviv, inmensa metrópolis salida de una película de ciencia ficción, se perfila en el horizonte.

La cámara enfoca directamente los rascacielos. Y yo, desde aquí, veo con claridad las torres Azrieli, orgullosas, imponentes, y la parte superior del Migdal Shalom. Llego incluso a discernir la chimenea de la central eléctrica Redding y los edificios en el cuartel general del ejército, el mástil con la bandera sobre el Ministerio de Defensa, el centro comercial al este de Ramat Gan. Y todo el tiempo, más allá de la inmensidad de la ciudad envuelta en el resplandor del crepúsculo, estoy viendo la franja azul, casi dorada, del mar.

Igual que ayer, cuando se me puso la piel de gallina, pienso de pronto en mi familia, mis sobrinos y todos mis parientes y amigos que están allí. ¿Dónde estaban cuando, desde Ramala, Marwan filmó esta puesta de sol? ¿Qué estaban haciendo? Esto me devuelve al día en que, tendría yo seis o siete años, me asomé por la ventana del apartamento de nuestros vecinos para espiar, a escondidas, el interior de nuestra propia cocina. Paralizada y fascinada por la novedad de ese punto de observación diferente, vi desde allí, sin que ellos me vieran, el perfil concentrado de mi madre lavando los platos y la nuca de mi padre, que leía un periódico mientras comía sandía. De nuevo, como aquella vez, no puedo dejar de mirar con la misma sensación contradictoria —un sentimiento de extrañeza y de proximidad, de culpabilidad y traición—, una suerte de discreción ligeramente indecente.

Qué extraño es esto: vernos así, desde el exterior, por la ventana de los vecinos; vernos del lado oculto del espejo. Desde aquí, en Nueva York, ver lo que ven ellos desde Ramala. Apostarme en el lugar de ellos, en el balcón, como si fuera el monte Nebo, y contemplar Israel cada día, ver los suburbios de Tel Aviv y nuestras vidas tal como se desarrollan del otro lado, una vida tan confiada, inconsciente, irreflexiva. Cuán extraño y aterrador es constatar todo lo que ellos pueden ver desde allá.

El sol declina un poco más a cada instante, sangrando llamas en el mar. La cámara de Marwan sigue a otra bandada de aves migratorias por el cielo, escolta lentamente ese hilo oscuro teñido de escarlata por el resplandor del crepúsculo. Pero mis ojos siguen fijos en la parte inferior de la pantalla, escudriñando la línea de tejados de los edificios de Tel Aviv, que se tornan más grises. Pues, aunque la atención de Marwan esté centrada en la superficie del mar y el cielo y filme solo por casualidad el paisaje urbano que aparece intermitentemente mientras él se extasía con los pájaros, yo no puedo evitar vernos allí. No puedo evitar ver la tierra de Israel tal como aparece a los ojos de sus enemigos.

No puedo evitar ver mi casa en el punto de mira de un misil, de una plataforma de lanzamiento de cohetes de artillería, a través de las lentes telescópicas, de Dios sabe qué. Me es imposible no darme cuenta de hasta qué punto todo allá está realmente expuesto, es tan vulnerable; es imposible no tomar conciencia de la brevedad de las distancias, de la promiscuidad. Estoy impresionada por nuestra vida israelí —esa vida efervescente que tanto apreciamos, por el espectáculo de prosperidad, con nuestras legiones de torres dominando el cielo—. Esta visión me provoca, como ayer, un escalofrío que me recorre la columna vertebral al imaginar la envidia, la rabia, el odio con que nos están mirando desde esta posición estratégica.

—¿Ves? ¿Lo ves? —Hilmi se regocijaba ayer al ver mi sorpresa—. ¡Te lo dije!

Al poco tiempo de habernos conocido, me había dicho que, desde el balcón del apartamento donde vivía su hermano, en Ramala, en los días claros se podía ver el mar y toda la costa, desde la Ribera Occidental hasta el mar. Ante mi incredulidad, había agregado:

—Esa tierra es diminuta, Bazi, es tan estrecha —me contestó cuando lo puse en duda—. Unos sesenta y pico kilómetros, nada más.

Y luego, sorprendido por la solución desfasada que yo proponía obstinadamente, me había preguntado:

—¿Cómo lo haces para encajar allí dos países?

Fue a comienzos del invierno, en mitad de una de esas discusiones pesadas e inútiles que solíamos tener. Imbuidos de fe y fervor, ingenuos, tratábamos de convencernos el uno al otro, de moderar la posición del otro o desestabilizarlo. Predicábamos, machacábamos, una y otra vez nos metíamos en la misma manida discusión estéril y una y otra vez acabábamos desesperados, a gritos y con los nervios de punta.

Por lo general era yo la instigadora de los gritos. Perdía los estribos con facilidad y me ponía frenética. Cada vez que nos poníamos a hablar de política era como si me poseyera un demonio. Yo detestaba eso. Detestaba esa furia de mojigata terca que se apoderaba de mí, la hostilidad que me volvía fanática. Detestaba el sabor que tenía perder al final, y su consiguiente frustración y amargura. Las interminables reivindicaciones, la paradoja instalada entre nosotros, inmortal e invencible, tan imperiosa como las fuerzas de la naturaleza.

Hasta que una noche, agotados y estresados por una enésima disputa que había degenerado en una auténtica pelea, con lágrimas y portazos, decidimos poner fin a todo eso y juramos no volver a hablar de política.

Hilmi, con sus fantasías ciegas, binacionales, de israelíes y palestinos viviendo juntos, que se tapaba los oídos y se golpeaba la cabeza contra la pared como un niño (con él era todo o nada). Y yo, que me obstinaba con la solución de dos Estados, una fórmula ya antigua, anémica, declamada hasta la náusea. Él, con sus quimeras caprichosas, un idealista sensiblero que aún abrigaba la esperanza de una reconciliación entre los dos pueblos. Y yo que insistía, oponiéndole el pragmatismo y la lógica, alegando en favor del manoseado acuerdo de partición.

Cómo odiaba su candor cursi, transnacional, sesentero, su certeza en que era él, con sus valores humanistas, quien estaba del lado bueno. Él era el progresista ilustrado, el que arreglaba el mundo, el que tenía una visión, y yo, en cambio, era la que terminaba con el bonete ridículo del patriotismo, la sionista conservadora nada *sexy*. Él era el universalista, el promotor de la paz, que se quitaba de encima definiciones arcaicas como Estado y religión y estupideces como banderas e himnos nacionales, mientras que yo, por mucho que execrara verme encerrada en ese papel, era la mujer pragmática, lúcida, que se preocupaba por los acuerdos de paz y tecnicismos como fronteras políticas y soberanía.

Odiaba ese ridículo patetismo patriótico que siempre se apoderaba de mí cada vez que, ante su extremismo, su radicalismo árabe, yo me veía forzada a defender opiniones de derecha, empujada a asumir el conservadurismo de mis padres. Ante su pasión binacional me veía en la obligación de defender una posición israelí consensuada, las mismas opiniones centristas que me enfurecían cuando las vertían mis padres en casa, en las cenas de los viernes. Allá, mientras por televisión transmitían las noticias del fin de semana, mi hermana y yo nos peleábamos con nuestros padres y, más tarde, también con Micah, que pensaba como ellos. Para nosotras, la cuestión de los Territorios ocupados era el origen de todos los problemas y maldecíamos al gobierno de derecha, a los colonos. Pero aquí, en Nueva York, de pronto yo hablaba como ellos; defendía, justificándola, la política israelí. Y, de todas las personas que habitan en el mundo, era precisamente con Hilmi con quien no podía estar de acuerdo en nada. Y yo detestaba eso. No entendía cómo nosotros —tan próximos uno del otro, tan enamorados— fracasábamos de modo sistemático en lo mismo que, desde hacía tantos años, todos los demás habían fracasado. Y yo me detestaba por detestar tanto: a Hilmi, la situación, a mí misma.

Había recurrido a todos los argumentos conocidos: lo bueno que sería para todos la creación de un Estado palestino independiente al lado del Estado de Israel; los palestinos merecían vivir con dignidad bajo su propia bandera y con un gobierno propio. Decía que la frontera que definiría su libertad, su independencia, sería también la frontera que redefiniría nuestra seguridad, nuestra tranquilidad y nuestro equilibrio interior.

—Y si lo deseo es ante todo porque soy sionista —aclaraba— y porque me preocupo por nosotros. ¿Qué va a pasar si las cosas continúan así?

Probaba invocando el bien, probaba invocando el mal, alegando que si nuestra generación no llegaba a encontrar un compromiso, si no nos poníamos de acuerdo sobre unas fronteras claramente establecidas, mientras aún era posible, entonces, «no quiero ni pensar en el camino sembrado de catástrofes por que tendremos que transitar».

Y Hilmi volvía a levantar la cabeza, conmovido, se mordía los labios, sacudía su melena ensortijada, y, poseído de una especie de fe ardiente, quijotesca, se ponía de pie y me explicaba, con paciencia, que, en efecto, había dos naciones en esta historia, pero, desgraciadamente, una sola tierra; y este hecho, por muchas fronteras, muros de separación, obstáculos y barreras que se levantaran, no se podía modificar.

—Esa tierra es una sola tierra, Bazi. ¿Cómo lo formulaste tú una vez? ¿Te acuerdas? «Al final, todos los ríos desembocan en el mismo mar.» Ya no es posible compartir esta tierra de manera justa, porque todos los recursos de que dispone se entrecruzan y son interdependientes. Ni el suelo, ni el agua, ni los Santos Lugares tampoco, porque viven todos concentrados en la misma ciudad.

Hilmi repetía cada vez que la realidad en la que nosotros vivíamos era ya binacional, como los cielos, los paisajes, que pertenecían a las dos naciones.

—Estamos pegados con cola unos con otros —dijo, entrelazando los dedos de ambas manos y apretando con fuerza—. ¿Qué podemos hacer? Somos inseparables de vosotros.

Luego abría los ojos, alzaba las cejas y tres arrugas aparecían en su frente, y me preguntaba si en el fondo de mi corazón yo no sabía que un país binacional era inevitable, que terminaría siendo establecido cuando nosotros tuviéramos sesenta, ochenta años, o estuviéramos muertos.

—Entonces, ¿por qué no ahora, que estamos vivos? ¿Por qué dejar que las cosas ocurran con violencia, propiciadas por una catástrofe?

—Entonces, ¿dónde está? ¿Dónde? Enséñamelo. La Línea Verde, ¿por dónde pasa? ¿Por aquí? —me había preguntado ayer.

Congelé la imagen, me levanté del sofá para ir hasta el costado derecho del televisor y sobre la pantalla tracé con el dedo una línea horizontal en dirección al valle, entre las colinas.

—¿Por allí? —volvió a preguntar Hilmi.

Miré de cerca el paisaje de aldeas y asentamientos como si, en alguna parte, entre las sombras del anochecer y las luces encendidas de las casas, yo esperase de veras encontrar una Línea Verde, el trazado real de una frontera señalada con una línea de puntos, como en los mapas.

—Es aquí —le oí decir a mis espaldas.

Me volví y entonces vi que se golpeaba la cabeza con el dedo:

—Más o menos aquí.

Además de Omar, Widad y Marwan, Hilmi tiene un hermano y dos hermanas que no aparecen en la película. Sanaa se ha quedado a vivir en Hebrón, con su marido e hijos; Lamis, farmacéutica en un hospital, reside en Amman con su familia; y Wasim, que está cursando la licenciatura en Ciencias Políticas y Derecho, vive en Berlín.

A principios de marzo, tres semanas después de la llegada de la película de Ramala, Wasim viaja a Estados Unidos. Aterriza en Washington con una delegación de estudiantes y, a su regreso, pasa por Nueva York y se queda unos ocho días.

El parecido físico entre Hilmi y sus hermanos, que me fascina en el vídeo, me impresiona aún más cuando conozco a Wasim. Tiene treinta y tres años, cinco más que Hilmi, pero no es únicamente la altura, la corpulencia y los rasgos faciales, sino también su voz, con esa cadencia igual a la de Hilmi.

—No, lo siento, no soy Hilmi —me interrumpe cuando una tarde, en sostén y medias frente al armario abierto, llamo para verificar la dirección del restaurante y empiezo a protestar porque no tengo nada que ponerme para ir a cenar—. Se está duchando —prosigue Wasim con esa misma voz que conozco tan bien—. ¿De parte de quién, por favor?

—¡Oh, soy Liat! —balbuceo—. Pensé que era...

—Ah, sí, Liat —dice con tono de que está enterado, pronunciando mi nombre de forma muy marcada, con una curiosidad no disimulada—. Soy su hermano: Wasim.

Dos horas después, delante del Andalus Cuisine, en TriBeCa, nos estrechamos la mano. Vestido con una chaqueta elegante, un jersey negro de cuello de tortuga, un pantalón a la moda y zapatos y cinturón elegantes, Wasim es la versión sofisticada, chic, de su hermano, que está entre nosotros dos, sonriendo orgulloso, con los cabellos revueltos, como siempre, con sus tejanos y sus All Stars. Tiene la mano derecha apoyada en la espalda de Wasim y con la izquierda, a través de la tela del vestido, enlaza mi cintura. Los rizos de Wasim son cortos y brillan por el fijador que se ha puesto. Lleva gafas de montura muy fina, está bien afeitado y cuando me da dos besos en las mejillas se desprende de él un perfume a loción para después del afeitado.

—¡Cómo os parecéis! —comento admirada, mirando a un hermano y luego al otro—. Es asombroso. —Mentalmente, proyecto de nuevo la película, las imágenes de los miembros de la familia—. ¿Le has dicho —le digo a Hilmi— que luego vendréis a casa a mirar la película?

—Ah, claro —replica y esboza una sonrisa al recordarlo. Me aprieta más fuerte la mano en señal de gratitud—. Ya sabes, la que me ha enviado Marwan —explica a su hermano.

Wasim arquea las cejas por encima de sus gafas.

—¿En serio? ¿Podemos verla en tu casa?

—Claro —contesto—. Y esta misma noche si quieres, si no estás muy cansado.

Ahora soy yo quien aprieta un poco más la mano de Hilmi.

Sentada a la mesa, frente a Wasim, observo algunas diferencias: los arcos de las cejas son más marcados; hay algo distinto en la curva de la nariz, en el contorno de la mandíbula. Wasim también ha heredado los ojos almendrados de su madre, las pestañas tupidas, pero su mirada, a través de los delgados cristales de sus gafas, no es la de Hilmi, que es viva, maliciosa y un poco neurótica. Un aire de desaprobación flota en el rostro de Wasim, una insatisfacción que le tuerce ligeramente la comisura de los labios, una expresión de intranquilidad que permanece aun cuando sonríe.

Carraspea.

—Liat. —Me examina a través de sus gafas y carraspea de nuevo—: ¿Es hebreo, no?

—Ah, sí —confirmo, incómoda por la torpe traducción

que me dispongo a proporcionarle—: significa algo así como «eres mía».

Wasim se inclina hacia delante para oírme mejor.

—¿Eres mía? —repite—. ¿Me perteneces? —pregunta alzando la vista del mantel.

—Sí, pero suena mejor en hebreo.

Se toca el pequeño brillante que lleva en el lóbulo.

—Interesante.

Hilmi sonríe sorprendido.

—¿De veras? ¿Tú eres mía?

Me apoyo en el respaldo de la silla, con cara de ofendida.

—Pero, si te lo dije —lo regaño—, ¿no te acuerdas?

—¿Cuándo me has dicho algo parecido? No me acuerdo...

—Tú nunca te acuerdas de nada.

—Eres mía. —Su voz resuena junto a mi oreja y me besa en el cuello—. Mía, mía...

La mirada de Wasim —que observo brevemente por encima del hombro de Hilmi— parte, vacilante, tras un camarero que deambula entre las mesas. Le pregunto a mi vez por el significado de su nombre, me aparto de Hilmi y me paso la mano por la parte donde me ha besado.

—¿Qué significa...?

Pero la atención de Wasim está ahora puesta en Mahmud, que ha vuelto del lavabo y toma asiento a su derecha. Mahmud también es parte de la delegación de estudiantes de Washington. Es doctorando en la Universidad de Bir Zeit. Tiene treinta y pocos años. Es tímido, rollizo y lleva perilla. Transcurren unos minutos y llegan Zinab y Christian, que nos abrazan calurosamente y nos dan besos disculpándose por el retraso. Zinab es una vieja amiga de Widad, la hermana mayor de Hilmi y Wasim. Se conocen de la época en que las dos familias vivían en Hebrón y eran vecinos. Ella también tiene unos treinta años. Es bonita; su padre era palestino y su madre inglesa. Es profesora en un instituto privado de Staten Island y, Christian, su marido británico, es pediatra.

Cuando Hilmi llegó a Nueva York, hace unos años, Zinab y Christian eran las únicas personas que él conocía. Ya me había hablado de ellos a comienzos del invierno, el día que me anunció que viajaba a Staten Island a encontrarse con una pareja amiga. En los años ochenta, el padre de Zinab había ocupado un cargo importante en la dirección militar de la OLP; un comando israelí lo asesinó en el Líbano cuando Zinab tenía trece años. Por eso, se excusó entonces Hilmi, no estaba seguro de que fuera una buena idea que yo lo acompañara, aunque realmente le agradaría mucho. Sin embargo, a las pocas semanas, de regreso de una cena en casa de Zinab, Hilmi me trajo en un *tupper* una porción de pollo asado, trigo molido y unas pequeñas galletas de patata dulce. Le había hablado de mí a Zinab, me contó, y ella me enviaba esa comida.

El ambiente festivo y la excelente comida quiebran la tensión inicial. Es un restaurante marroquí, barato, con un decorado de *Las mil y una noches*. Esta noche está cerrado al público, pero el propietario es un amigo de Christian y Zinab. Si hemos podido reservar mesa, es solo gracias a ella, nos explica. En torno a nosotros las mesas están ocupadas por unos cuarenta turistas franceses, hombres y mujeres de cierta edad, inmigrantes originarios del norte de África, que han venido a Nueva York en un viaje organizado. Ocupan todo el salón del restaurante en medio de un bullicio en el que se mezclan palabras árabes y el entrechocar de los cubiertos, todo ello muy a tono con el decorado de paredes rojas y azules ornadas de gruesas teteras, *finjans* de café de cobre, pantallas y rejas de hierro forjado. Es evidente, sin embargo, que esta noche ni el propietario ni los clientes musulmanes (en su mayoría, en efecto, son musulmanes, por lo que nos cuenta Zinab que le dijo el dueño por teléfono, y yo, aquí, soy la única judía) se preocupan por observar la prohibición de beber alcohol. Son incontables las botellas de vino y las jarras de sangría que les sirven los camareros vestidos con coloridos caftanes. Luego, un despliegue de aromas de azafrán, canela y jengibre, que emanan de las cazuelas de terracota, con tajines de cordero y de pescado, y las fuentes humeantes de cuscús y pastelas, inunda nuestra mesa entre las exclamaciones y los ruiditos de nuestros estómagos hambrientos.

Si en el transcurso de los primeros minutos, cuando Hilmi me presentó a Zinab, he podido pensar que no estaba realmente encantada de verme —no ha cesado de hablar en árabe y no ha ocultado su descontento por tener que hablar en inglés con los demás a causa de mí («pero, después de todo, no tienes por qué saber árabe», me espeta levantando una ceja, como si me estuviera diciendo: «vosotros, los israelíes, supongo que habláis muy bien el flamenco o el griego clásico, ¿no?»); si, al comienzo, me ha parecido que su mirada evitaba la mía, que oscilaba entre Wasim y Mahmud o entre Hilmi y Christian, incómoda con mi presencia, mis temores se esfuman en cuanto llega la comida. Zinab echa un vistazo a mi plato por encima del hombro de Hilmi y arruga la frente con preocupación.

—Pásame el plato, ¿quieres? —ordena a su hermano—, me parece que está casi vacío.

Zinab le agrega una montaña de cuscús, carne de cordero, pitas tan finas como las crepes, que usamos para remojar la salsa.

—Come, come —me alienta vigilando mi plato—, no seas tímida. —Luego, esbozando una sonrisa y con el mismo gesto ambiguo de levantar una ceja, me dice—: Ahora eres una de los nuestros.

Por efecto del vino y la comida, Wasim también parece más cómodo, satisfecho. Hace un rato, cuando pasamos junto a las mesas, observé que hizo una mueca y con una mano se tapó los oídos como si no soportara el barullo, y cuando nos sentamos, miró irritado a su alrededor y nos aseguró que en Berlín jamás habría puesto los pies en un lugar como este. A continuación, abriendo apenas los labios y levantando los ojos afirmó que la magia supuestamente auténtica del restaurante estaba destinada solo a satisfacer el deseo de exotismo de los occidentales. Pero su reprobación parecía también extenderse a las muestras de amor que Hilmi me prodigaba. Me pareció que Wasim se molestó cuando su hermano me tocó, aunque Hilmi ni se dio cuenta, incluso cuando traté de llamarle la atención apartándome. No le importaba. Pensé que a lo mejor Wasim estaba celoso y por eso le molestaba nuestra intimidad física.

Pero esta impresión de posesividad con respecto a Hilmi —un sentimiento que puedo comprender perfectamente imaginándome a mi hermana en la misma situación— y la sensación de inseguridad que me provocó su mirada distante al comienzo de la velada, el tono frío, que había conservado incluso cuando me preguntó por el significado de mi nombre, también desaparecen durante la comida. Y cuando los camareros retiran los platos de la mesa para depositar los narguiles y regresan con enormes teteras de plata y llenan nuestras tazas doradas de cristal con el té de menta, siguiendo a pies juntillas el ceremonial, sirviéndolo desde arriba, en vertical, sin olvidar los dátiles y mazapanes, Wasim y Zinab, con sus mejillas arreboladas, ya han entrado en confianza y conversan y ríen a carcajadas. Evocan con Hilmi los tiempos de Hebrón, mientras que Mahmud y yo oficiamos de público. Christian, por su parte, se ha eclipsado antes de los postres después de recibir en su busca una llamada urgente del hospital.

No recuerdo qué fue lo que provocó la tensión, lo que desvió el curso amable de nuestra conversación, relajada, sociable, y nos sumergió en aguas turbias. ¿Cómo fue que nos pusimos a hablar de política y Wasim y yo nos acabamos peleando?

—Vosotros, los israelíes —dice abruptamente mirándome—, ¿sabéis cuál es vuestro problema?

Sus ojos han ido todo el tiempo de Zinab a Hilmi, y luego a Mahmud, evitando mirarme. Pero ahora, como si quisiera subrayar su observación, entrecierra los ojos hasta formar dos ranuras fijas en mí.

—Vosotros vivís en la negación —dice sonriendo, disfrutando con la tensión que acaba de suscitar en la mesa—. Este es vuestro problema. —El palillo en la comisura de sus labios se mueve mientras habla—: Os negáis a admitir el hecho de que en un futuro no tan lejano seréis una minoría en el país. —Con la lengua mueve el palillo y a veces lo chupa o lo masca—. Os esforzáis tanto para eliminar el pasado palestino de vuestras conciencias que ya ni siquiera veis delante de vosotros, negando lo que es, sin embargo, previsible y que se producirá en los próximos treinta o cuarenta años.

Wasim es un excelente orador. Seguro de sí mismo, carismático. Y, a pesar de su fuerte acento, su inglés es impresionante, impecable, casi altanero. Se expresa como alguien acostumbrado a las salas de conferencia y disfruta oyendo su propia voz y el efecto que produce. Pero como interlocutor resulta ser un imbécil, arrogante, despectivo, controlador, buscando ganar a cualquier precio.

La primera vez que lo interrumpo para decirle que no estoy de acuerdo, mira fijamente la mesa y espera a que yo termine de hablar. Luego, como si me diera una clase de moderación, hace una pausa antes de repetir, en tono paternalista, todo lo que acaba de decir. Esta vez no me deja intercalar ni una palabra, levanta la voz, agita la mano en el aire, decidido a declamar su frase hasta el final. Por momentos hace un gesto dramático de indignación, como si mis malos modales lo dejaran mudo, y mira a su alrededor buscando en el salón del restaurante otros testigos de mi afrenta.

Se quita el palillo de la boca y examina la punta roída con una mirada pretenciosa.

—Porque incluso dentro de las fronteras de mil novecientos sesenta y siete, como decís vosotros, incluso allí habrá un Estado binacional. —Una sonrisa de autosatisfacción se forma en su rostro—. Ocurra lo que ocurra, será un Estado binacional, con o sin acuerdo.

Retengo la respiración y lo escucho a medias, pues siento arder en la punta de la lengua una réplica que amenaza con saltar en cualquier momento.

—Y, como he dicho antes —prosigue—, es cuestión de simple lógica, una cuestión demográfica, para darse cuenta de que en dos mil veinte, en menos de dos décadas, las dos poblaciones tendrán el mismo tamaño.

Me concentro en el movimiento de sus labios, del palillo, en busca de una señal de que está por concluir, una coma o un punto, y así poder intervenir.

—Y no solo en el interior del país. El principio de soberanía democrática común se aplicará inevitablemente en toda la región. —El palillo está en su mano y su lengua busca alguna miga suelta—. Desde el mar hasta el río...

—Pero ¿cómo puede ser? —Acabo de detectar la brecha para interrumpir su discurso—. ¿Cómo se puede aspirar a un Estado pacificado e imaginar semejante democracia común cuando en realidad... —trago saliva, respiro—, en realidad, las fuerzas nacionalistas, extremistas, no hacen más que fortalecerse continuamente? —Abro grandes los ojos y miro a Zinab y luego a Mahmud—. ¿Cuando entre vosotros, ante la presión de la presencia israelí en los territorios, el fanatismo religioso se impone en todas partes... —mi voz ahora es más fina, más alta, un poco forzada, casi suplicante—, y en Israel, de intifada en intifada, la derecha tiene cada día más adeptos?

Zinab me mira con preocupación. Mahmud apoya la mejilla sobre una mano y me observa con curiosidad. Y a mi izquierda, con la cabeza gacha, concentrado en la botella de vino, Hilmi me escucha.

—Declaraciones como estas —digo reprimiendo el temblor de mi voz—, sobre el retorno de los refugiados, la visión de un solo Estado —insisto apoyándome en la mirada bondadosa de Zinab—, no hacen más que empujar a los israelíes más a la derecha, pues demuestran a los sectores moderados de Israel que los temores de los conservadores son justificados y que, en realidad, el verdadero objetivo de los que apoyan la creación de un Estado palestino es el desmantelamiento del Estado de Israel. —Aterrada, levanto el tono—. Y eso, sí, eso, vosotros debéis comprenderlo. —Cálmate, me digo, y bebo un poco de vino, respiro—. Porque eso es lo que despierta en nosotros el peor de los miedos, el peor de todos los traumas.

También me ocurría cuando discutía con Hilmi. Ese horrible patetismo que se apoderaba de mí. Me sentía de pronto investida de una responsabilidad política decisiva. Como si llevara sobre mis hombros nada menos que el futuro del Estado de Israel, el destino del pueblo judío y sus futuras generaciones. Todo dependía de mí, de lo que yo dijera. Y esta vez también: si yo era capaz de aportar un argumento crucial, indiscutible, haría cambiar de opinión a este palestino testarudo.

—Pues aun entre los israelíes más lúcidos —prosigo con voz temblorosa—, incluso entre los israelíes dispuestos a todas las concesiones, todos los compromisos, a retirarse de todos lados con tal de alcanzar la paz, este tipo de declaraciones, desde nuestro punto de vista, son...

Mientras hablo, descubro a Wasim haciendo una mueca a Mahmud; lo mira irritado, poniendo los ojos en blanco, pero, en cuanto se da cuenta de que lo he pillado, finge reprimir una tos y disimula una sonrisa burlona tapándose la boca con la mano. Con renovada energía se dirige a mí para sermonearme con un tono amable:

—Liat, Liat, tenéis que despertar, abrid los ojos de una buena vez. Seguís recitando ese manido y estúpido eslogan sobre los dos Estados como un mantra, cuando en realidad hace tiempo que ha dejado de ser posible. —Se ríe con amargura, satisfecho consigo mismo—. Eso no sucederá nunca.

De pronto, Zinab, evidentemente molesta, le suelta algo con dureza en árabe. Levanto la vista de mi copa de vino y detecto la palabra *ihtilal*, que repite dos veces. Tal vez sea la barrera del idioma lo que hace que yo perciba agresividad en lo que le está diciendo. Hablar en árabe los libera y revela algo auténtico, duro, en ellos, algo que solo puede ser dicho entre ellos. Me crispo de nuevo, alerta a cada mención de las palabras *israil* o *yahud*, tratando de entender lo que están diciendo. Cuando Wasim dice: «*el-gaysh tzahiyuni*» y Mahmud me mira pestañeando, miro a Hilmi y rozo el dorso de su mano a fin de que me ayude a comprender. Pero está mirando a Wasim, transfigurado por sus palabras —es como un niño en presencia de su hermano, un chaval débil, una sombra admiradora— y no se digna a volverse ni una sola vez.

Al comienzo, Hilmi estaba de mi lado. Incluso cuando se hizo evidente que sus opiniones eran similares a las de su hermano, yo sentía su respaldo y su mano debajo de la mesa tratando de calmarme. Cuando de pronto los ánimos se caldearon y Wasim empezó con su discurso beligerante, Hilmi había reaccionado tratando de calmar mi furia y de mediar entre nosotros solicitando a Zinab para que lo ayudara a cambiar de tema y distender la atmósfera. Pero llegó un momento en que volvió a hundirse en su silla y renunció. Incluso se volvió complaciente. Apenas participaba en la discusión, se limitaba a escuchar con la cabeza gacha, asintiendo de vez en cuando. Su mano ya no buscaba mi muslo debajo de la mesa. Cuando lo miro de soslayo y le toco la mano con la esperanza de llamar su atención, termina por responder con expresión ausente, los párpados semicerrados, y suspira lleno de compasión por lo que su hermano está diciendo en árabe.

Wasim vuelve al inglés, a gritos, como si hubiera estado esperando la señal:

—¡No, Zinab, no! La ocupación de los Territorios no acabará nunca. —Me lanza una mirada provocadora para asegurarse de que lo estoy escuchando—. *Bas*, la ocupación es ahora irreversible —dice y coge otro palillo, lo sujeta con la punta de los dedos, como si fuera un alfiler—. Irreversible como lo son los asentamientos judíos distribuidos por

Gaza y toda la Ribera Occidental. Irreversible como las carreteras, las tierras y las fuentes de agua que el colonialismo israelí roba sistemáticamente al pueblo palestino. Irreversible como...

—¿Irreversible? —exclamo furiosa, y todos me miran—. ¿Tú te crees...?

—Irreversible como pueden ser irreversibles cuarenta años de dominación militar y de represión.

—No, realmente, estoy tratando de entender —insisto—. ¿Un retorno a las fronteras de mil novecientos sesenta y siete es imposible en tu opinión? Pero retroceder cincuenta años, volver a una historia sin fronteras...

Persiste en ignorarme.

—Y como he señalado antes, también...

—... ¿eso no es irreversible?

—También dentro de Israel —prosigue Wasim como si no me oyera, pinchando el aire con su palillo—. La tasa de reproducción de la población árabe-israelí es otra realidad irreversible.

Cuando Hilmi justificaba la idea binacional, siempre se apoyaba en un pasado remoto y, nostálgico, evocaba los olivares, los pozos de agua, las historias de 1948. Pero Wasim, más tortuoso y más realista, clama que está dispuesto a pagar el precio histórico y a soportar otras dos o tres décadas de ocupación y sufrimiento, porque sabe que, a largo plazo, la paciencia de los palestinos será recompensada, y que el rechazo permanente de los palestinos a firmar un acuerdo de paz se justificará por sí mismo: confía en la tasa de natalidad árabe y se limita a esperar. Pero, quizá, más que su arrogancia abyecta, más que su temperamento vengativo, es su visión tenebrosa del futuro y el miedo a que pueda tener razón lo que me enfurece y me incita a seguir porfiando con él.

Sigue perorando:

—Y año tras año, la realidad demuestra que esta idea anticuada de los dos Estados, y el plan de partición del cuarenta y ocho, es una solución que podría ser objeto de debate, pero que hoy ya no es válida; ya no refleja la profundidad del conflicto ni la del embrollo, ni las complejidades creadas en el terreno.

¿Habré bebido demasiado? Verifico el vino en mi copa, la segunda de la noche. Cuando bebo un sorbo se me escapa un suspiro sarcástico y Mahmud alza las cejas con curiosidad.

—Y por eso es tan simple y lógico, ¿no?

Hilmi, cauteloso, trata de quitarme la copa de vino.

—Quizá no es...

—Hilmi, déjame hablar —le digo, apartando su mano.

A estas alturas, todo me da igual: el patetismo tembloroso que me sube a la garganta; mi voz que grita incontrolable.

—¿Y quién me dará garantías al respecto, eh? ¿Tú? —Apunto con el dedo a Wasim—. ¿Tú vas a garantizarme que una vez derrotado el nacionalismo sionista no tendremos en su lugar un nacionalismo árabe triunfante y vengativo, ebrio de su victoria?

Hilmi se acerca un poco más y siento su mano por mi espalda. Pero eso también me da igual. ¿Ahora se despierta? ¿Justo ahora se le ocurre ? Lleva allí sentado toda la noche, como un golem, sin decir palabra, sin siquiera tomarse la molestia de poner a su hermano en su lugar, dejándome sola, sí, sola, ¿y ahora decide intervenir? Me quito de encima su brazo.

—Déjame en paz. —Y, secándome con las manos las gotas de saliva que tengo en los labios, miro a Wasim y lo increpo—: Te lo pregunto en serio: ¿cómo puedes asegurarme que no cambiaremos una opresión por otra, una ocupación por otra? —Doy un puñetazo en la mesa—. ¿Cómo podemos estar seguros, nosotros, una minoría judía democrática entre una mayoría de árabes musulmanes, que una catástrofe como la Shoá no volverá a oc...?

—¡Ya está! —Levanta los brazos y mira a Zinab, pidiéndole ayuda—. ¿Cómo lo haces para oponerte a eso? —se queja.

—No, no, no vas a ...

—¡No, pero es increíble! —Mira a Mahmud y con la punta del dedo en la sien imita el movimiento de un destornillador—. ¡Cómo os han lavado el cerebro!

Esto último me exacerba.

—¿Ah, sí, un lavado de cerebro? —replico. Y le recuerdo que el Estado de Israel fue fundado como consecuencia de la aniquilación metódica de seis millones de judíos—. Fundado para que nosotros...

—Fundado sobre las ruinas de un pueblo expulsado de su tierra...

—... para que nosotros, los judíos, pudiéramos asumir nuestro propio destino...

—... y devorar al mismo tiempo el destino de algunos millones de palestinos...

El aseo de señoras también está iluminado con lámparas marroquíes con pantallas triangulares rojas y violetas; hay velas encendidas, espejos con marcos dorados en las paredes, pétalos de rosas blancas desparramados alrededor de los lavabos, como en el cuarto de baño femenino, intimista, de un palacio oriental de cuento de hadas.

Salgo del retrete y cuando me aliso el vestido compruebo que me tiembla la mano. Tengo los hombros caídos, pero, gracias a los zapatos de tacón alto que me he comprado hoy —entré en una tienda, me los probé y los compré; pagué por ellos ciento sesenta dólares—, me veo más alta y elegante. Me acerco un poco más al espejo: me retoco el rímel y el delineador negro. Tengo la nariz roja, el cabello despeinado y, en medio de este decorado chillón, mi cara parece más larga, como golpeada. Pero tengo que controlarme. Respiro hondo, abro el grifo y dejo caer el agua en mis manos. El brillo del esmalte rojo de las uñas, la manicura que me hice cuando fui a la peluquería, estos zapatos elegantes, todo parece burlarse de mí. «Mira de lo que ha servido todo este esfuerzo que has hecho para impresionarlos, para agradar a sus hermanos y amigos.» Me acerco más al espejo para borrar las aureolas grises en las esquinas de los ojos y el rojo irritado de las mejillas y los párpados. La servilleta de papel, manchada con maquillaje, se arruga en mi mano. ¿A quién he tratado de maravillar, sino a Hilmi? Yo quería que a través de sus miradas él me viera hermosa, que estuviera orgulloso de mí. Por eso me esforcé por agradar, por ser amable y encantadora, y he acabado por parecer una mujer terca, porfiada, llorona. Me arreglo el pelo con la mano y trato de contener las lágrimas. Arrojo la servilleta en la papelera y cojo otra, cuando, de pronto, la puerta se abre dejando entrar un ruido tremendo dominado por el tintineo de los cubiertos que están lavando en la cocina.

—¿Liat?

Es Zinab. Me mira preocupada. Prudente, duda antes de entrar.

—¿Te encuentras bien?

Bajo la mirada y asiento.

—Sí —murmuro, tapándome con la servilleta arrugada—. Gracias.

«Parad, parad», les digo a los latidos de mis sienes, a mis lágrimas saladas. «Comportaos, no volváis a empezar.»

—¿Estás segura?

Pero este llanto es diferente. No tiene nada que ver con el sollozo orgulloso, indignado, que sentí venir cuando me levanté de la mesa, en medio del discurso de Wasim. Tampoco es el llanto de rebeldía, de furia, que me dio cuando empujé la silla y me fui corriendo al lavabo. Este llanto es diferente, humilde y dolido. Lo siento temblar dentro de mí, crecer en mis pulmones; de un momento a otro me voy a arrojar en los brazos de Zinab y voy a derramar todas mis lágrimas, y con ellas toda la tensión, mi enfado con Wasim, y esta frustración y esta vergüenza que he ido acumulando toda la noche. Es patético, no entiendo cómo me he dejado arrastrar a esa discusión. Pero también lloraré por Hilmi, por la decepción que me ha causado. ¿Cómo ha podido permitir que su hermano me hable de esa manera sin intervenir ni una sola vez para defenderme? Me arrojaré en brazos de Zinab y dejaré salir esta ola de tristeza que súbitamente me abruma; tristeza por nosotros, por ellos, por esta situación de mierda.

Pero insisto en asentir con la cabeza, aferrándome a lo que me queda de amor propio, de orgullo herido, sin mirarla.

—Sí, muy bien.

—Bueno, entonces...

Me parece que se dispone a marcharse, pero, no, entra y se acerca.

—Pensé que quizá lo necesitarías —dice, apoyando mi bolso sobre el mármol del lavabo—. Pero veo que te las has arreglado bien.

Sus ojos sonríen cuando se cruzan con los míos; son más dulces.

—Gracias, Zinab.

—Estás muy guapa —me asegura.

—Gracias.

Por un momento me parece que a pesar de todo nos abrazaremos, unidas por la camaradería femenina (me acuerdo del pollo asado y las patatas dulces). Deseo tomar su mano, que me palmea en la espalda para darme ánimos; quiero besarla y llorar y agradecerle, pero siento que se aparta. Y se marcha.

No volví a ver a Wasim después de aquella noche en TriBeCa. Se quedó seis días más en Nueva York, en casa de Hilmi. Tampoco vi a Hilmi; privada de su presencia por primera vez desde que nos habíamos conocido, tres meses antes. No solo no nos vimos, sino que, hasta que Wasim regresó a Berlín, tampoco hablamos por teléfono.

Más tarde me contó que, la primera noche, Wasim había dormido en el sofá, en el taller, pero, después, como sufría de dolor de espalda, durmió con él en su cama. Mahmud, en cambio, se alojó en un hotel de Chelsea. Por las tardes recorrían los tres juntos la ciudad. Visitaron el Empire State, quisieron ir en barco hasta la estatua de la Libertad, pero el embarcadero estaba cerrado y cogieron un ferry a Staten Island.

Yo me había retirado del restaurante sin siquiera despedirme de Hilmi. Después de que Zinab abandonara el aseo, me escabullí a la calle, llamé a un taxi y me marché a casa. Zinab le dijo a Hilmi que me había visto partir, pero, cuando él se levantó para salir a buscarme, le aconsejó que debía dejarme tranquila.

Se quedaron en el restaurante hasta la una y media de la mañana; insistí mucho para que Hilmi me contara lo que habían dicho después de que me levantara de la mesa llorando. Wasim dijo que yo era una malcriada, testaruda y narcisista. Según él, yo estaba enamorada de mi identidad nacional victimista, como por otra parte lo estaban todos los israelíes. Había conocido a muchos como yo en Berlín, en el campus. Zinab consideraba, sin embargo, que Wasim había ido demasiado lejos al atacarme de esa manera y que se lo había dicho sin pelos en la lengua.

—Pero, tú, ¿no dijiste nada?

Guardó silencio.

—¿Ni una palabra?

—Dije que Zinab tal vez tenía razón y que él hubiera podido...

—¿Tal vez?

—Le dije que había estado un poco duro contigo, ¿de acuerdo? ¿Qué querías que le dijera?

No contesté.

—Es mi hermano, Bazi. Hacía cuatro años que no lo veía y era mi invitado... —Los dos callamos—. Wasim puede ser un poco idiota a veces, pero es...

—Wasim es tu hermano.

—Sí...

Al día siguiente de la cena, Hilmi llamó por teléfono cerca del mediodía. Por la voz adiviné que acababa de despertarse. Esperaba, dijo, que yo hubiera llegado bien, y aguardó un momento a que yo respondiera, pero luego se despidió diciendo que llamaría por la noche. Ese día me quedé hasta tarde, deliberadamente, trabajando en la biblioteca y cené sola. Al día siguiente, cuando llamó y preguntó, «Bazi, ¿estás ahí?», me quedé mirando el contestador, escuchando su silencio suplicante, pero no contesté. Al anochecer, sin embargo, le envié un correo electrónico rogándole que no me llamara más y me dejara en paz: «Ya hablaremos cuando se marche tu hermano.» A la mañana siguiente, Hilmi respondió con una sola palabra: «*Beseder*.»

Los primeros dos días no cesé de pelear con él mentalmente: le reprochaba que se hubiera quedado ahí sentado como un imbécil, que no interviniera para poner a Wasim en su lugar, que no me hubiera defendido. Se me llenaban los ojos de lágrimas y me ponía furiosa cada vez que me acordaba. Pero, con el transcurso de los días, cuando las llamadas cesaron y por la noche, sola, yo me sentaba en el sofá frente al televisor, empecé a entender mejor lo que realmente había sucedido: Hilmi había querido vengarse de mí. Quiso que yo experimentara lo mismo que había experimentado él. Como si me dijera: «Tú, desde el día que te conocí, eres antes que nada fiel a tus padres, a tu familia, a tu tribu; y, bueno, ahora, aquí, yo estoy rodeado de los míos.» De manera que, a la hora de la verdad, Hilmi había optado en favor de su identidad primera, auténtica, abandonándome para colocarse junto a sus hermanos. A la hora de la verdad, Hilmi había vuelto a ser uno de ellos. Igual que yo.

22

A mediados de febrero, antes de la visita de Wasim, el invierno está en su punto culminante. Desde el océano llega una fabulosa tormenta de nieve que se abate sobre la costa este. Estalla en la mañana del Día del Presidente y continúa sin descanso durante cuatro días y sus noches. Los ochocientos kilómetros que separan Washington de Boston están enterrados bajo la nieve. Hay ciudades enteras paralizadas. Los árboles ceden y los postes eléctricos caen. Los colegios y las universidades están cerrados. La mayor parte de los aeropuertos nacionales e internacionales han dejado de funcionar. Hay miles de heridos y cuarenta y dos muertos.

El lunes por la mañana se decreta el estado de emergencia. Fuera brama el viento con ráfagas de más de sesenta kilómetros por hora. La nieve y la neblina opacan las ventanas. Las temperaturas oscilan entre diez y doce grados bajo cero. Los trenes y los autobuses no circulan. Por los puentes y las autovías, así como por los túneles, está prohibido circular a más de cuarenta kilómetros por hora. El aeropuerto de La Guardia está clausurado. En Newark y en Kennedy todas las salidas han sido anuladas. Son cada vez más los que se agolpan a las puertas de los refugios para personas sin techo, que, según las informaciones, ya están saturados. Miles de empleados del ayuntamiento, en equipos que trabajan las veinticuatro horas, se ocupan de despejar la nieve de las calles. Un auténtico ejército de quitanieves, camiones y máquinas destinadas a partir el hielo se desplaza por las calles vaciando toneladas de nieve en los ríos. En una conferencia de prensa, el miércoles por la noche, Michael Bloomberg, el alcalde, anuncia que la tormenta costará a la ciudad veinte millones de dólares. En segundo plano se ven las imágenes de un lago artificial de Central Park totalmente congelado.

El jueves, a las ocho de la mañana, Hilmi me despierta para anunciarme, con una voz ronca de sueño, que cree que la tormenta ha pasado.

—'*Khalas al'tagawul* —me dice cuando estamos en la puerta con los abrigos puestos. Y, cuando llegamos al ascensor, traduce—: El toque de queda ha terminado.

Salimos del edificio, dejamos atrás la calle 9 y la Quinta Avenida y lo primero que notamos es el silencio, de una profundidad inédita. Las calles semejan un desierto blanco, helado, una estepa árida envuelta en la bruma; del todo vacías, se despliegan ante nuestros ojos como una infinita superficie de hielo. Aquí y allá, entre la nieve amontonada, las tiendas empiezan a abrir tímidamente; una luz se enciende en una farmacia; se adivina una silueta que se aleja renqueando con bolsas de provisiones en los brazos. Giramos a la izquierda, por la Sexta Avenida, y distinguimos algún que otro transeúnte. Algunos, como nosotros, han bajado a la calle, por donde han derramado sal. Otros avanzan con prudencia por las aceras resbaladizas entre los empleados del ayuntamiento que quitan la nieve con sus palas. Los vemos trabajar en la esquina de la calle 4, junto a las canchas de baloncesto, y volvemos a encontrarlos, enfundados en sus abrigos amarillos con grandes capuchas, en la esquina de la calle Jones. El crujido de los granos de sal aplastados por nuestros zapatos nos acompaña a lo largo de todo el trayecto hasta el pequeño jardín de Sheridan Square. Árboles esqueléticos, bancos, estatuas de piedra, todo está envuelto en una penumbra siniestra. Seguimos andando hacia el río Hudson y bajamos al muelle por Christopher Street.

La superficie helada del río es plateada y lisa, como un mar de cristal. El cielo, completamente gris, es como un techo muy bajo. Una neblina fría se cierne sobre los enormes bloques de hielo que flotan en el agua. A través de la niebla, en la otra orilla, titilan las pálidas luces de los edificios de Jersey City. A lo lejos, oculta entre los pliegues de las nubes, la estatua de la Libertad.

Unas pocas embarcaciones para turistas, viejas, oxidadas, están amarradas en el muelle. Pequeñas olas golpean de modo constante sus flancos. Me asomo por la barandilla de madera, Hilmi llega por detrás y me abraza. Oigo el viento que desplaza ligeramente los bloques de hielo. Los oigo chirriar y suspirar cuando se deslizan en el agua y chocan unos con otros.

Unas dos horas más tarde cogemos la escalera mecánica que nos lleva a la planta baja de la estación de Astor Place; una vez más, yo voy delante y Hilmi detrás, un escalón más abajo. El largo paseo por la orilla del río, el aire fresco, después de pasar cuatro días encerrada en el apartamento, me han vigorizado. Pero Hilmi está cansado. Me vuelvo hacia él y le pregunto:

—¿Sabes qué necesitamos ahora? —Gracias al escalón que nos separa nuestras cabezas se encuentran a la misma altura—. Pero... —frunzo los labios y me froto las manos—, me refiero a algo que necesitamos de verdad.

Hilmi me lanza una mirada vidriosa, lúgubre.

—¿Y bien?

Encuentro atractivos sus labios, que se entreabren un poco al preguntar.

—¿Y, qué es?

Lo beso suave, pacientemente, hasta que sus labios responden a mi beso. Responde soñoliento. Sus ojos están aún cerrados cuando yo abro los míos y su rostro está blanco, demudado, como si el beso lo hubiera extenuado. Y yo, lo quiero tanto que de pronto me pongo a temblar de compasión por él. Debilitado y deprimido por el frío, extenuado por el trabajo y este invierno interminable, parece muy vulnerable últimamente. Frágil y susceptible, como un niño abandonado. Desde que nos conocimos, ha perdido cuatro o cinco quilos. Pálido, demacrado, sin afeitar, con las ojeras y las mejillas hundidas, su flacura se nota todavía más cuando se pone ese gorro, que lo hace parecer tan árabe.

—Sahleb —digo y le doy otro beso entre los dos ojos, que se abren trabajosamente—. Un *sahleb* ahora podría calentarnos —declaro cuando estamos a punto de llegar al rellano.

Pero Hilmi frunce el ceño y salta los dos escalones hasta abajo.

—*Sahleb?*

De nuevo es más alto que yo. Me cojo de su brazo.

—Hay un restaurante egipcio por aquí, ¿no? Cerca de Tower Records, sobre Lafayette.

—¿Es así como vosotros lo llamáis? *Sahleb?* —pregunta, burlándose con una mueca de mi acento israelí.

—Entonces, ¿cómo se llama? —le espeto irónica, aprovechando esas señales de vida para sacudirlo un poco—. ¿Eh? —pregunto, pellizcándole suavemente la cintura antes de frotarme un poco contra su cuerpo.

—*Sakhlab* —pronuncia de manera muy marcada, gutural, en tono de reproche—: Dilo correctamente.

Introduce su billete de transporte en la máquina y, después de él, yo hago lo mismo con el mío.

—*Sakhlab* —digo, imitando el tono masculino y severo de su voz—. *Sakh-lab.*

Me mira con una media sonrisa en los labios y parpadea, como enfadado.

—Más o menos así.

Por la noche me despierto de golpe y abro los ojos, ciegos en la oscuridad. El llanto mudo que escapó de mis labios aún resuena dentro de mí como un grito. Mi corazón golpea en el pecho, en los oídos, en las sienes. Me lleva unos minutos recobrar el sentido de la realidad. Solo cuando oigo unos murmullos y unos gemidos que salen de debajo de la manta me doy cuenta de que no era una pesadilla lo que me había arrancado del sueño, sino Hilmi. Hilmi, que está acurrucado a mi lado, con la cabeza hundida bajo las sábanas, habla dormido. Parece tenso y mueve la cabeza como si discutiera con alguien. No es la primera vez. Ya lo había oído murmurar series ininteligibles de sílabas en árabe. O romper a reír en plena noche. Pero ahora está febril. De golpe se calla y profiere palabras duras, indignadas, en árabe. Luego se retrae y hace una mueca de dolor. Tiene la frente arrugada por la inquietud, la ofensa o la vergüenza. Me inclino para ver su rostro: bajo las cejas ceñudas, a través de la fina piel de sus párpados, puedo seguir los movimientos nerviosos de sus globos oculares.

Acaricio su cuello. Largamente, tiernamente.

—Shhhh... Todo va bien —susurro para calmar un poco su agitación—. Está todo bien.

Miro su rostro crispado y triste, como si le hubieran pegado. Lo observo largo rato. Apoyo sobre su pecho la palma de mi mano, que sube y baja al ritmo de su respiración, más larga, más profunda. Echo un vistazo al reloj despertador —las cuatro menos veinte— y dejo caer mi cabeza en la almohada con un suspiro de cansancio.

Acostada de espaldas, mantengo los ojos abiertos. Fuera está lloviendo. Las gotas bajan por la ventana y sus sombras se proyectan en el cielo raso. Pienso: ¿Cómo le contaré todo esto mañana? («¿Qué era, Hilmi? ¿Con qué soñabas? ¿Te acuerdas?») ¿Cómo decirle que temblaba, que murmuraba y que gritó tan fuerte que su voz fantasmagórica me despertó? Me oigo decirle que debió de ser el árabe en el que hablaba, sobreexcitado, que llegó a mis oídos como el anuncio de un peligro inminente («Al principio creí que era yo la que soñaba»). Y me pregunto qué dirá cuando sepa que su voz, que me es tan cercana, tan íntima, su voz tan querida, se vuelve extranjera y amenazadora, glacial, en la oscuridad. ¿Qué dirá cuando le cuente que me costó mucho volver a dormirme? Que permanecí inmóvil, con los ojos abiertos, mirando el techo, pensando en que nosotros realmente no estamos tan solos como nos gustaría creer. Incluso en esta ciudad enorme, lejos de nuestros hogares («incluso aquí, en este cuarto, en esta cama»), no es solamente Liat y Hilmi los que están acostados.

Fue esa misma mañana blanca y brillante, cuando la tormenta había pasado, después de haber caminado hacia el oeste, en dirección al Hudson, y luego al sur, por el paseo marítimo, hasta el final de Christopher Street y cuando nos sentamos en un banco frente a la línea del horizonte brumosa de Nueva Jersey. Fue entonces, después de estar sentados un rato en silencio mirando al este, cada uno sumido en sus pensamientos, que él salió de sus cavilaciones y dijo:

—Entonces, cuando vas al mar... —Su fatiga parecía haber desaparecido completamente—. ¿Por qué te ríes?

—Porque estaba pensando en lo mismo.

—¿En qué?

—En el mar.

—... entonces, ¿vas a la playa de Tel Aviv, no?

—Por lo general, sí.

—¿Y adónde vas exactamente? ¿A qué lugar?

—¿Quieres decir a qué playa?

—Sí.

Yo estaba recostada, enfundada en mi abrigo, las manos en los bolsillos, la punta de la nariz, la boca y el mentón cubiertos por la bufanda. Enderezándome contra el respaldo del banco, exponiendo mi rostro al frío, le dije que lo que más me gustaba era caminar por la playa que está al sur de Tel Aviv.

—Es el lugar más bonito y tranquilo, el sentido que...

—¿El extremo más al sur?

—Sí, justo a la entrada de Jaffa, cerca de la torre del reloj. Digamos que todo esto es Tel Aviv. —Señalé el norte con la mano derecha, y más allá incluso, guiando los ojos de Hilmi a los bloques de edificios, hangares, depósitos y fábricas de Union City—. Allá empieza Jaffa. —Y señalé Elis Island con la mano izquierda.

Miró al sur, a lo lejos, hacia el color gris descolorido de la estatua de la Libertad.

—Allí es, precisamente.

Extendí las dos manos sobre toda la línea del horizonte, como si corrieran una cortina.

—Es la playa más hermosa.

Seguimos contemplando largamente el cielo de metal gris, en dirección a Jersey City, que parecía circundada por una alta muralla, las capas de niebla, las luces, los vapores plateados, helados, que emanaban del agua.

—Generalmente es muy tranquila. No hay socorristas. Ni rompeolas. Las demás playas están llenas de gente, cafés, restaurantes y con sombrillas hasta la orilla.

—¿Rompeolas?

—Es una especie de muro hecho con rocas, para contener las olas.

—¿Y en esa playa no hay?

—No hay nada. Solo el mar.

No dijimos nada más. Nos levantamos y seguimos nuestro paseo charlando sobre otras cosas. O callados. Y, como muchas otras conversaciones que mantuvimos en Nueva York, y que se han ido borrando de mi memoria, este breve intercambio de mediados de febrero también se habría borrado si cinco meses después, en agosto, Hilmi no hubiera ido a esa playa.

23

El veintiuno de marzo abandonamos Nueva York para pasar el fin de semana con Joy en la casa de campo de su familia, en Hillsdale, a ciento veinte kilómetros de Manhattan. En los años sesenta y setenta, sus padres, ambos diplomáticos, habían trabajado en la embajada norteamericana en Teherán, donde Joy y sus hermanas nacieron y se criaron hasta que se produjo la Revolución Islámica, en 1979. Joy tenía quince años.

—¿Nouruz? —pregunté sorprendida cuando llamó para invitarnos—. ¿En serio? ¿Vosotros lo celebráis?

—¡Por supuesto! ¡Es mi fiesta preferida! —exclamó ella y pasó a describir la inmensa propiedad de Hillsdale y la exquisita cocina persa preparada por el servicio de *catering* que había contratado para el fin de semana—. Tenéis que venir, habrá un montón de personas que os quiero presentar.

—Nouruz es el año nuevo zoroastriano —le expliqué a Hilmi después de colgar.

Al día siguiente, en casa de Andrew, mientras esperábamos a la persona que tenía que traernos la comida que habíamos encargado en nuestro restaurante italiano, yo seguí con mi explicación:

—Antes de la conquista árabe, la religión dominante en Persia era politeísta. Los zoroastrianos adoraban el sol y la luna, y practicaban un culto del fuego. Después, el Islam se implantó profundamente en la región, como sabes, pero los iraníes siguieron celebrando la tradición zoroastriana de Nouruz, incluso cuando ya eran musulmanes. Como los cristianos y los judíos, que la celebraban con fogatas y diversos rituales relacionados con el fuego y banquetes.

—¿Banquetes? —musitó Hilmi hambriento y apoyándose sobre los brazos del sillón como si fuera a incorporarse—. Bueno, ¿cuándo partimos?

Andrew miró su reloj de pulsera. Hacía casi una hora que esperábamos la comida.

—¿Y cuándo será?

—El veintiuno —contesté.

—Ah, el equinoccio —dijo Andrew. Una sonrisa iluminó su rostro—. Muy apropiado.

—¿Equi... qué? —intervino Hilmi, levantando la vista de la foto de un plato de espaguetis a la boloñesa de aspecto más que apetitoso.

Andrew explicó entonces que el veintiuno de marzo es el equinoccio de la primavera, cuando el día es tan largo como la noche. A Hilmi le dio un ataque de risa.

—¿La primavera? —preguntó, señalando con el menú en la mano la ventana oscura y la noche invernal que ya había caído—. ¿Eso empieza el jueves?

El plan inicial fue ir a Hillsdale en tren. Según Joy, había uno que partía de Grand Central cada tres horas, pero dijo que preguntaría a los demás invitados neoyorquinos quién de ellos tendría espacio para nosotros en su coche.

—Podéis ir en el mío —propuso Andrew, volviéndose naturalmente a Hilmi para explicarle que el motor de su Suzuki gruñía un poco, pero que, aparte de eso, iba muy bien. Y cuando le dije que Hilmi no sabía conducir, preguntó estupefacto—: ¿Es cierto? ¿Nunca has conducido?

Hilmi enrolló la carta del restaurante en forma de tubo, se lo puso en la boca y lanzó un sonoro:

—¡Es cierto!

—Entonces, conduce tú...

Dubitativa, miré a Hilmi, quien a su vez me estaba observando por el tubo de cartón.

—Yo, no...

—¿Tienes un permiso internacional?

—Sí, pero nunca he conducido aquí y no conozco las carreteras.

Andrew se dirigió a la biblioteca del pasillo y Hilmi me miró como diciendo: «¿Por qué no?» La imagen de nosotros dos partiendo para pasar un fin de semana romántico, a gran velocidad por la autopista, los cabellos al viento, como en una película, me seducía cada vez más. Pero tenía miedo de perderme en aquellas carreteras desconocidas. Con mi sentido de la orientación —soy capaz de perderme yendo por la carretera de Tel Aviv a Rosh Pina, que es una línea recta—, ¿cómo lo haría para circular por las autopistas norteamericanas y llegar a un lugar donde nunca había estado, y con Hilmi de copiloto?

—Esto es Hillsdale. —Andrew traía en la mano un mapa de carreteras del estado de Nueva York y se sentó a mi lado—. Está a dos horas y media de aquí, como mucho.

Señaló con el dedo una maraña de arterias rojas y azules, carreteras sinuosas, intersecciones, señales y ciudades. Me mostró la Autovía 22, una línea recta que discurre por la frontera oriental del Estado de Nueva York hacia el norte. Puso el dedo en pleno Bronx, en la salida norte, y lo desplazó hacia la parte superior del mapa. Me explicó que, a partir de allí, para llegar a Hillsdale, había una sola carretera.

—Es muy simple, es una línea recta, y el paisaje es magnífico.

Sonó el timbre. *Athne*, la caniche negra que dormitaba en la alfombra, se puso a ladrar como loca.

Hilmi se puso de pie.

—¡Al fin, me estaba muriendo de hambre!

Andrew se precipitó al interfono y abrió el portal del edificio. Hilmi aprovechó para acercarse a donde yo estaba y envolverme entre sus brazos emitiendo unos gruñidos voraces propios de un animal depredador que quisiera comerse un pedazo de mi hombro. «Tiene razón», pensé, con cierta inconsciencia y tratando de zafarme un poco de los brazos de Hilmi. «¿Por qué no? Son apenas dos horas y media, como ir de Tel Aviv a Rosh Pina.» Le di un beso. Andrew reapareció con la comida.

—¿Conoces los Suzuki?

—¿Que si conozco los Suzuki? —Solté una carcajada y me aparté de Hilmi, quien seguía mostrando los dientes y gruñendo—. ¿Es broma?

Pasamos a la cocina, desempaquetamos la comida y, entre un bocado y otro, me puse a contarles:

—Un tipo circula por la autopista cuando detrás de él aparece una moto enorme y lo pasa a toda velocidad. «¡¿Conoces las Suzuki?! ¡¿Conoces las Suzuki?!», le grita el motociclista. Unos kilómetros más adelante se lo encuentra de nuevo y le grita: «¡¿Conoces las Suzuki?! ¡¿Conoces las Suzuki?!» El hombre que conduce el coche acaba por enfadarse, pisa el acelerador y lo alcanza. «¡Digamos que sí, que conozco las Suzuki! ¡A ti qué te importa!» El motociclista, que está como histérico, le pregunta a gritos: «¡Entonces, dime... el freno, ¿dónde está el freno?!»

La Autovía 22 empieza en el Bronx, en la salida noreste del puente de Hutchinson, y durante veinticinco kilómetros es una arteria urbana común, con varios carriles, semáforos y mucho tránsito. Pero después de atravesar el condado de Westchester se bifurca hacia el norte y se convierte en una carretera rural de doble sentido, flanqueada a ambos lados por bosques, campos, pequeños pueblos, vaquerías, haciendas con caballos, reservas naturales y depósitos de agua. A veces se ven carteles advirtiendo sobre la presencia de osos y ciervos.

Esa mañana el resto del hemisferio norte celebraba el comienzo de la primavera, pero en Norteamérica todavía era invierno. Capas de niebla gris y blanca desdibujaban la carretera dormida y en la espesura de los bosques se veían las hebras blancas del hielo suspendidas de los aguijones de los pinos. De vez en cuando surgía un lago congelado que centelleaba como un mar de leche endurecida.

Durante todo el viaje acompañamos a coro la música de la radio: los Rolling Stones, The Mamas & the Papas, Don Mclean, The Kinks o Fleetwood Mac, que Hilmi adoraba. Había encontrado dos emisoras locales de música de los años sesenta y setenta y las cambiaba cada vez que una de ellas ponía anuncios de publicidad. Cuando era una de sus canciones favoritas, subía el volumen y los dos cantábamos a voz en cuello llenando el coche con nuestros gritos mientras que con la cabeza nos hacíamos señas para mostrarnos el paisaje que nos rodeaba, los coches y los camiones que venían en sentido contrario. Una alegría simple, verdadera, nos unía, y parecía que el Suzuki medio abollado de Andrew avanzaba impulsado, no por el motor, sino por nuestra felicidad y nuestro canto.

El mapa de Andrew estaba abierto sobre las rodillas de Hilmi. De vez en cuando, pelando una mandarina o acercando a mi mano una lata de cacahuetes salados, anunciaba los nombres de los lugares por donde pasábamos o íbamos a pasar.

—Pronto llegaremos a la carretera seiscientos ochenta y cuatro —me indicó después de que dejáramos atrás un pueblo llamado Rosedale—. Faltan dieciocho kilómetros.

En el cruce de Pauling, mientras esperábamos que el semáforo se pusiera en verde, oímos un rugido sordo detrás y una enorme moto paró a nuestra derecha. El motociclista, enfundado en una combinación de piel y con un casco negro, nos saludó amablemente con la cabeza. Hilmi bajó la ventanilla y con una gran sonrisa le preguntó:

—¿Conoce las Suzuki?

El hombre se levantó la visera del casco mostrando un par de ojos azules.

—¿Disculpe, señor?

—La señora pregunta si conoce usted las Suzuki —insistió Hilmi con voz más fuerte y con el brazo fuera de la ventanilla.

El motociclista no entendía. Entrecerró los ojos y escudriñó la lejanía. Tras dudar un instante, dijo que era nuevo en la región y que mejor le preguntáramos a otro.

Después de Dover Plains vimos una posada al costado del camino y paramos. En la entrada había una escultura de la cabeza de un cacique indio con las plumas y el rostro lleno de arrugas. El salón de paredes revestidas con madera, amueblado con banquetas rojas, estaba lleno de bulliciosos turistas australianos. Las camareras con uniformes negros pasaban entre las mesas sirviéndoles Coca-Cola en latas y grandes fuentes con patatas fritas. Regresamos al coche con vasos de café, pero, después de haber recorrido apenas medio kilómetro, sin poder contenernos más, paramos de nuevo. Dejamos la carretera principal y nos desviamos por un sendero agrícola que nos condujo a un boscaje de robles donde, excitados por la alegría y el paisaje, empezamos a besarnos con pasión y acabamos en el asiento trasero.

En Hillsdale, en una tienda de comestibles de la calle principal, nos indican que continuemos por la cuesta de la colina y que, después de pasar la iglesia, giremos a la derecha. Rodeada de árboles y automóviles, espléndida y rutilante, aparece ante nosotros la casa situada en Dear Track Lane, número 12. Es una imponente casona de dos plantas, con cornisas en las ventanas y terrazas. Hay nieve en los bordes del tejado de tejas azules. Dos chimeneas emergen de la parte inclinada y de ellas suben volutas de humo que se funden en el rosa purpúreo del cielo.

El parachoques de nuestro Suzuki toca el último coche aparcado en la entrada. Apago el motor y cesan sus traqueteos. Oímos un ruido sordo de conversaciones y música de *jazz* que sale de la casa. Aflojo la espalda y la tensión acumulada durante el viaje se disipa con el suspiro de alivio que escapa de mis labios, tras lo cual murmuro: «Dios sea loado», como solía hacer mi padre cada vez que regresábamos a casa sanos y salvos después de un largo viaje: «*Baruch Ha'Shem*.»

Hilmi no presta atención. Está agachado atándose los zapatos. Inclino hacia mí el espejo retrovisor y me toco las rojeces que me ha dejado en la cara su barba de tres días: las huellas de sus besos. Me aliso el pelo y siento su mirada que me observa y su sonrisa, que le devuelvo a través del espejo. La dicha del viaje, la alegría de haber llegado, el recuerdo de nuestra parada en un sendero solitario, el deseo todavía escrito en su rostro, el amor... todo eso me acompaña cuando bajo del coche y aspiro el aire húmedo y frío. Penetra en mi nariz el perfume de la nieve mezclado con el de la leña ardiendo en las chimeneas. A continuación, abro la portezuela y cojo nuestros abrigos, que están en el asiento de atrás y nuestros bolsos caídos en el suelo del coche.

Hilmi se acerca por detrás y me coge por la cintura.

—Aguarda un minuto —dice y con la suavidad de su abrazo gira mi cuerpo hacia él—. Ven aquí... quédate conmigo —susurra en mi cuello, como suplicando—. Quédate. —Es un ritual entre nosotros, destinado a aprovechar un último instante de intimidad antes de entrar en algún sitio y mezclarnos con la gente—. Un rato más. —Expertas, cálidas, sus manos me acarician a través de la tela de los vaqueros—. Qué hermosa chofer tengo hoy. —Su aliento me susurra en la cara—. Una belleza...

Y, de repente, como si hubiera transcurrido apenas una hora desde nuestra última parada, me siento arder nuevamente y se me aflojan las rodillas. Aspiro la mezcla de sudor, champú, tabaco y ese perfume azucarado que corre debajo de su piel y me vence por dentro, la fragancia a madera de lápiz detrás de su oreja. Como antes, en el boscaje, me impregno de él, lo respiro, recordando lo que no hace mucho me dijo Joy. Tenía a Liam en brazos y yo acerqué mi cara al bebé y aspiré el embriagador perfume lechoso entre los pliegues de su piel. «Es para que no los abandones. He leído algo al respecto esta semana: el olor delicioso que tienen todos los mamíferos pequeños es para asegurarse de que la madre no los abandonará.» El eco de su voz se funde con los murmullos de Hilmi:

—... una hermosa chofer...

Cuando la puerta se abrió, oímos más fuerte el ritmo del *jazz*. Dos altos galgos se nos acercaron y nos olfatearon moviendo la cola. Con la calefacción a tope y repleta de invitados, la casa resplandecía. Había velas temblando en cada rincón del espacioso salón y una chimenea encendida en uno de los extremos. En los sofás, hombres y mujeres sentados, y, en las mesas bajas, gran cantidad de botellas de vino, cuencos con frutas y jarrones con flores. Avanzando un poco más al interior descubrimos otro ángulo con una chimenea, idéntica a la primera, y frente a esta un grupo de jóvenes apoltronados y, cerca de ellos, varios niños que jugaban sobre la alfombra.

—¡Liat, Hilmi! —nos saludó Joy entre gritos de alegría, besos y abrazos, y con su pequeño Liam en brazos—. Ahora que habéis llegado, puedo empezar a divertirme.

Tomé se unió a nosotros, sonriendo de oreja a oreja, y cogió al bebé.

—Es lo que les dice a todos —nos confió con su acento francés, mientras que Joy se alejaba con nuestros abrigos y bolsos—. Pero, esta vez, es rigurosamente cierto. Os ha estado esperando todo el día. —Me da un beso en la mejilla y un apretón de manos a Hilmi—. ¡Encantado de verte! ¡Sois bienvenidos!

—Hola, pequeñín. —Pongo mi meñique en la manita de Liam y me inclino golosa para besar los pliegues de su piel de bebé y aspirar una vez más ese olor azucarado.

Joy coge a Hilmi del brazo.

—Ven, voy a presentarte a alguien muy simpático.

Éramos una veintena de invitados en el salón, entre quienes había pocos norteamericanos. Todos los demás eran viejos amigos de Joy. Se habían conocido en el instituto americano de Teherán y llegaban de todas partes del mundo para asistir a la fiesta de Hillsdale.

—Esto parece una asamblea de las Naciones Unidas —me susurró Hilmi al darme una copa de vino.

Detrás de los sillones dispuestos en círculo, donde se habían sentado personas con aspectos, colores de piel y acentos de lo más diversos, había un grupo de exiliados iraníes que vivían en California. Joy me proporcionó en voz baja esta información mientras me conducía hasta ellos; de paso, cogió un vaso con cubitos de hielo que se estaban derritiendo.

—¡Mi querido Pervez! Ellos son Hilmi y Liat. Te los confío un momento.

El hombre a quien se dirigió con tanto afecto nos sonrió.

Tenía unos cincuenta años, era calvo y un poco gordo. Sin dejar de sonreír, inclinó respetuosamente la cabeza:

—Pervez Pournazarian. —Acto seguido, nos presentó a las dos personas que estaban a su lado conversando en persa—. Shirin Tabatabai y Diwan Aminpour.

Ella era fotógrafa de prensa. Era una mujer hermosa de ojos verdes y pestañas tupidas, de unos cuarenta y cinco años, y llevaba un vestido de cóctel negro. Su hermano menor, Diwan, con traje y con una barba cuidada, aunque de aspecto juvenil, estaba cursando un doctorado en Musicología en la Universidad de Los Ángeles.

—¿Nada? ¿Ni una palabra?

Pervez y Shirin no podían creer que mis padres fueran de Teherán y yo no hablara el persa. Diwan, en cambio, se mostró más curioso con Hilmi.

—¿De veras? ¿En Brooklyn? ¿Dónde?

—Entiendo un poco, pero no soy capaz de hablarlo —me disculpé y les expliqué que mis padres usaban el persa para hablar entre ellos a fin de que nosotros, sus hijos israelíes, no pudiéramos enterarnos de sus secretos.

—Los secretos, las peleas... —sonrió Shirin y posó sus ojos verdes en Hilmi—, y las palabras de amor.

—Soy artista —le estaba contando Hilmi a Diwan—. Pinto.

Y en aquel instante pensé: y si nosotros tuviéramos un idioma secreto, y si Hilmi supiera el hebreo, ¿qué le diría en este momento, rodeados de personas que no entenderían nada?

—*Un migeh keh yeh kami mifahameh* —dijo Pervez a Shirin con un guiño malicioso—. *Amah bastegi dara chehad kam mifahama?*[1]

—Ah, bueno, por ejemplo, entendí lo que le dijo antes. —Me atreví a decirle a Shirin haciendo alusión a Diwan y bebí un sorbo de vino—. Cuando nos acercamos.

—¿Y qué era? —Pervez retomó el inglés y me miró con ojos burlones.

Como dudé, Shirin respondió en mi lugar. Arqueó las cejas e imitó la coquetería en la manera de hablar de su hermano:

—«Pero ¿quién será ese joven adorable que viene hacia nosotros?»

—¿De Ramala? Es maravilloso —exclamó Diwan en el mismo tono imitado por su hermana, y todos nos reímos—. Dicen que es una ciudad magnífica.

Nos sentamos en torno a una mesa soberbiamente puesta. Joy ubicó a Hilmi a la derecha de Pervez y a mí a su izquierda. En su juventud había enseñado historia iraní a Joy y a sus amigos, y ahora era él quien dirigía la ceremonia. Como en las fiestas judías, había una serie de bendiciones que recitar en honor del nuevo año. La luz de las velas simbolizaba la felicidad; los jacintos, el crecimiento; las monedas de chocolate, la abundancia y el éxito. Dos grandes peces rojos nadaban en una pecera de cristal redonda colocada en el centro de la mesa; a aquel que los mirara le

1. La traducción de esta frase en persa es: «Dice que entiende un poco, pero la cuestión es saber cuánto representa ese poco.»

garantizaban un año de rectitud y fertilidad. Había siete clases de comida cuyos nombres en persa comenzaban con la letra «s», y que pasaron de mano en mano con oraciones y deseos de felicidad: para la renovación, los brotes de trigo; para la salud y la belleza, los cuartos de manzana; para la cura, dientes de ajo confitados; para la longevidad y la paciencia, el vinagre de vino. El pequeño cuenco de miel representaba el retorno del sol y el polvo de zumaque rojo púrpura, la luz del alba.

—Y ahora, la última. —Pervez declaró al fin pasando a Hilmi las aceitunas verdes—: El amor. —Su mirada siguió hasta mí y luego al resto de la mesa—. Que este sea un año lleno de amor.

Entonces llegaron las fuentes de arroz y diversos manjares dulces: arroz con pasas secas y zanahorias; arroz con ciruelas y almendras; sopa de cerezas, de berenjenas y la carne; pequeñas tortillas de puerros, hierbas de cocina en salsa de yogur; pollo relleno, asado con romero y granadas.

—¿Vosotros coméis todo esto en casa? —Hilmi no daba crédito a tantos sabores y colores—. ¿En serio?

—Exceptuando la mantequilla y el yogur, pero es la única diferencia. Aparte de separar los lácteos y las carnes, los judíos persas cocinan exactamente como los musulmanes —le digo, chupándome los dedos.

—Esta noche no hay nada de eso, ni cristianos, ni musulmanes, ni judíos —interviene Pervez y, apoderándose de una botella de vino, llena nuestras copas—. ¡Esta noche somos todos hermanos! ¡Todos zorastrianos!

Al término de la velada, ahítos de comida y bebida, después de que la música cese y los instrumentos estén guardados —el trío de cuerdas de Diwan ha acabado de interpretar obras maravillosas de música clásica iraní para *oud*, *tar*, *ney* y *santoor*—, los músicos y la mayor parte de los invitados se retiran, algo ebrios y cansados, y se dispersan entre las cinco habitaciones de la planta superior.

Abajo, en la calma de la penumbra rojiza, solo Pervez, Hilmi y yo aún estamos despiertos. A la luz de la chimenea vemos las formas de los cuerpos dormidos sobre la alfombra, como en un campamento de exploradores; son las dos parejas, que han aceptado de buena gana dormir en el salón en sacos de dormir.

—Armonía —retoma Pervez con su voz profunda de acentos poéticos—. Armonía cósmica. —Su aliento hace temblar la sombra que la luz de las velas proyecta en el cielo raso—. Esta noche reina un perfecto equilibrio. El mundo está en el punto exacto de equilibrio... —Las brasas en el fuego crepitan un instante.

Está sentado detrás de nosotros, tapado con una manta de lana y un perro a sus pies que observa la alfombra donde estamos Hilmi y yo, lo más cerca posible de la chimenea, enfundados en nuestros sacos de dormir.

—... entre la luz y la oscuridad...

Estoy a punto de dormirme, acunada por el eco de su voz que murmura en la penumbra y se entrelaza a mi dulce cansancio como una canción de cuna o un cuento que uno escucha antes de dormirse.

—... entre el bien y el mal...

Yo estoy acostada boca arriba; Hilmi de costado. Tiene una mano apoyada contra su mejilla arrebolada; sus ojos, un poco vidriosos pero serenos, contemplan el fuego. Toda la noche ha contemplado, fascinado, el fuego. Ahora dos chispitas bailan reflejadas en sus pupilas. Cuando el trío de cuerdas empezó a tocar, Hilmi se quedó junto a la chimenea y de vez en cuando removía las brasas levantando llamas y chispas.

—... nuevo día, mundo nuevo...

Miro a Hilmi y se me cierran los párpados. Me vuelven entonces imágenes de nuestro viaje hasta aquí, del día que hemos pasado juntos, del paisaje nórdico, helado, y de las carreteras por las que atravesamos América; todo ello se conjuga con el calor de la chimenea y me embriaga una deliciosa fatiga. Veo las llamas reflejadas en los rasgos de su cara. Un velo púrpura brilla sobre su frente. Siento la pesadez de mis miembros, las llamas se propagan por ellos y sueño que una osa imponente ataca a Hilmi con sus garras; es grande, femenina, su pelaje es de color rojo escarlata; trato de ahuyentarla a golpes, pero mis brazos son demasiado débiles, no son más que las mangas de un abrigo viejo. Entonces golpeo a esta bella hembra con mis puños, trato de separarla de Hilmi, pero de repente ella se me aproxima y me agarra y es a mí a quien devora.

24

A la mañana siguiente nuestro plan era ir a dar un paseo por la orilla del lago. Pero desayunamos tarde y, cuando la lluvia cesó y se levantó la niebla, ya era casi la una y media. Como Hilmi y yo debíamos estar de regreso a Manhattan esa noche, decidimos renunciar a visitar Hillsdale y nos quedamos en casa con los demás. Joy subió a dar de comer a Liam y a ponerlo a dormir. Hilmi y Pervez jugaban a las cartas en el salón. Shirin dormitaba en un sofá. Y yo, en la cocina desierta, colocaba en el lavavajillas los platos, las copas, y me disponía a hacer lo mismo con las fuentes y los cubiertos.

—Deja eso, lo haremos luego.

—Demasiado tarde —respondí volviéndome apenas—, ya casi he terminado.

Cuando, un rato antes, había echado un vistazo al reloj que estaba encima de la puerta, se me había ocurrido que mi padre también estaba en la cocina, en Tel Aviv, y también él colocaba los cubiertos de la cena del *Sabbat* en el lavavajillas. Pensaba llamar a casa pronto y me lo imaginé secándose las manos y yendo a contestar el teléfono. Imaginé su voz en mi oído y la de mi madre al descolgar el segundo aparato en el salón. Veía nuestro salón a esta misma hora de calma, la hora más bonita de la semana, con el pastel y las tazas del té y los periódicos del fin de semana, los crucigramas. No podía recordar si Iris, Micah y los niños estarían allí hoy.

—Pero pronto estarán todos... —A mis espaldas, la voz de Joy cada vez más cerca, lánguida, caprichosa—... de regreso. —Cerré el grifo y oí la música que llegaba del salón—. Y la casa volverá a llenarse. —Puso su copa de cava en mis labios y con un rápido gesto desató el delantal de mi cintura—. ¡Chin!

Bebí un sorbo. Joy tenía los ojos enrojecidos, brillantes, la mirada nerviosa. Anoche, después de saludar a los invitados, se sentó al lado de Tomé, levantó su copa de vino y nos contó que después de diez meses de lactancia y noches sin dormir, por fin habían logrado destetar a Liam y acostumbrarlo al biberón. Una ola de aplausos y felicitaciones se elevó cuando, recorriendo la mesa con la mirada, bebió el primer sorbo y anunció que a partir de ahora podía beber cuanto quisiera.

—Ven, siéntate un rato conmigo —dijo, rozando con su mejilla mi hombro como un gato que quiere que lo mimen—. Casi no hemos tenido tiempo para conversar.

Ahora se oían los bajos de la música ambiental del salón. Joy se sentó en el penúltimo escalón y me hizo lugar a su lado.

—Es una lástima que no podáis quedaros más tiempo —dijo reprimiendo el hipo y rechazando con un gesto la taza de café que le ofrecí.

—Sí, realmente, ha sido demasiado breve.

—Es viernes... —prosiguió.

—Lo sé, me encantaría que pudiéramos quedarnos.

—Entonces, ¿por qué no llamáis por teléfono? Decid que se ha estropeado el coche o algo así.

—No, no, prometimos regresar esta noche.

—Quedaos solo esta noche. Decidle que...

—Ya te lo he dicho. Andrew necesita el coche, no podemos...

La irritación que suscitaba en mí ver a Joy borracha, y el esfuerzo que hacía para que no lo notara, desviaron mi mirada hacia la cocina, y cuando por las ventanas vi el tiempo gris que hacía fuera, de nuevo me atacó la angustia ante la idea del viaje, de tener que conducir ese largo trayecto en la oscuridad. Bebí otro sorbo de café (desde ese ángulo no podía ver el reloj, pero, a juzgar por los números verdes en el microondas, eran las tres y treinta y siete), que me dejó un gusto amargo en la boca y miré hacia la entrada del salón.

—Qué adorable es, míralo —dijo Joy con una amplia sonrisa.

Pervez estaba sentado a la mesa jugando un solitario. Desplegaba las cartas con gran seriedad.

—Oh, sí, es un hombre encantador —admití—. Anoche, cuando vosotros ya dormíais, fue como...

Pero Joy no estaba hablando de Pervez. Pasó un brazo sobre mis hombros y me guio hacia la otra parte del salón, que yo no había visto. Hilmi bailaba con los ojos cerrados, apenas movía las piernas; solo su cabeza y sus brazos se balanceaban trazando círculos en el aire.

—Es tan... —empezó a decir. Hizo una larga pausa, durante la cual lo observó con una especie de concupiscencia satisfecha—. Tan...

—Tan Hilmi.

Se rio cerca de mi oreja.

—Exacto —dijo con una mirada velada por la emoción—. Tan Hilmi, sinceramente.

Aparecieron Diwan y Shirin, acercándose con discreción a él, bailando; Diwan ondulando los brazos y Shirin contoneando las caderas. Lo rodearon. Sonreí al ver de lejos la turbación de Hilmi cuando abrió los ojos y los vio. Se rio feliz, echó la cabeza hacia atrás y dio una calada al porro que Diwan le puso entre los labios. Shirin se contoneaba en torno a ellos.

Me aparté de Joy y eché un vistazo a los números verdes en el microondas: en Israel eran las diez menos cuarto.

—¿Puedo telefonear a mis padres desde aquí? —pregunté.

—¡Claro!

—Esperan que los llame más o menos a esta hora.

—No hay problema.

Me disponía ya a incorporarme para buscar un teléfono, esperando que Joy me propusiera ir a uno de los cuartos de arriba para hablar con más calma, o que ella misma me condujese, pero permaneció sentada. Otra vez traté de recordar lo que me había dicho Iris por teléfono el otro día, a dónde irían a cenar en el *Sabbat* y pensé con melancolía en Aviad y Yaara y que ojalá no se durmieran antes de mi llamada.

—¿Cómo lo haces para no estar celosa? —me sorprendió Joy.

—¿Qué? —Me llevó un instante entender de lo que hablaba—. ¿De Hilmi?

Examinó mi rostro con estupefacción.

—¿Ni siquiera un poquito?

Joy me miró fijamente con sus ojos azules, suplicantes, en tal estado de emoción que me sentí casi obligada a disculparme.

—No sé... a veces...

Tal vez porque ella percibió mi reticencia o mi incomodidad ante esta versión de ella borracha y sentimental, pero tal vez también porque sentí la necesidad de reducir la distancia entre nosotras, le respondí con toda franqueza:

—A veces me pongo celosa cuando pienso en la esposa que tendrá algún día —dije mirando la taza de café, distraída, como si yo no fuera yo—. La mujer que tendrá Hilmi al final, cuando esto se acabe.

Al formular este pensamiento deprimente, al oírme decir aquello por primera vez en voz alta, como si nada, sentí que se me encogía el corazón y me apresuré a beber un sorbo de café, que estaba muy caliente y me quemó la garganta.

Joy exhaló un largo suspiro.

—Dios mío, ¿cómo... cómo podéis? —gimió.

—¿Qué?

—¿Cómo podéis estar tan enamorados sabiendo todo el tiempo que es temporal?

Sus palabras me apenaron, pero Joy estaba demasiado conmovida, demasiado borracha para darse cuenta.

—¿Amar con una fecha de vencimiento? ¿Con un cronómetro en marcha?

Sentí un temblor pasar por mis labios, por el simulacro de sonrisa que aún esbozaban.

—¿Qué podemos hacer?

—No entiendo cómo eres capaz...

—Es así —contesté bajando las manos con impotencia.

La semana anterior, en el supermercado, apareció entre los destellos de los envoltorios que llenaban las góndolas. El tiempo. Me miraba desde una caja de cereales. El tiempo que se esfumaba, que se diluía en la nada.

Era un viernes por la tarde. Yo empujaba el carrito entre miles de cereales hasta que encontré la caja de Kellogg's de siempre, con el dibujo de un gallo. Extendí la mano para coger una, pero en el momento en que iba a ponerla en mi carrito, mis ojos tropezaron con la fecha de caducidad: «consumir preferentemente antes del 20-05-03», estaba escrito, y me dio un vuelco el corazón. Era la fecha que figuraba en mi billete de avión, la que yo había fijado cuando, en verano, había hecho la reserva en la agencia de viajes. Era el día de mi regreso a Israel. De pronto lo vi, claro, concretamente, allí, ante mi vista: era dentro de dos meses y una semana.

El tiempo, esa distancia abstracta que se despliega entre el instante presente, tangible, y el que se producirá en algún momento en el futuro; el tiempo se reducía a un sello impreso que decía: «consumir preferentemente antes del 20-05-03», y se convertía en un hecho concreto. Como esta caja de cartón, como la caja de huevos y el envase de leche. Dentro de dos meses y una semana regreso a Israel, dentro de dos meses y una semana vuelvo a casa; me despido de Hilmi y retomo mi vida de antes. Como esos cereales, no nos quedaban más que nueve semanas, más que nueve viernes, nueve fines de semana y nueve domingos. Luego todo habrá terminado.

Quería contarle a Joy que seguí haciendo mis compras, compré verduras, pastas y pollo, pero renuncié a esa caja de cereales. En algún punto de mi recorrido hasta la caja, la había sacado del carrito y la había dejado en un estante, huérfana entre los botes de crema, los desodorantes y las espumas de afeitar. Incluso después, de camino a casa y cuando subí al apartamento con las provisiones, no podía dejar de pensar en ello. Veía a Hilmi caminando por Washington Square sin mí, dentro de un par de años; veía su cabeza de cabellos ensortijados; lo veía de espaldas con su abrigo azul, entre los transeúntes, un Hilmi tan lejano, tan desconocido, sentado allí, solo o con otra, en un banco, que la melancolía, la añoranza de él, me cortó la respiración.

Esa tarde nos encontramos en el café Aquarium para comer. Después fuimos al East Village, donde él se cortó el pelo. Al atardecer vimos la última película sobre Frida Kahlo. Al salir del cine, me abrazó y quiso saber por qué estaba tan triste. Esquivé la respuesta; solo le dije que me había despertado así. Al día siguiente, cuando me levanté con esa sensación de fatalidad, tampoco le dije nada; ni el sábado, por más que siguiera pensando en ello: cuando nos bañamos juntos, sentados en el café coreano cerca de su casa, cocinando pasta, durante la cena, cuando nos metimos en la cama. No podía dejar de calcular cuántas mañanas luminosas, magníficas, nos quedaban todavía; no podía dejar de contar los días y las noches, cuántas tazas de café, cuántas salidas y comidas, cuántos besos.

No se lo conté, pero, por mi mirada, por la manera de tomar su mano, Hilmi sintió algo. Quizás él también tenía su propia caja de cereales ominosa, su propio recordatorio de que la fecha de vencimiento se acercaba día a día. Por eso, en el metro, cuando volvíamos del cine, se echó sobre mí, sediento, en el sentido literal de la palabra, abrazándome y besándome, haciendo caso omiso de los demás pasajeros, algo inhabitual en él. Se aferraba a mí con tal pasión desenfrenada que tuve la sensación de que ese viaje en metro, que esos escasos minutos que faltaban para cruzar el río, eran los últimos. Por la noche, pensando en las pocas ocasiones que aún teníamos para amarnos, me aferré a él con el mismo dolor desesperado.

Eran las cuatro menos diez. Ahuyenté las lágrimas parpadeando con fuerza. La vida continúa, quise decirle a Joy. No se puede vivir acordándose a diario de que el final está cerca; simplemente, uno se levanta todas las mañanas y se olvida. Pero Joy ni siquiera se dio cuenta de que yo estaba tratando de esquivar la conversación.

—¿No habláis nunca de eso? —insistió—. ¿Nunca?

—¿Qué hay que decir? Lo sabemos desde el principio.

—Pero ¿y después? —continuó. Y de pronto Joy me pareció una extraña, tonta y caprichosa, una típica norteamericana egocéntrica—. Cuando hayas vuelto a Isr...

—No hay un después, Joy —la interrumpí—. Ya basta, te lo he dicho, el veinte de mayo todo habrá terminado.

—¡Pero si vosotros sois felices juntos! —dijo con los ojos puestos en el techo—. Sois... ¡mierda, sois tan compatibles uno con otro!

—Lo sé, lo sé —admití cerrando los ojos.

Entonces, me tapé la cara con las manos y sentí los brazos maternales y dulces de Joy que me rodeaban.

—Eh, eh, todo se arreglará, estoy segura —me susurró en el oído y me dio un beso para consolarme—. Ya lo verás, el amor siempre acaba por triunfar.

—¿Cómo podría arreglarse? —Perdí la paciencia y me aparté de ella—. ¿Qué es lo que se va a arreglar? ¿De qué hablas?

Finalmente, Joy tomó conciencia de la situación y se llevó una mano a la boca.

—Oh, cariño, perdona...

—Por favor, Joy...

—Lo siento, yo... —Parecía lastimada, y casi me conmovió su cara de remordimiento—. Perdona, no era mi intención molestarte.

—Eres una pésima bebedora, te lo aseguro. —Y con la misma irritación, la misma impaciencia, la estreché en mis brazos—. Es increíble, tú eres...

—¡Terrible! —dijo admitiendo su culpa entre sollozos, pegada a mi cuello. Después de pedirme disculpas una vez más, con el rostro enrojecido, y asegurarse de que yo la había perdonado, Joy suspiró aliviada y agregó—: Y una romántica.

—Una romántica incurable.

—Una mala bebedora y una romántica incurable —dijo—. Sí, supongo que sí. Porque, sabes, pienso constantemente en vosotros dos. Cada vez que te veo con él, no puedo dejar de pensar en vosotros. Por favor, por favor, Liat, no te enfades conmigo, pero yo, es verdad, te lo juro, tengo tanta esperanza de que lo vuestro funcione. No sé, quiero creerlo, a pesar de los obstáculos, contra toda esperanza, como dicen. Me digo... ¿quién sabe? Quizá si os quedarais aquí, en Estados Unidos, viviríais lejos de todos vuestros problemas y al final sería posible.

Oímos la puerta de entrada y las pisadas de los perros que entraban en la cocina, sedientos. Joy aún tuvo tiempo de decirme:

—Estas cosas ocurren, después de todo. Sí. —Y luego oímos las voces y entraron los invitados con Tomé y los niños—. En la vida real.

—Hola, papi, *Sabbat Shalom*.

—Ah, cariño mío... —Oí su suspiro de alivio e imaginé su sonrisa ensancharse—. ¡Qué alegría oír tu voz! *Sabbat Shalom*.

Apreté con fuerza el teléfono, como si con eso me fuera a consolar.

—¿Cómo estás, papi? —Me tembló la voz—. ¿Cómo estáis todos?

—Todos bien, gracias a Dios. ¿Qué cuentas? ¿Por qué llamas tan tarde? Te hemos esperado, pensábamos que ya no llamarías.

—No te llamo desde casa, no estoy en la ciudad. —Al comienzo, hablaba en hebreo como si tuviera chicle en la boca, maleable y concentrado, azucarado—. Te lo contaré enseguida, pero antes cuéntame tú. —Me senté en el borde de la cama con el teléfono sobre la falda—. ¿Dónde está mami? ¿Qué estáis haciendo?

—¿Llamas desde una cabina pública? —preguntó de repente asustado—. ¿Estás en la calle?

—¡No, no, papi! ¡No te preocupes!

Su permanente inquietud, siempre a punto de aflorar.

—Vale, dame el número.

—No, papá, estoy bien.

—¿Estás segura?

—Sí, sí. ¿Quién está en casa? ¿Están los niños?

—Se han ido a dormir. —Su voz era ahora más suave—. Es muy tarde aquí.

—Ay, lo sé —dije en un tono levemente infantil—, pero realmente quería oírlos.

—No importa, cariño, lo importante es que tú te encuentres bien.

—Estoy bien, papá. —Y al decirlo sentí que me estremecía de culpa por dentro, como si le estuviera mintiendo—. Estoy muy bien.

—¿Y comes bien, Liati?

—Sí, papá, no te preocupes.

—Pero ¿comida de verdad? ¿O toda esa clase de...?

—Comida de verdad, alimentos sanos.

—Tienes que cuidarte, Liati, es muy importante.

Me quité los zapatos y me recosté en la cama con los ojos cerrados y el teléfono sobre la falda.

—Ayer, en el telediario mostraron cuánta nieve está cayendo allí, en América. ¡No podía creerlo! ¡Qué vientos, Dios mío! —Su voz sensible, un poco neurótica, se quebraba—. Y es muy importante que, por la noche, cariño, cuando sales... —Sube y baja su voz con el eco del persa en su hebreo, cuya melodía se afirma sobre todo al final de cada frase— ... semejante frío no puede ser bueno para nosotros, tienes que abrigarte bien cuando sales. —Y, súbitamente, en tono enfadado—: ¿Cuándo piensas regresar? ¿No has tenido bastante de Nueva York?

—Papá, no empieces, ya te lo dije...

—¿Qué estás haciendo allí, sola? No lo entiendo.

—Regreso en mayo, dentro de dos meses.

—De acuerdo. Es hora de que vuelvas a casa. Ya basta. Tienes que casarte, fundar una familia, con la ayuda de Dios. Anda, encuentra un buen marido y regresad juntos.

—¡Eh! ¡Señor Yechiel! —La voz de mi madre se acercó al teléfono—. ¡Deja hablar un poco a los demás!

—Hola, mami.

—*Sabbat Shalom*, cariño.

—Adelante, señora Dalia, habla todo lo que desees.

—¿Donde estás, querida? Hemos esperado tu llamada...

—Estoy con amigos, hemos pasado aquí la noche —dije sin pensar y enseguida me corregí—. Me he quedado a dormir en casa de ellos.

Cuando les describí la cena, los dos se quedaron muy sorprendidos.

—*Id-a-Nowruz?* —exclamaron riendo al unísono—. ¿El Nouruz de los persas?

—¡Sí! Ha sido magnífico, con todos los ritos y los cantos.

—¡Qué bonito!

—Y la mesa con las siete bendiciones.

—¿Qué?

—¿Qué siete bendiciones?

Oí un golpe suave y al volverme vi a Hilmi que asomaba la cabeza por la puerta. Cuando entró, me senté en la cama.

—Debe de referirse a *haft siin*, Yechiel.

—*Sofreh ha ts'in*, eso es.

Tapé el micrófono con la mano y lancé a Hilmi una mirada amenazadora y con los labios y agitando el dedo índice le advertí que no hablara. Agarré el teléfono como si hubiera venido a quitármelo y con la otra mano le hice señas de que no se acercara. Lo había notado completamente trompa cuando entró. Asintió sonriendo con timidez, imitando el movimiento de mi dedo intimándolo a callarse. Avanzó de puntillas, encorvado, y lo vi dar la vuelta a la cama con sigilo. Le di la espalda.

—¿Qué? —Mi voz tenía un tono desagradable, como asustada—. No te oigo bien.

—Te he preguntado por qué Nouruz —preguntó mi padre con curiosidad—. ¿Qué saben tus amigos de eso?

Detrás de mí, Hilmi se estiró sobre la cama. Sentí su cuerpo que se hundía en el colchón.

—Hay muchos iraníes aquí —dije titubeante, desconcentrada—. Son amigos de mis amigos.

Oí el crujir de las sábanas y un ronroneo de placer mezclado con el ruido de los muelles del colchón.

Su mano, no la sentí enseguida: cálida, acariciadora, rodeando mi cintura. Al principio no le hice caso y me alejé un poco tirando del hilo del teléfono lo más posible. Al cabo de segundos sentí otra vez el contacto de su mano que avanzaba debajo de mi blusa haciéndome cosquillas. Irritada, con una risa horrible, me aparté contorsionándome y lo miré furiosa —«¡basta!»—, pero él estaba muy colocado y cada vez más insistente.

—¡Pero, ya basta! —estallé con un murmullo ahogado—. ¡Es suficiente!

La sonrisa sorprendida se fijó en sus labios y le di la espalda.

—Hola, mami, ¿me oyes?

—¿Qué sucede, querida? —preguntó con prudencia al cabo de unos instantes—. ¿Quién está contigo?

—No, nadie, no es nada.

Con el rabillo del ojo vi a Hilmi salir del cuarto y cerrar la puerta tras él.

—Hay mucha gente aquí.

25

Casi dos horas después de habernos marchado de Hillsdale, cuando la aguja del medidor de gasolina se pone a temblar en el límite de la rayita roja, donde yo, por las ganas espantosas que tengo de hacer pis, también me parece que estoy, empezamos a ver los carteles que anuncian que no estamos lejos de una gasolinera, unas doce millas, dicen alentadores, apareciendo de la oscuridad, ocho millas, previene el siguiente, que vislumbro más allá del movimiento obstinado del limpiaparabrisas, solo tres millas más, y al fin, a través de la cortina de lluvia y los pedacitos de hielo que no cesan de golpear contra el cristal, alcanzamos a distinguir primero la aureola naranja de un cartel de neón y después la enseña roja y azul de la compañía petrolera.

El motor ruge. El asfalto está helado y resbaladizo. Indico —a nadie— con el intermitente que me dispongo a tomar el carril de la derecha. Emprendo con prudencia la salida y, a unos cien metros, disminuyo la velocidad y me paro junto al dispensador de gasolina protegido por un alero.

El ruido del motor cesa de inmediato y da lugar a un silencio lúgubre. El golpeteo metálico del granizo en el techo, la lluvia que pega en los cristales y el ruido repetitivo, chirriante, de los limpiaparabrisas, todo se detiene en un instante y solo reina el silencio. Un silencio tenso, abrumador, que ha viajado con nosotros desde que abandonamos Hillsdale.

Empezó en cuanto subimos al coche. Le pedí a Hilmi que me diera el mapa para saber a dónde íbamos, pero seguía ignorándome, obstinadamente cruzado de brazos y mirando por la ventanilla.

—¿Y bien? —le pregunté con voz alterada y aferrando con fuerza el volante—. ¡Hilmi, anda, dámelo ya!

No contestó. Ni siquiera me miró. Orgulloso y terco. Estaba allí sentado, con su camisa de franela a cuadros y su chaqueta tejana sobre las rodillas, mirando afuera.

—*Chutzpah* —dije en voz baja en hebreo, y, exasperada, me quité el cinturón de seguridad. De pronto sentí una necesidad irracional de abrir la portezuela y saltar fuera del coche, escaparme por la nieve, hacia el hielo, a cualquier parte con tal de no estar con él. Empecé a disminuir la velocidad murmurando otra vez, como para mí misma—: Menudo *chutzpah*.

Giré a la derecha y como pude extendí el brazo para alcanzar el asiento de atrás. El coche se desvió un poco. Con el codo izquierdo sostenía el volante y con la otra mano rebuscaba en los bolsos tratando de encontrar el mapa de carreteras de Andrew debajo de nuestros abrigos.

—¡Muchísimas gracias! —le dije furiosa. El libro casi se me cae de la mano y las hojas se desbarataron—. Eres de gran ayuda. —Volví a abrocharme el cinturón. Tenía el pelo sobre la cara—. De verdad, muchas gracias.

Lo opuesto. Todo lo contrario. La hermosa carretera blanca que habíamos recorrido el día anterior, de sur a norte, se había transformado en el negativo de una foto: negra, irreconocible. El paisaje que habíamos visto desfilar a nuestra derecha aparecía ahora a la izquierda, poblado de sombras, casi abstracto. Ayer todavía había luz cuando nos aproximábamos a Hillsdale, una luz gris y débil, pero aún era posible ver algo. Ahora estaba completamente oscuro.

Una profunda noche invernal. Había conducido la mayor parte del tiempo con los faros largos iluminando un espeso velo de niebla. El coche avanzaba dando ronquidos sin superar los ochenta kilómetros por hora, en tercera y cuarta. Dejaba que los demás coches me pasaran, yendo del freno al embrague, maltratando la caja de velocidad, echando pestes, con los dientes apretados, maldiciéndome por no haber hecho el viaje en tren, maldiciendo la estúpida fantasía romántica que me había incitado a aceptar ir en coche. «¿Por qué no? ¿Y por qué no? Será como ir de Tel Aviv a Rosh Pina.»

Y como la niebla en el haz luminoso de los faros, como la humedad de las capas de vapor que envolvían el automóvil, como si las nubes hubieran bajado a la tierra, así se agravaba la tensión entre nosotros. Ese amargo silencio melancólico era intolerable. Hilmi todavía no había dicho ni una sola palabra. Estaba sentado en la misma posición desde que partimos, con los ojos cerrados, hundido en sus pensamientos, pálido y triste, casi fosilizado. Pese a todos mis esfuerzos, nada lo hacía reaccionar. Encendí la radio, apagué la calefacción, después volví a ponerla al máximo y subí el volumen, pasando de una emisora con anuncios a grito pelado a otra que emitía los éxitos más estúpidos de la música pop y *country*. Ni siquiera con eso me ayudó. Ni un solo gesto para facilitarme las cosas. Como si yo fuera su chofer. Su hermosa chofer. Y cuando sacó la botella de agua de debajo del asiento, no me la ofreció. Bebió unos sorbos y la apoyó entre sus pies. Como un niño, como un bebé, castigándome. Ojo por ojo: ¿Querías que yo desapareciera? Pues, bien, aquí tienes, he desaparecido, arréglatelas sola.

Yo me indignaba en silencio, con amargura: ¡Pobrecito Hilmi, lo han herido, insultado! Mi corazón sangra a causa de su honor árabe ofendido. Lo está mandando todo a la mierda con sus arranques de victimización típicamente palestinos. Con su ego asqueroso de machos que se lamentan por su orgullo herido. Con ese equilibrio mental a la vez rebelde, indiferente, pasivo y agresivo. Y tan convencidos de que tienen razón, de que son los únicos que sufren, acusando al mundo entero, salvo a ellos mismos.

Y, después de todo, ¿por qué tengo que disculparme? ¿Acaso fui yo la que entró en la habitación para interrumpirlo mientras él hablaba por teléfono? ¿Fui yo la que vino a distraerlo, a molestarlo, a meterme en la conversación que mantenía con su familia? Además, se lo había pedido varias veces, le había rogado que no siguiera. Él sabía perfectamente quién estaba al otro extremo de la línea, porque sabía que todos los viernes por la tarde yo llamo a mi casa y que él debe dejarme tranquila y no interferir. Desaparecer, sí, salir diez minutos de mi vida. Lo último que necesito es que me hagan preguntas, que hagan conjeturas y se preocupen. Puedo imaginármelos, justo después de que mi padre colgara el teléfono y reunido con mi madre en el salón. Le preguntarían a Iris con quién salía Liati este fin de semana, ¿un novio nuevo?: ¿un chico israelí o un judío norteamericano que acaba de conocer en Nueva York?

No estoy segura de cómo ocurrió, pero por poco pierdo el control del coche. Un árbol grande se había caído atravesando la carretera y yo, cegada por la niebla y los faros de un camión que venía en sentido contrario, no lo vi, y tampoco vi la montaña de nieve que lo cubría. Fue con el eco de los bocinazos que vi de pronto una sombra cada vez más cerca y, presa de terror, giré todo el volante metiéndome en el lado izquierdo de la carretera, segundos después de que el camión pasara a toda velocidad.

A la altura de Dover Plains, cuando nos acercábamos a una cafetería, eché un vistazo a Hilmi. Cuando pasamos por el sendero donde habíamos parado la víspera, lo miré otra vez y me di cuenta de que había reconocido el lugar. Cuando el boscaje de robles quedó atrás, observé su frío perfil sin afeitar pegado al cristal de la ventanilla. La enorme cabeza del cacique indio apareció al lado de la carretera. Su grave mirada eléctrica nos siguió un instante.

Cuando, en uno de los cruces, después de la estación de

Wingdale, antes de que el semáforo cambiara a verde, me dispuse a arrancar, de repente surgió de la niebla una familia de ciervos.

—¡Vaya, por Dios! —exclamé atónita.

Nobles, hermosos. Cuatro con cuernos y dos tiernos cervatos de pelaje dorado con manchitas blancas.

Como criaturas de un cuento de hadas, con sus grandes ojos llenos de miedo, precavidos, cruzaron justo delante del coche, asustados y sorprendidos por el resplandor de los faros.

—Deben de tener hambre —dije con los ojos muy abiertos—, deben de estar buscando comida.

Hilmi no respondió, pero lo oí suspirar maravillado. Estuve a punto de decir que, con el frío que hacía, debían de estar desesperados buscando comida. Quería decir también que lamentaba mucho todo lo que había ocurrido, que no había sido mi intención enfadarme de esa manera y que estaba realmente preocupada, pero también que él había estado mal y me debía una disculpa. Dirigí hacia él una mirada prudente, temerosa, aunque sonriendo un poco, y me di cuenta de que dormía profundamente.

—Espera un momento —me dice en la gasolinera cuando voy a bajar del coche—. Tú pagaste ayer.

Rápidamente, con cuidado de no tropezar con él, me pongo el abrigo, cierro la cremallera y en el último momento renuncio a la bufanda, que está tirada en el asiento de atrás.

Saca un billete de cien dólares.

—Aquí tienes.

Mi mano izquierda ya está abriendo la puerta. Un golpe de aire frío me da en la cara y cuando me vuelvo y lo miro con impaciencia, nuestros ojos se encuentran por primera vez en toda la noche. Y se apartan de inmediato.

—Vamos, cógelo... —insiste con la voz ronca de sueño— ... no seas...

Pero estoy furiosa con él, demasiado amargada como

para dejarme ablandar por cien dólares, demasiado enfadada y orgullosa para responderle. Me apeo del coche y el frío me pega en la cara como una bofetada. Me abstengo de dar un portazo. El olor a gasolina me impregna la nariz. Él permanece sentado en el coche. Me tiembla la mano cuando entrego las llaves al empleado. Hilmi ni se molesta en bajarse.

Es como si mis manos y mis músculos hubieran absorbido todas las vibraciones del Suzuki. La tensión, la ansiedad y el frío han conspirado en mi contra. Respiro hondo y me fricciono el cuello dolorido, las vértebras crujen cuando muevo la cabeza a un lado y a otro; me hago un masaje en los hombros tensos, y cuanto más me froto los ojos secos, más se intensifica este sentimiento de lástima por mí misma.

Llega el empleado.

—¿Se encuentra bien, señora?

—¿Cómo? —Mis ojos parpadean y ahora lo veo mejor—. Sí, sí.

—¿Lleno?

—Sí, llénelo.

El viento azota mi cara y mis orejas. Los números empiezan a desfilar en la pantalla del surtidor. Levanto la vista en busca de un aseo, pero vuelvo a mirar la pantalla —cuarenta y uno, cuarenta y dos— y luego al interior del coche. A través de la ventanilla distingo la bufanda en el asiento de atrás. Me apoyo en una pierna, luego en la otra. ¡El freno! Me viene esto a la mente viendo el emblema metálico del Suzuki. ¿Dónde está el freno? Me muero por un cigarrillo. Es precisamente cuando veo los carteles de prohibido fumar que me entran las ganas de fumar. La manga del surtidor hace un ruido metálico, nervioso, como un hipo, y mis ojos buscan otra vez un aseo. Pero los números siguen girando, sesenta y seis, sesenta y siete, como dos pares de ojos ciegos en sus órbitas. Cruzo las piernas y las aprieto. Luego doy unos pasos alrededor del coche y me acerco al empleado para entregarle mi tarjeta de crédito.

De repente, en el retrovisor, veo a Hilmi bostezando, lo

cual me exaspera. Ahí está, sentado, desperezándose con un gran bostezo; abre la boca como si rugiera de hambre, estira los brazos.

«*Kus-emek*», me oigo susurrar en silencio. Sí, lo insulto en árabe, completamente desbocada. «*Kus-em-em-emek!*» «¡Cualquiera diría que eres tú quien ha conducido todo el viaje! ¡Como si fueras tú quien debe seguir conduciendo, quién sabe cuántos kilómetros más, hasta llegar a la ciudad! «*Kus-em-em-emek!*» ¿No sabes conducir? ¿No sabes nadar? Entonces, ¿qué sabes hacer, gilipollas?» Para vengarme, lo repito en voz alta:

—Gilipollas.

La puerta chirría espantosamente cuando entro como una loca en el lavabo. En el retrete, me esfuerzo por bajarme a tiempo los vaqueros y las bragas. Entre la mugre y el olor a desinfectante, mareada y helada, me vacío. Casi no queda papel higiénico, un papel gris y áspero, en el rollo enganchado a la pared. El corazón me late enloquecido y el ruido de la cadena del váter es ensordecedor. Cuando me miro en el espejo, veo a una extraña. Desgreñada, los labios resecos. Abro el grifo, que hace mucho ruido, y sale un chorro de agua helada. Cuando me agacho para beber, el choque del frío me corta la respiración. Bebo lentamente, me lavo las manos con jabón líquido y las enjuago. Me lavo, también, la cara, y, anonadada, la veo reaparecer en el espejo. Algo en el espejo sucio y opaco me evoca aquel estrecho cristal empañado que, entre dos tiendas de la calle 14, reflejaba la imagen de nosotros dos sonrientes, la noche en que habíamos ido a buscar las llaves a Union Square. Me vuelve a la memoria el extraño pensamiento que tuve entonces: esta imagen tan hermosa y viviente de Hilmi y yo quedará grabada en el espejo rayado y empañado, preservada como una imagen espectral, después de habernos ido, cada uno, por su lado.

No sé cómo lo hice para conducir los setenta kilómetros hasta Manhattan. Estaba tan distraída que de milagro no provoqué un accidente. Era más de la una de la mañana cuando por fin llegamos a la ciudad y paré el coche en el aparcamiento de la calle 8. Un viento cortante me despeinó completamente y el frío me penetró en los huesos. Sentí que me flaqueaban las rodillas y casi me desmayo de tan exhausta. El vigilante nocturno me lanzó una mirada torva creyendo que estaba borracha. Hilmi llevaba los bolsos. Dijo que subía a telefonear a Andrew. En Washington Square, el viento agitaba las copas de los árboles. Una capa de neblina flotaba entre las luces de las farolas de la calle. Durante todo el trayecto, desde el aparcamiento a la calle 9, el viento azotaba con fuerza y me empujaba.

Hilmi llamó el ascensor. Cuando las puertas se abrieron, al entrar, me vi en el espejo, con la cabeza gacha, los brazos flojos a los costados del cuerpo. Sentí un vacío en el estómago mientras subíamos; me parecía que se me retorcían las entrañas, que me iba a caer. *Franny* y *Zooey* nos recibieron maullando de hambre. Como en un sueño, fui directamente a la cocina a cambiarles el agua y darles de comer, luego me quité el abrigo y me arrastré al aseo. Me apoyé en el lavabo para lavarme los dientes. Tenía los párpados hinchados por las lágrimas, los ojos enrojecidos, como si alguien me hubiera golpeado en la cabeza con un objeto pesado. Oí a Hilmi hablar por teléfono en el estudio. Me desvestí en la oscuridad y me puse el pijama. Me quedé un momento sentada en el borde de la cama, rascándome la cabeza y el cuello, sin poder recordar lo que se suponía que tenía que hacer. «La puerta», pensé temblando debajo de la manta, «tengo que cerrar la puerta con llave». Pero el sueño se derretía, chorreaba entre mis ojos apagándolos en la oscuridad. Fue entonces cuando oí el portazo. Se había marchado sin despedirse.

26

El horrible rechinar de mis dientes penetra en mi sueño. Con un frío glacial y una tristeza infinita, mi cuerpo tiembla acurrucado bajo la manta. El dolor en las sienes me penetra en los ojos cada vez que parpadeo y ahora siento náuseas y vértigo, las arcadas me dejan débil, como con fiebre. Cierro y abro los párpados, gimo, mis ojos buscan la luz, reconozco la cara que se inclina sobre mí: Hilmi, cercano y borroso. Apoya un vaso de agua y me muestra algo con la mano izquierda: dos pastillas verdes. Sus labios se mueven. Mi aliento quema, me echa lenguas de fuego en la garganta. «¿Qué hora es?», me pregunto, pasmada, mirando la ventana y pestañeando con esfuerzo para ver los números rojos en el reloj. «¿Qué día es?» Me froto los tobillos uno con otro, pero mis pies helados no paran de temblar.

—¿De acuerdo? —Se sienta en el borde de la cama—. Solo traga esto y sigue durmiendo.

—¿Qué es? —No reconozco mi voz pastosa—. ¿Qué es...?

—No lo sé. —Dirige la mirada hacia la puerta. Duda. Se vuelve a mirarme, inquieto—. No pude encontrar nada en el aseo ni en la cocina y tu vecina me dio esto. Dice que va muy bien.

—No... —Apenas puedo hablar, me castañetean los dientes—. ¿Qué me ha pasado? —pregunto con un hilo de voz, pero lo sé, siento que me arde la frente al contacto de su mano.

—Tienes fiebre, Bazi —dice con miedo—, una fiebre altísima, de verdad. —Me toca la mejilla y luego apoya la mano en mi cuello—. Anda, antes de que vuelvas a dormirte. —Con el brazo me sostiene la espalda y mi cabeza cae sobre su hombro. Vierte lentamente unas gotas de agua en mi garganta—. Dios mío, cómo tiemblas —murmura, apoyándome contra su corazón—. Te traeré otra manta. —Se dirige al armario y me estremezco cuando abre y cierra las puertas. El bolso que Charlene me prestó para ir a Hillsdale está en el suelo. Al principio tengo la impresión de haberlo soñado: la gasolinera, la terrible disputa, los gritos. Me acuerdo del deseo que me entró de destruirlo todo, destrozarnos y aplastarnos con mis propias manos.

Vuelve y se queda de pie delante de mi cama.

—¿Dónde están las mantas?

—Has vuelto...

—¿Qué? ¿Volver a dónde?

—Te oí. —Me tiembla la mandíbula de tanto castañetear—. Te marchaste.

—Bajé un momento a entregar las llaves a Andrew. —Frunce el ceño y baja la vista—. Ahora duerme —me ordena con seriedad, y retira su mano de la mía—. Ya hablaremos más tarde.

Sueño que estoy corriendo. Por la calle Sokolov, en Tel Aviv, cerca de la cancha de baloncesto, paso delante del portal del instituto y sigo hacia las huertas. Voy con un niño, de unos cinco o seis años de edad. Un coche lo ha atropellado. Lo cargo entre los árboles, agachándome para evitar las ramas, lo oigo gemir; me mira con un rostro pálido, rasguñado y sudoroso. Se va a morir en mis brazos en cualquier momento. Entonces lo envuelvo con las mantas que tengo debajo de mi abrigo y sigo corriendo. Siento el peso de su cuerpo en mis costillas y es como si sus sollozos salieran del interior de mí misma, como un bebé. Asustada, veo los carteles, los avisos fúnebres, pegados en los troncos de los árboles: «muerte súbita del lactante», dicen, «la policía busca a los secuestradores». La tierra se mueve, luego se convierte en una ciénaga y aparecen unos escalones. Subo uno a uno agarrándome a una barra de hierro que sobresale de la pared. Es un edificio en construcción, de cemento gris, los apartamentos están vacíos. Oigo mis pisadas mientras subo. Oigo mi voz cuando suspiro, una voz metálica, mecánica, que resuena entre los pisos. Me asomo al hueco de la escalera y veo linternas que se mueven en la oscuridad y las siluetas de los policías. Me asomo más todavía y el niño se cae: nuestro hijo, tan minúsculo, un feto, cómo he podido dejarlo caer...

—Abre la boca. —Es Hilmi—. Ábrela. —Sus dedos empujan las pastillas dentro de mi boca—. Un segundo, mantén la cabeza derecha.

No puedo abrir los ojos. La cabeza me estalla. Trato de mantenerla erguida, de alcanzar el vaso que me acerca a los labios. El consuelo del agua, el frescor del vaso en mis labios agrietados, el peso de sus dedos sobre mi frente palpitante. Bebo a pequeños sorbos, muy despacio, y me abandono en sus brazos. Me despierto nuevamente, por un brevísimo instante, y mi cabeza vuelve a caer sobre la almohada.

Sueño que la rosa diminuta que me hice tatuar en el hombro, en Tailandia, se ha extendido por toda mi espalda, el cuello y los brazos. Se lo enseño a una mujer que al parecer dirige la clínica, una mujer de edad, alta y negra, que asiente muy seria y anuncia en el interfono: «Alergia a los tatuajes, debemos tratarlo rápido, antes que dañe los órganos vitales.» Le pregunto cómo procederán y si el tratamiento tiene efectos secundarios, pero siento un gran cansancio y la lengua pesada para hablar. Una puerta se abre. Me acuestan en una camilla y me llevan por un túnel, cruzamos la estación debajo de la calle 8 y llegamos a un consultorio. Al principio parece un granero y luego el cuarto de aseo de mi abuela, con los mismos azulejos azules, pero en lugar de la bañera hay un horno de piedras incandescentes. El aire es húmedo, está oscuro, como una caverna. La anciana me cubre con mantas del ejército y pieles de animales. «¿Así está mejor?», me pregunta. Hay alguien más allí, pero no puedo identificarlo a causa de las nubes de vapor. Vierte cubos de agua sobre las ascuas y la habitación se llena de un humo blanco. Y entonces me doy cuenta: los tatuajes, me los van a quitar con vapor, me van a hacer una limpieza en seco de la piel. Veo gotas de condensación en las paredes, el espejo encima del lavabo está empañado por el vapor. Siento el calor en todo el cuerpo y mis ojos se debilitan. A través de la bruma, me parece reconocer a la anciana, que ahora barre el suelo mientras habla por teléfono. «Creo que empieza a hacer efecto», murmura. Y yo me licúo por dentro, soy un inmenso charco de luz opaca que se derrama en las mudas ondas del vapor.

Por la noche tengo otro acceso de fiebre. Durante largo rato me muevo a un lado y a otro, sedienta, febril, gimiendo con la voz pastosa. La camiseta, el pelo, la almohada, todo está empapado; oigo mi respiración en la oscuridad. Oigo sus pasos en el pasillo y siento su sombra que murmura algo cerca de mí:

—Enciendo la luz.

Me tapo la cara con el brazo, como protegiéndome de una película de terror. Pero la luz se filtra igualmente a través de la pantalla de mis dedos. Son las tres y veinte de la mañana. Me da de beber un poco de agua tibia y dice que debo comer antes de tomar más medicinas. Me ha preparado un huevo escalfado.

—Es bueno, te dará un poco de fuerza.

Trae el plato que está sobre la cómoda. El olor es repugnante, hago una mueca de asco. Pedacitos de pan negro flotan en un viscoso líquido blanco amarillento. La cucharita se me resbala de los dedos. Protesto, me tiemblan los hombros, y dejo que Hilmi me dé de comer. Entreabre la boca y sopla, pero aún está muy caliente. Vuelve a intentarlo y rechazo el plato con asco. Su devoción me irrita, así como todo lo que hace para ayudarme, me disgusta tener necesidad de él. Las lágrimas suben a mi garganta y tienen un gusto a huevo, que, mezclado con el de la enfermedad, es nauseabundo. Me mira y me pregunta si quiero algo más. «¿Avena, quizá?», pero la desesperación no me deja retener las lágrimas, que brotan, enormes, calientes, y se derraman por el cuello.

—Mamá —lloro escondiendo la cara en la almohada—, quiero a mi mamá.

Pero Hilmi no renuncia. Se queda pacientemente a mi lado. Sus ojos, que hace un rato me miraban con tristeza y lástima, me observan ahora serios, aprobadores, mientras la cuchara pesca en el plato los pedacitos de pan remojados en el huevo.

—Bien. —Se chupa el pulgar y me limpia la barbilla—. Buena chica.

Me siento muy afligida. Siento remordimiento y vergüenza cuando de golpe se me revuelve el estómago y me acomete un espasmo de frío y vomito todo lo que acabo de tragar.

Cuarenta grados de temperatura, vómitos y mareos, dolores musculares. En menos de veinticuatro horas, la lista también incluye inflamación de las amígdalas, una erupción en el cuello, manchas en el pecho y ojos amarillos. El doctor Goan, después de auscultarme, el lunes a última hora de la tarde, dice que debo haber cogido un virus. Deborah Wiggley, mi vecina, lo llamó para una consulta a domicilio.

—Es un viejo amigo mío, un médico excelente —le dice a Hilmi cuando regresa con más calmantes y una bolsa de agua caliente.

Los oigo hablar en voz baja e irse al salón. La puerta se abre y se cierra. Suena el timbre del interfono. El doctor Goan, bajo de estatura y canoso, me toma el pulso y la tensión. Tiene unos ojos rasgados, habla con un poco de acento asiático. Me palpa las axilas y el cuello con manos suaves, delicadas, como las de una mujer. Abro la boca, introduce un bajalenguas y mira el fondo de mi garganta; con una pequeña linterna observa mis pupilas.

—Tosa, por favor —me ordena y escucha con el estetoscopio, deslizando por mi espalda el frío disco de metal. Sus dedos son suaves, pero me doblo de dolor cuando presionan mi abdomen—. Es el hígado —dice, y me pide que respire hondo—. Y esto es el bazo.

Hilmi observa la escena desde la puerta, mordiéndose el labio. Cuando nuestros ojos se encuentran, sonríe. Cuando el médico se pone de espaldas, me guiña un ojo, con una mueca divertida: se chupa las mejillas y pone la boca como un pez.

El médico anuda un elástico en mi brazo y me pide que apriete el puño.

—¿Qué es? ¿Me saca sangre? —pregunto asustada al ver la jeringa. La visión de la aguja me da sudor frío.

Hilmi se acerca y se sienta a mi lado. Dejo de respirar y mis dedos se hunden en su hombro, pero no siento el pinchazo y tampoco los dedos tibios del médico. Cuando veo a Hilmi cerrar los ojos, sé que me ha clavado la aguja en la vena.

Guardo cama durante más de diez días y Hilmi cuida de mí. Duermo día y noche. Los antibióticos me provocan un cansancio monumental, mortal, y pierdo la noción del tiempo. Para no contagiarse, Hilmi duerme en el sofá del salón. Hace las compras en el supermercado de productos ecológicos situado cerca de la universidad, me compra vitaminas, va a la farmacia y regresa cargado de bolsas llenas de polvos y frascos, apio, jengibre, miel y limones.

Una mañana se marcha a Brooklyn a buscar algunas prendas y ropa interior limpia para él. Me despierta al cabo de unas horas cuando irrumpe en mi dormitorio con un paquete de K-Mart envuelto para regalo. Tiene la nariz roja por el frío y su cabello ensortijado está aún húmedo. Abre el paquete y saca una bandeja plegable de madera, como las que se usan en los hoteles para el servicio de habitaciones. Apoya las patas de la mesilla sobre la cama, delante de mí, encantado con su hallazgo, que solo le ha costado nueve dólares con noventa céntimos.

Lo oigo trajinar en la cocina, con el televisor, que hace horas está encendido en el salón, como ruido de fondo. Está preparando arroz blanco, una olla de caldo de pollo con fideos, verduras al vapor, sémola con leche y canela. Me trae incontables tazas de té verde y vasos de zumo de naranja y pomelo exprimidos. Siguiendo el consejo de alguien que conoció en la tienda de productos naturales, me prepara una bebida agridulce caliente con cebolla, ajo, miel y dátiles, que me hace transpirar en abundancia.

Me prepara un baño caliente y me ayuda a lavarme. Él mismo me lava el pelo con champú. Luego, envuelta en un toallón, me siento en el borde de la cama y él me lo seca con el secador. Me ayuda a vestirme y cambia otra vez las sábanas. Una noche, al intentar caminar, el pasillo da vueltas y se hunde bajo mis pies y surge una bandada de aves negras planeando en círculos ante mis ojos. Espantado, Hilmi se precipita hacia mí y me lleva a la cama. Me exige que lo llame cada vez que quiera ir al lavabo e insiste en acompañarme. En la cesta de *Franny* y *Zooey* encuentra un ratoncito de goma que chilla cada vez que lo aprieta, lo cual le divierte muchísimo, y lo coloca sobre la mesilla de noche entre las cajas de aspirinas y antibióticos y los frascos de vitaminas, para que lo use cada vez que necesite llamarlo.

Estoy acostada, sola en la habitación, con los ojos cerrados. Hilmi está en el salón, ocupado en algo. Dibujando en su bloc, navegando por internet, jugando en su ordenador, leyendo un libro. El televisor está puesto, con el volumen bajo, en una cadena de noticias. Hilmi ha encontrado una novela policiaca entre los libros de Dudi y Charlene y, a veces, cuando entra en mi cuarto, tiene el dedo marcando la página que está leyendo.

—*Aji, aji, habibi* —les dice a los gatos que lo siguen, y los echa del dormitorio—. *Wain inta? Yitla min hon.*

Cierra la puerta tras él, pero los ruidos en el apartamento y el rumor sordo del televisor pasan a través de la puerta. Otro telediario zumba en mis oídos, no entiendo de qué están hablando, pero oigo la voz teatral de la presentadora y una voz de hombre que contesta en tono autoritario. Reconozco la escansión habitual de los periodistas en el terreno. Oigo buldóceres, helicópteros, un tema musical dramático, silbatos y explosiones, los anuncios comerciales, los gritos de alegría. El agua que corre en el fregadero de la cocina y un poco del olor del cigarrillo que está fumando. Oigo la puerta de la nevera que se abre y se cierra, el silbido del microondas. El teléfono que llama de nuevo: primero el timbre alegre del inalámbrico en el salón, después, al cabo de dos llamadas, el contestador en el estudio. Unos segundos de silencio, luego alguien cuelga o deja un mensaje.

Joy dice que me estuvo buscando ayer por la mañana en la biblioteca, y hoy también. Se dejó el móvil en Hillsdale, pero volverá a llamar por la noche. Eran y Doron, una pareja de amigos de Israel, me anuncian muy contentos que acaban de comprar los billetes de avión y que dentro de tres semanas llegarán a Nueva York. Andrew llama y espera a que Hilmi conteste.

—¿Estás ahí? Hola, ponte, tío.

Los sonidos distantes se funden en mi sueño y se mezclan con las imágenes de mis sueños. Oigo a Hilmi hablar en inglés, en árabe, caminando por el apartamento. Oigo el crujido de las suelas de sus All Stars sobre el parqué.

—Un segundo, voy a ver si ... —Baja la voz y se asoma a la puerta—, no, duerme profundamente.

Cuando me despierto, ya es de noche.

—¿Liati? —La voz de mi hermana llega del estudio—. Liati, soy yo, cariño. Espero que te sientas mejor. Hablé con él anoche, con Hilmi. Me ha dicho que estás un poco enferma. Bueno, solo quería oír tu voz, pero él no responde y yo ahora tengo que salir. En todo caso, me ha parecido encantador. Realmente encantador. Hablamos un poco, sobre toda esta locura y las máscaras de gas que están distribuyendo a la población. Y ayer le agradecí que estuviera allí cuidándote, pero agradéceselo de nuevo tú también de mi parte, ¿sí? Llamaré más tarde, ojalá estés despierta.

Cuando Hilmi vuelve a casa, me cuenta que, mientras yo dormía, ha estallado la guerra. Me dice que, cinco días antes, el ejército norteamericano y las fuerzas de la coalición han entrado en Irak. Bagdad está en llamas. El palacio presidencial ha sido tomado. Los tanques rodean el aeropuerto. Habla con tristeza de las calles desiertas que él reconoce en las imágenes del telediario, lugares que conoce muy bien de su época de estudiante, y que ahora están destruidos, profanados, llenos de soldados, *jeeps* y sirenas de ambulancias.

Durante los ataques de temblores y náuseas cuando me sube la fiebre, cada vez que vomito, y los pocos instantes de lucidez cuando baja la fiebre, cada vez que me despierto empapada en sudor o que el sopor me invade nuevamente y sucumbo al sueño, Hilmi está conmigo. Entra para traerme cosas y llevarse otras. Me sirve té y se lleva los platos y cubiertos sucios. Me toma la temperatura y me da las vitaminas y los antibióticos cada seis horas. O se sienta en el borde de la cama y me habla para distraerme, a veces, incluso, en medio de la noche, hasta que vuelvo a dormirme.

Hace todo lo que hace falta hacer sin titubeos, con naturalidad y calma, sin dramatizar. Y cuando vuelvo a vomitar, por primera vez después de tres días, se ríe y dice que después de todo a lo mejor es cierto y estoy embarazada.

Tira de la cadena, me sigue cuando me ve vacilar hacia el lavabo y, poniendo voz de chica, se burla cariñosamente de mis gemidos y suspiros. Me lavo la cara y me cepillo los dientes. Cuando me miro en el espejo, me veo los ojos hundidos, con ojeras, las manchas rojas en la piel de la cara, la palidez amarillenta, lo veo a él que me mira por detrás de mi hombro y, observando mi expresión afligida, decreta que nunca antes me había visto tan hermosa.

Tampoco hace mucho caso cada vez que, en mi estado afiebrado, le doy las gracias con cara de tragedia. Estoy completamente agotada por los antibióticos y una desesperada gratitud por su ternura y su generosidad me llena el alma de amor. Y un día, cuando lo agarro, con fiebre y llorando, lamentando todo lo que le dije aquella noche en la gasolinera, y le suplico que me perdone, se limita a bufar, incómodo ante tanto patetismo.

—Va, cálmate —me dice dándome palmaditas en la espalda—. Está todo bien, cálmate.

Cuando me cuelgo de su hombro y juro entre sollozos que jamás en mi vida olvidaré esta semana y que siempre estaré en deuda con él, se impacienta y me aparta.

—Ya basta, calla. Habrías hecho lo mismo por mí, ¿no? —Se pone de pie y me pregunta—: Si yo hubiera enfermado de esta manera, ¿no habrías hecho lo mismo?

Asiento con fervor, profundamente convencida.

—Entonces, *khalas*, deja ya de llorar.

Una noche, me envuelvo con la manta y me levanto como puedo de la cama. El extremo de la manta cuelga detrás de mí por el pasillo a oscuras. En el salón, el volumen del televisor está en el modo silencioso y la pantalla titila proyectando una luz azul sobre las paredes. Sobre la mesa: periódicos, cedés, tazas de café y restos del almuerzo. Hilmi está dormido en el sofá, tendido sobre su espalda y con el mando todavía en la mano.

Mudas imágenes se suceden en la pantalla. Verdes imágenes, filmadas de noche, de bolas de fuego rodando por el aire, helicópteros de combate volando por encima de las nubes de humo, soldados cubiertos de polvo, en blanco y negro, con cascos y chalecos antibalas, franjas de tierra quemada, extensiones desiertas, casas de argamasa, torres de mezquitas, niños harapientos cargando a otros más pequeños que ellos, depósitos de gasolina incendiados, tanques carbonizados, una fotografía desgarrada de Saddam Hussein.

Retiro con suavidad el mando de entre los dedos de Hilmi, aprieto un botón y las imágenes desaparecen de la pantalla. La oscuridad se adueña del salón. Tiro de la manta para taparle la rodilla que ha quedado afuera. Me inclino sobre él y le doy un beso en la frente, y me acuerdo de la alucinación que tuve una noche: los murmullos de Hilmi que se alejan y su rostro, cuya palidez se cierne sobre mí en la oscuridad, se transforma en el de mi padre y, por un instante, yo estaba en mi casa. Hilmi estaba allí conmigo, y también mi hermana, Micah y los niños. Y sus susurros pasan a ser la suave, emocionada, voz de mi padre mientras nos bendice, a sus hijas, antes de la cena del viernes por la noche, posando sus manos sobre nuestras cabezas: «*Yevarcechah adonai ve'yishmerecha*» —Dios os bendiga y os proteja—. Detrás de él, mi madre, de pie, nos observa. «*Yaer adonai panav eleicha veychunecha*» —Que Dios os ilumine con Su rostro y os otorgue Su gracia—. Yo me dejo colmar por esta bendición susurrada, por la caricia de sus manos. Pongo mis manos sobre la cabeza dormida de Hilmi y lo bendigo en silencio: «*Yisa adonai panav eleicha, veyasem lecha shalom*», Que el Señor vuelva Su rostro hacia ti y te dé paz.

27

De mañana, ahora, hay algo nuevo en el aire, una forma de optimismo. Luminosas cintas azules cruzan el cielo y las nubes son tan blancas como en las ilustraciones de los libros infantiles. El sol es cálido y resplandece en las aceras. Las temperaturas suben día a día, la gente parece despertar. Es como si en sus rostros se pudiera leer: ha llegado la primavera. Pero, entonces, en el espacio de una sola noche, la temperatura desciende de golpe y un frío espantoso se abate otra vez sobre la ciudad.

Llega el mes de mayo: lluvioso y tormentoso. Vientos desatados, truenos, incesantes trombas de agua. Como si este invierno, que dura desde hace siete meses, se alargara, como nuestras interminables partidas de *backgammon*, y no se acabara nunca.

Nuestras partidas se suceden una tras otra. En cuanto acabamos una, empezamos la otra. Simplemente cambiamos de piezas, las blancas por las negras, y el que gana abre la partida siguiente. Vamos empatados. A veces gano yo y otras es él quien gana. Movemos nuestras piezas por el tablero de madera y arrojamos los dados con ademanes exagerados. Es casi una adicción, como si fueran los dados los que mueven nuestras manos, incluso nuestro entusiasmo disminuye y casi no hablamos. El golpeteo de la lluvia es constante, un rumor sordo que sube de la calle.

—¿Y bien? —Al cabo de un rato, con irritación—: Hilmi, te toca a ti.

Sus ojos se apartan de la ventana y me mira sorprendido. Podría afirmar que sus pensamientos estaban muy lejos de aquí.

—Perdona... —Sus ojos vuelven al tablero—. ¿Dónde estábamos?

—Dime una cosa, Hilmi, ¿qué tienes hoy? —le pregunto, agitando los dados.

Desvía la mirada y toca una de las piezas. Fuera se oye un trueno. El ruido de la lluvia, obstinado, constante, llena el silencio.

—Bueno, ¿qué pasa?

—Nada. Estoy pensando. —Y su mirada vuelve a la ventana. El cielo está vacío, pálido aunque sombrío, como las paredes—. Estoy pensando en irme por un tiempo.

Su respuesta me sorprende.

—¿Qué? ¿Adónde?

—No sé, podría... —baja la voz—, irme a casa, quizá.

—¿A casa? —Como siempre que pronunciamos la palabra «casa», algo dentro de mí tiembla—. ¿Quieres regresar?

—Regresar definitivamente, no. Ya te lo he dicho, de momento solo pienso en ello. —Y, como si la idea del viaje estuviera relacionada con el cielo, de nuevo mira por la ventana, y añade—: Tal vez solo durante el verano.

Compra un billete de ida y vuelta por dos meses para partir a finales de junio, dentro de seis semanas. Su vuelo saldrá de Newark a Zúrich, donde Hilmi hará una escala de cinco horas y luego cogerá otro vuelo a Amman, donde aterrizará en plena noche. Pasará un par de días con su hermana Lamis, luego cruzará el puente Allenby hasta la Ribera Occidental. Después de tres años en Nueva York, regresará a su país por primera vez, a pasar el verano en Ramala con su familia y sus amigos. Vuelve a casa.

Deja el teléfono y lo coge de nuevo. Llama a su casera.

De excelente humor, le comunica que también ella se dispone a viajar: Jenny se casará en París a fin de mes y parte mañana en avión para ayudarla con los preparativos. Hilmi la felicita y le desea buen viaje y muchos nietos hermosos y sanos. Le pide que transmita sus besos y bendiciones a Jenny y al final obtiene el permiso para subarrendar el apartamento.

Publica un anuncio con fotos en *Craigslist*, en el apartado de alquileres de corta duración. Menos de una hora después, el teléfono empieza a sonar. Emplea el día limpiando: friega, quita el polvo, lustra las baldosas del suelo, reemplaza las bombillas fundidas y cambia las sábanas. Envuelve sus lienzos más grandes —los que acumula contra la pared y detrás del sillón del taller— con un plástico azul, transparente, luego con mantas, y los pone debajo de la cama del cuarto de Jenny. Pero cuando está a punto de abandonar el cuarto, cambia de idea, los saca de allí, retira el retrato de su padre y lo envuelve con varias vueltas de plástico y cartón para protegerlo durante el viaje. Se imagina la cara de su madre, cómo se iluminará cuando él desenvuelva el cuadro en su casa. Ve la pared del salón donde él colgará el cuadro y la tierna sorpresa en los ojos de ella.

Se sube a la cama descalzo y descuelga los dibujos uno a uno. Quita ceremoniosamente las pinzas de ropa de los treinta y tres que ya están terminados y despliega al niño soñador encima de la cama. La pintura al aceite se ha secado y los colores son espléndidos. Los cubre uno a uno con un fino papel de seda, los enrolla y los introduce en un gran portafolios en forma de tubo que ha comprado exprofeso para ello.

Bajo el cielo raso vacío, los hilos, ahora, están desnudos, como lo estaban hace dos años, cuando Hilmi se mudó y los extendió entre una pared y la otra. Cuelga dos pinturas nuevas, todavía húmedas, y los cinco últimos dibujos a lápiz que todavía no ha coloreado y piensa terminarlos en Ramala. Los examina, con un cigarrillo encendido en la mano, y se imagina de regreso en septiembre, cuando vuelva a colgar los cuarenta trabajos. Ve la obra ya terminada desplegada ante sus ojos.

Llaman a la puerta. Uno después de otro, todos los que han llamado llegan para ver el apartamento. Por la tarde, llama por teléfono una mujer con acento alemán o escandinavo. Ella y su esposo viven sobre Bay Ridge, a tres calles del edificio. Veinte minutos más tarde, se presenta una mujer muy joven, embarazada. Tiene el pelo muy corto y ojos claros. Nada más entrar, se disculpa y pide pasar al lavabo. Cuando sale, se dirige directamente a la cocina, luego examina los dormitorios y explica a Hilmi que está buscando un apartamento para sus padres, quienes llegarán de Holanda antes del nacimiento del bebé. Paga el mes de julio por adelantado y acepta pagar la misma cantidad por el mes de agosto, dentro de seis semanas, cuando Hilmi le entregue las llaves.

Se despiden en la puerta con un apretón de manos. Su mano izquierda permanece apoyada sobre su gran barriga. Hilmi le pregunta si es niño o niña y ella, encantada, lo invita a sentir al bebé, que se mueve.

—¿Lo ha notado? —Hilmi, a quien el gesto de la muchacha ha dejado estupefacto, está fascinado con esa pequeña aleta caudal que serpentea como una señal de otro mundo. Ella se ríe otra vez, ruborizándose un poco, y dice que su marido y ella decidieron no saberlo. Se acaricia la barriga, la mira—. Pero lo sabremos en septiembre —promete desde el vestíbulo—. Podré decírselo a su regreso.

Los planes de viaje de Hilmi, su repentina decisión, su excitación y los preparativos, que ocupan todo su tiempo, son un contrapunto de mi propio viaje, previsto desde hace meses, y en cierto modo eclipsan el dolor de nuestra separación y el hecho de saber que el final es inminente. Los que se quedan parecen ser siempre más desdichados, más huérfanos, que los que parten hacia otras latitudes. Pero, dentro de cinco semanas, Hilmi también partirá, y la idea de que los dos estaremos en el mismo país, muy cerca uno del otro, aunque no podamos vernos porque ahí sería imposible, suaviza un poco la tensión y esta sensación de irrevocabilidad.

El dieciséis de mayo, cuatro días antes de mi partida, es el cumpleaños de Hilmi. Cumple veintiocho años. Le regalo un elegante jersey de cachemira y lo invito a una parrilla en SoHo, donde comemos hasta hartarnos. Ahítos y algo ebrios, regresamos a casa en taxi. Nos despertamos al atardecer, nos duchamos y nos perfumamos, y cogemos el metro en dirección al Upper West Side. Hilmi está recién afeitado, luce su nuevo jersey verde, y yo me he puesto un vestido de pana negro y tacones. Llegamos a casa de Joy y Tomé, en el número 9 de la calle 96. Andrew y Kimberly, y la pequeña Josie, ya están allí.

Josie corre hacia Hilmi con los brazos abiertos y, cuando él la aúpa, ella se acurruca contra su cuello con una sonrisa radiante. Desde el primer día que llegó con Andrew al apartamento de Brooklyn y gozó del privilegio de una visita guiada del taller, está locamente enamorada de Hilmi, con el amor franco y sin límites de una niña de cuatro años. Le enseña orgullosa un improvisado bloc de viejos dibujos, que Hilmi había separado y reunido para ella y que, equipada con unos tubos de pintura acrílica y unos pinceles que él le había dado, ella ha coloreado.

Nos sentamos a comer otra vez y brindamos. Joy y Tomé han preparado una comida india muy picante —curry de cordero, samosas, arroz y lentejas— y no tardamos en vaciar dos botellas de vino tinto y pasar al cava que han traído Andrew y Kimberly. Hacia el final de la cena, se apagan las luces y cesa la música. En la oscuridad se oye la voz cantarina de Joy que llega de la cocina: «¡Feliz cumpleaños, *Happy birthday to youuuu!*», trae un pastel con las velitas encendidas, «*Happy birthday to youuuu...*».

Hilmi, desde el otro extremo de la mesa, me mira sorprendido. «¿Lo sabías?», me pregunta con la mirada. Yo me río y me encojo de hombros: no, la verdad es que no lo sabía. Y canto con los demás. A la luz de las velas su rostro resplandece. Cierra los ojos y se muerde el labio inferior. Y yo expreso un deseo: «Que solo te sucedan cosas buenas, mi Hilmik. Dios querido, por favor, cuídalo...» Todos aplauden y gritan de alegría y cuando abro los ojos veo a Hilmi soplar las últimas velas.

A mi lado, Kimberly retira las velas del pastel y lame el chocolate que chorrea de ellas. Andrew, que ha permanecido sentado a mi izquierda durante toda la comida, revuelve el cabello rubio de Josie, que se ha acurrucado en su falda y hunde la carita en su pecho.

—No, yo no quiero —lloriquea.

—¿Cómo? —Me guiña un ojo cuando le alcanzo una porción de pastel—. ¿Cómo puedes decir que no quieres pastel de chocolate? —Coge un tenedor—. Vamos a ver.

Pero Josie, que había estado tan alegre y feliz todo el tiempo, de pronto se pone a llorar. Se había enterado, no sabemos cómo, de que Hilmi se marchaba, que se iría volando a través del océano a ver a su familia que estaba en otro país.

—Pero regresará, ¿verdad, papá? —suplica entre sollozos, extenuada, cada vez más pegada al cuello de su padre—. ¿Regresará, verdad?

28

Es de mañana, en una de las estaciones más frecuentadas del sur de Manhattan. Los trenes pasan a toda velocidad en ambas direcciones. Una marea de gente sube y baja por las escaleras mecánicas, desfilan las ventanillas de los vagones, los anuncios por los altavoces, y los trenes, cada vez más ruidosos, aparecen por una boca del túnel, rugientes, y desaparecen rápidamente por la otra. Y nosotros, en medio de esta barahúnda, estamos en el andén, callados, Hilmi con los ojos cerrados, murmurando, y yo observándolo ansiosa.

De nuevo en el East Village y luego en Lower East Side. Hemos pasado la última semana recorriendo las calles, volviendo a visitar los lugares por donde habíamos paseado a comienzos del invierno, por los mismos itinerarios que nos conducían a los mismos lugares, moviéndonos en círculo todo el tiempo. Astor Place, Union Square, la Sexta Avenida. Saciándonos con las imágenes y los sonidos de la ciudad, despidiéndonos, no de nosotros sino de Nueva York, de sus calles desmesuradas por las que no volveríamos a caminar juntos nunca más. El miércoles cruzamos andando el puente de Williamsburg, el viernes fuimos a Columbus Square y el sábado estuvimos paseando por el Jardín Botánico hasta el anochecer.

Pero esta mañana no sabemos a dónde ir. No tenemos nada previsto para el resto de nuestro último día. Hilmi opta por recitar mentalmente el alfabeto y escoger el tren en función de la letra a la que haya llegado cuando yo lo interrumpa.

—Ahora —le digo.

Abre los ojos.

—K.

No hay ningún tren K.

—Otra vez.

Cierra los ojos y recomienza. Mientras sus labios se mueven en silencio yo grabo su forma carnosa y roja en mi memoria y luego observo los pliegues de sus párpados, la fina pelusilla en sus lóbulos, memorizo cada uno de los rasgos de su rostro, porque no sé cuándo volveré a verlo. Si alguna vez regreso a Nueva York, dentro de dos, tres o más años, será sin él. Yo seré otra persona, y también Hilmi, incluso, quizá, cuando vuelva de su viaje, en septiembre.

Lo interrumpo un poco tarde.

—Ahora.

—X.

Pero el mes próximo, en verano, Hilmi estará en Ramala, y yo, mañana, en Tel Aviv. Nos separarán solo setenta kilómetros, una hora y media en coche. Sin embargo, casi no hemos hablado de ello, pues sabemos que, a pesar de la cercanía, allí no podremos vernos. Sabemos que no hay una línea recta entre esos dos puntos, sino una carretera sinuosa y larga, peligrosa para mí, infranqueable para él. La manera como evitamos referirnos a este tema, la resignación y nuestra conciencia muda de la realidad, parecen ser la prueba de que las barreras que nos separarán en Israel ya existen, aquí y ahora, entre nosotros.

—Bazi.

—Ah, sí... Ahora.

—P.

Es así como nos recuerdo en nuestro último día en Nueva York. Plantificados en un andén de metro, al sur de la ciudad, entre trenes que parten hacia ninguna parte.

Cuando regresamos al apartamento, todo estaba listo; todas mis pertenencias dentro de una maleta y un bolso de mano. El apartamento estaba limpio y ordenado, tal como lo habíamos dejado por la mañana. Un mantel blanco, impoluto, sobre la mesa, y encima una maceta con una orquídea envuelta para regalo, y dos entradas para un concierto dentro del sobre que contenía mi carta de agradecimiento para Dudi y Charlene, quienes regresarían de Oriente Medio dentro de dos semanas.

Recorrimos juntos todas las habitaciones, cerramos las ventanas, corrimos las cortinas. Hilmi cambió la arena de los gatos y llenó sus cuencos con agua y comida. Debbie, la vecina, había aceptado ocuparse de ellos hasta el regreso de Dudi y Charlene. Me despedí de *Franny* con caricias y besos, y a *Zooey*, que, indiferente, se había metido debajo del sofá, le tiré un beso. Hilmi sacó mi equipaje al vestíbulo, cerró la puerta con llave y la deslizó por debajo de la puerta de Debbie.

El hueco de la escalera amplificó el ruido que hizo el ascensor. Nos abrazamos cuando estaba a punto de llegar al piso doce y seguimos abrazándonos al subir y mientras bajábamos. Recuerdo las luces en la pantalla, los números de los pisos, cuarto, tercero, segundo, primero, hasta que se paró en la planta baja. Hilmi, con el gran bolso de mano en la espalda, y yo, tirando de la maleta, cuyas ruedas gastadas chirriaban sobre las baldosas.

Me acuerdo de la mirada de curiosidad de uno de los vecinos con quien nos cruzamos cuando volvía de pasear al perro. Al vernos tan cargados, amablemente nos deseó buen viaje. Le dimos las gracias, como si Hilmi y yo no nos estuviéramos despidiendo, como si nos fuéramos juntos de vacaciones.

El aire de la calle olía a lluvia. Un aguacero había lavado las calles grises que brillaban como el cielo de la noche. El taxi que yo había reservado por la mañana aguardaba en doble fila con los intermitentes encendidos. Hilmi le pidió al chofer que nos esperara unos minutos.

Hundí mi rostro en su pecho. Luego eché hacia atrás la cabeza y lo agarré por el cuello del jersey.

—Cuídate, prométemelo —le dije. Obediente, asiente. Tiene la mirada seria y preocupada—. Come bien, duerme bien. —Me aprieto más contra él, y, presa de un pánico repentino—: ... y también...

Me estrecha con tal fuerza en sus brazos que me hace daño. Afloja los brazos y vuelve a apretarlos con fuerza alrededor de mi cintura.

—Y tú... —siento los latidos de su corazón en mi cuello—, nunca subas a un autobús, ¿de acuerdo?

—De acuerdo —contesto, riendo entre lágrimas.

—Nada de autobuses.

—De acuerdo.

TERCERA PARTE

VERANO

29

En Tel Aviv ya es de mañana. Una mañana espléndida de mediados de junio. Un cielo azul y tan límpido que parece una piscina. Los calores y la humedad de julio y agosto aún están lejos. El aire es fresco, dulce, lleno del perfume de las flores que iluminan los jardines: las de color rojo intenso de la ponciana flamboyán, las violetas de los jacarandas, las mimosas amarillas, la cascada de color de las buganvillas, las adelfas y los hibiscus que se derraman sobre las aceras y coronan las copas de los árboles de rojo, rosa y blanco. La celebración del verano también se nota en las fruterías y en los bares que venden zumo con la llegada de los melones y las sandías, los higos y las cerezas, los racimos de uvas, los melocotones y las ciruelas. Por las calles desfila la última moda estival: minifaldas, pareos, *shorts*, sandalias, camisetas de tirantes y tatuajes, y por todas partes cuerpos que se exponen sin pudor para broncearse al sol. Se oye el ronroneo de los equipos de aire acondicionado de los edificios.

Sin embargo, y a pesar de todo, la gris, deslucida, ruidosa y sucia Tel Aviv, con sus paredes descascaradas y sus calles llenas de mugre, con sus tanques de agua en los tejados y las cacas de perro en las aceras, luce hermosa en una mañana como esta.

Tel Aviv, la pretenciosa, relajada y lánguida. Con sus mil cafeterías siempre llenas y sus miles de razas de perros que se pasean tirando de las correas de sus amos. Con sus cochecitos de bebé, sus bancos, sus avenidas bordeadas del verdor maravilloso de sus ficus, cuyas sombras se proyectan sobre las filas de coches y motocicletas. La florida, ensimismada Tel Aviv, que se refleja en las vitrinas de las tiendas de lujo. Tel Aviv, la hedonista, desbordante de vida, cuyas calles, cuando llega el verano, se llenan de gente joven, chicas y chicos, y turistas que hablan en inglés, francés o alemán. Tel Aviv y sus puestos de café helado y cerveza fría, de humus y shawarma, repletos al mediodía y al atardecer. Tel Aviv, la dulce y plácida, con sus amplias terrazas y sus quioscos de zumos y sus heladerías en cada esquina. Tel Aviv sudorosa, que respira aliviada a la hora del crepúsculo y se sonroja a la luz de color miel del ocaso. Con sus bandadas de golondrinas surcando el cielo al atardecer, sus palomas volando entre los tejados, sus murciélagos picoteando de árbol en árbol. Glotona, seductora Tel Aviv, donde el sexo efervescente comienza a burbujear cuando se pone el sol y las luces y las velas se encienden en bares y restaurantes. Nocturna, salvaje Tel Aviv, saturada de droga y alcohol, con sus incontables fiestas a lo largo de todo el verano —en las discotecas, la playa y los tejados—, que empieza a divertirse a mediados de junio, con la luna llena.

Estoy de vuelta a casa. De vuelta a mi antiguo modo de vida, a mis hábitos, a las pequeñas cosas y al humilde consuelo que son capaces de proporcionar. Al olor a *schnitzel* y cebolla frita a la hora del almuerzo, al mismo patio trasero que veo por la ventana, a la misma lila. Al sabor de las galletas y del café instantáneo, a las sobras de pan trenzado y queso crema, tahini y ensalada. A los mismos platos de cocina y a las mismas sábanas en la cama, a las mismas plantas en macetas, a los mismos cortinajes en el salón, a los mismos presentadores de televisión.

Sentirme en casa incluso cuando salgo: después de casi un año en la inmensa Nueva York, con sus anchas avenidas y sus ríos, bosques y edificios, y sus rascacielos que llegan a las nubes, sumergirme otra vez en las más modestas dimensiones de una ciudad intimista, de aceras estrechas.

Oír maravillada el hebreo, con una atención renovada, fluido, omnipresente. Andar por las calles y captar giros nuevos. Sentarse en los cafés y escuchar, sin que los demás se den cuenta, las conversaciones. El hebreo en los periódicos, en los crucigramas. Pedir en hebreo los platos de cartas escritas en hebreo. De vuelta a la franqueza, a la confianza que se toman con una las camareras, los quiosqueros y los taxistas; a los bocinazos de los coches, a la gente que protesta en la cola del banco o de la consulta del médico, a los niños chillando en la parte trasera del autobús, a los silbidos de los obreros desde las obras en construcción, a esa mirada típicamente israelí que te estudia de arriba abajo sin pudor, a los móviles que suenan en cualquier parte, a las conversaciones a gritos, a la no disimulada impaciencia de la gente que está detrás de mí, adelante o al costado, haciendo cola para usar el cajero automático.

De vuelta a una realidad donde el ojo y el oído descifran cada eco, cada gesto, entendiendo inmediatamente la menor alusión, los códigos y el tono. Como si el ser israelí se escribiera de derecha a izquierda y yo pudiera leer cada uno de sus matices, explícitos e implícitos, sin necesidad de traducción. De vuelta al olor a mar y a polvo en el aire de verano, a los pájaros, a las mariposas, a las moscas y los mosquitos y los insectos de toda clase, ebrios de calor, lo mismo que las personas. Transpirar de nuevo, sentir en mi piel la levedad sensual de la tela de mi pareo, sentir mis dedos en libertad y las pisadas alegres de mis sandalias por la acera.

Y a lo mejor te sucede a ti también, Hilmi, a veces, en tu casa, en tu ciudad, en una calle a la que has regresado, sentir que te envuelve: una sombra pálida que de vez en cuando aparece. Como si la maleta de otro pasajero, casi idéntica, se hubiera colado en tu equipaje, y se hubiera creado, entre las cosas y tú, una distancia. Por un rato eres todavía como un extranjero aquí, casi tan indiferente como lo eras allá. O miras a la gente, las imágenes, las calles, como si los vieras con los ojos de un turista. Percibes las cosas simples, triviales, todo lo que conoces muy bien, de toda la vida, con una agudeza y claridad misteriosas.

Quizá también tú sientes como si una parte de tu persona aún no hubiera aterrizado aquí, que aún sigue volando. Sobre todo de noche, en la madrugada, cuando la casa está dormida y los horarios que has traído del otro lado del mundo, donde los relojes marcan siete horas menos, te mantienen despierto hasta las primeras horas del alba, desvelado y agotado, con los ojos abiertos en el silencio de la oscuridad. Como si no solo tu sueño estuviera perturbado sino también tu identidad, que se demora y sigue planeando entre las líneas de longitud y latitud y las diferencias horarias.

Quizá también tú, en tu universo paralelo, estás acostado esta noche en la estrecha cama de una plaza de tu dormitorio de adolescente, en casa de tu madre. Como yo, estás acostado boca arriba, mirando el techo y pensando en nosotros. Estás allí acostado, a las tres y media, y me ves a mí aquí, también despierta, murmurando en la oscuridad. Ves destellar el blanco de mis ojos y sientes encenderse el amor que yo he grabado en tu pecho, luego lo sientes bajar hasta el bajo vientre e inflamarte otra vez.

Quizá tú también estás en medio de una plaza y la luz cegadora del sol ha exacerbado de repente tu nostalgia, y entonces, entre el ruido de los coches y los autobuses, te has imaginado que me veías mirarte desde la acera de enfrente: una silueta larga, cabellos ondulados, gafas de sol. ¡Hilmi! Petrificada en mi lugar, yo sentía que me daba un vuelco el corazón y gritaba: «¡Hilmi! ¡Está aquí! ¡En Tel Aviv!» Pero pasó un autobús y tú desapareciste de mi vista: había otra persona en tu lugar, alguien más maduro, alguien que no eras tú. Sin embargo, cuando yo subía de la plaza Masaryck, a través de la zona de juegos, para seguir por la calle King George, la sensación que me había dejado aquel espejismo aún no se había disipado. Te veía aún caminando a mi lado, entre la gente, entrando conmigo en la oficina de correos y después en la farmacia. Cuando, a la entrada del Dizengoff Center, el guardia de seguridad controló mi bolso, tú evitaste la cola y entraste, y miramos juntos las vitrinas. Estabas conmigo cuando salí a la esquina de la avenida Ben Zion y continué hacia la calle Allenby, y cuando ya estábamos cerca del Instituto Jabotinsky, levanté la vista y te mostré las enormes copas de los sicomoros. En la esquina de la calle Borochov, te señalé el balcón del segundo piso del edificio donde viví una vez y, al lado, la zapatería que antes era la tienda de discos y libros de segunda mano donde yo solía entretenerme durante horas, feliz. Y, aunque el trayecto fuera más largo, seguí andando por King George pues quería mostrarte el león de piedra al final del pasaje Almonit y el restaurante italiano donde yo trabajé como camarera al comienzo de mi carrera universitaria, y que también ha cerrado. Pese a que ya era tarde, crucé la calle y regresé al parque Meir; pasé por el área destinada a los perros y el estanque de nenúfares, y cuando estaba llegando a la calle Tchernikovsky y el espejismo comenzaba a disiparse, justo en ese momento, sonó mi teléfono.

La sorpresa al oír de repente su voz, su risa fresca al otro lado de la línea: «¿Bazi?» Los soplos de brisa que me sofocaban. «Hil... ¡Hilmi!» Volver a hablarle. En Israel. Estar en pleno centro de la ciudad y hablar con él. No desde Brooklyn, sino desde aquí, porque él está en Ramala. Oír la melodía de su voz en una calle israelí, con el hebreo como fondo. Oírlo hablar en inglés con un acento árabe, que me parece aún más pesado, más acentuado. Preguntarme qué pensarían los dos muchachos que pasan junto a mí y qué diría esa mujer si lo supiera. Volverles la espalda y sentarme en un escalón de piedra, en el vestíbulo de un inmueble de la esquina de la calle Maccabi, y enterarme de que ha llegado hace cuatro días. «O cinco, ya no me acuerdo.» Escucharlo hablar de su vuelo de Nueva York a Zúrich y el retraso de su conexión a Amman, de la semana con su hermana en Jordania, desde donde me envió su último mail, en el que me contaba que dormía de día, y de noche miraba el techo, del viaje de regreso a la Ribera Occidental por el cruce fronterizo del puente Allenby, las largas colas y las horas de espera, los controles de seguridad y las barreras, que tuvo que cruzar andando con su maleta y su portafolios de dibujos. Y la alegría de estar de nuevo en su casa, de volver a ver a su madre y abrazarla, de abrazar a sus hermanos y hermanas, sobrinas y sobrinos, a los amigos y a los antiguos compañeros que lo visitaron, acompañándolo de día y de noche, «como si les hubiera contagiado a todos mi *jet-lag*».

Volvió a llamar dos días después. Era casi medianoche. Oí la llamada en mi bolso justo cuando salía del apartamento de una amiga que vive cerca del teatro Habima. Crucé la calle y me senté en un banco, en el parque Yaakov, y hablamos como si estuviera allí conmigo, como solíamos hacer cuando íbamos a Washington Park.

Llamó también a la noche siguiente, cerca de las doce, y esta vez yo estaba en casa, esperando su llamada. Hablamos mientras me lavaba los dientes y mientras me ponía una de sus amplias camisetas, que, me imaginaba, aún después de lavarlas, conservaban su olor. Como en Brooklyn, cuando charlábamos hasta que yo me iba a dormir y él seguía pintando en el taller, escuchando *jazz* con el volumen muy bajo.

Al día siguiente, no hablamos. Fui a un cumpleaños a casa de unos amigos míos. Mantuve el teléfono al alcance de la mano durante toda la velada y de vez en cuando le echaba un vistazo, pero no llamó.

La noche siguiente, tras esperar hasta la una de la mañana, me armé de valor y marqué el número, dispuesta a colgar si su hermano o su madre respondían. Cuando yo lo llamaba, en Nueva York, primero tenía que marcar 1 y después el prefijo, 718, pero ahora era sencillo. Me bastó con marcar 02, el prefijo de Jerusalén, y su número, y al cabo de un segundo escuché su «*Hello?*» ronco. Acababa de entrar e iba a llamarme.

—Hola, Bazi. *Kifek inti?*

Esa noche me habló de lo mucho que había cambiado Ramala desde su partida, en 1999. Me contó que se veían las huellas de la intifada por todas partes. La destrucción, los hombres armados, los carteles de los mártires, los rostros velados, las mezquitas repletas de gente, los desempleados y los pobres, la atmósfera de desesperación y cansancio, «que es, quizá, lo único que no ha cambiado aquí».

Y después me habló del muro. El muro que Israel había empezado a construir en la Ribera Occidental, del que habíamos oído hablar en invierno, él con preocupación y yo incrédula. Lo vio con sus propios ojos y me lo describió horrorizado: de cemento gris, alto y amenazador, zigzagueando entre las colinas como una horrible cicatriz, partiendo en dos campos y aldeas.

—Pero, aquí... lo llaman una cerca —dije tartamudeando.

De inmediato oí su bufido desdeñoso.

—¿Una cerca?

—Dicen que es una cerca que luego...

—Te lo estoy diciendo: es monstruoso.

—... podrán desmantelar —proseguí—, no es propiamente un muro.

—Que lo llamen como quieran, pero es monstruoso.

No le dije lo que yo había pensado, unos días antes, cuando mi padre y yo mirábamos el telediario y mostraron imágenes de buldóceres y camiones. Me dije que ese muro había estado siempre allí, entre nosotros, esa barrera que yo me había imaginado como una cerca de tunas, que en otros tiempos se usaban para marcar los límites entre las aldeas, señalar donde terminaba una y empezaba la otra. Ahora la están edificando. Y cuando mostraron las grúas levantando los bloques de cemento que luego aterrizaban en medio de nubes de polvo, detrás de las cuales desaparecían los campos y las aldeas, yo había pensado que podrían protegerme de él. De mi añoranza de él. De la posibilidad que realmente apareciera aquí, en Tel Aviv, por sorpresa, como había dicho muerto de risa en una de nuestras conversaciones telefónicas.

Una semana después, es la una y media de la mañana cuando Hilmi llama.

—¿Qué haces?

—Nada. —Cierro el libro y me apoyo sobre la almohada—. Leyendo.

—Escucha esto.

Su voz está muy despierta, como si fuera la una y media de la tarde. Ha pasado el día en Jifna. Es una aldea situada sobre el camino a Bir Zeit, al norte de Ramala, un lugar precioso. Me cuenta que vio una casa que se alquila, una antigua casa de piedra con una gigantesca morera en el jardín.

—Pero ¿para qué? —pregunto sin entender—. ¿Alquilar una casa por dos meses y medio solamente?

Se le apaga la voz, decepcionado.

—¿Cómo para qué? —Por su suspiro puedo adivinar que no es la primera vez que se lo preguntan—. Necesito un lugar, un lugar para trabajar.

—Pero...

—Me voy a quedar aquí todo el verano.

—Pero tu madre... Pensé que tú...

—Sí, pero está muy cerca. —Oigo el ruido de un mechero y una calada—. No tienes idea de lo cerca que está.

—Pensé que querías estar con tu familia.

—Pero está solo a media hora en bicicleta, podré ir y venir todas las veces que quiera. —Entonces da la impresión de impacientarse—: *Khalas!* Anda, déjalo ya, soy un hombre adulto, necesito mi espacio, me he acostumbrado...

—¿Qué sucede? —Mi madre asoma la cabeza—. ¿Todavía en el teléfono?

Tapo el micrófono.

—Buenas noches, mami. —Yo también necesito espacio. Hace un mes que estoy aquí y este fin de semana me he puesto a buscar apartamento—. Cierra la puerta, por favor.

—Son las dos de la mañana —insiste mi madre detrás de la puerta—. Anda, duérmete.

Hilmi me vuelve a hablar de Jifna. De sus casas edificadas en la ladera de una colina, los olivares, los almendros. Y el silencio. Un silencio, una calma pastoril que casi había olvidado que fuera posible después de cuatro años en Nueva York.

—¡Ah, y los melocotones!

El pueblo es famoso en la Ribera Occidental por sus dulces melocotones.

—Cada año hay un festival, con música, y la gente viene a cosecharlos.

—¿Un festival? —Me río—. ¿Un festival de melocotones?

—¡Te lo juro!

Él también parece divertido.

Me habla de la casa que ha visitado: tiene un jardín con mucha maleza y grandes árboles frutales. Una morera, más alta que el tejado, los postigos azules de hierro, el suelo de baldosas pintadas. Describe la luz del sol que inundó el interior cuando el propietario abrió las puertas de la terraza.

—Entonces... —Se ríe y me habla de una familia de lagartijas que descubrió, trepando por las paredes del salón de la cocina—. ¡Nunca vi tantas lagartijas en una casa! —Su risa llena mis oídos y me hace feliz—. La casa estaba llena de lagartijas.

Me habla de la emoción que sintió, y su estupefacción, cuando siguió al propietario hacia el interior de un dormitorio y vio la cama en el centro de la habitación: una cama alta, de cobre, cuyos pies estaban delicadamente ornados con motivos de hojas de vid, un par de zarcillos y racimos de uvas. Igual que la cama que había dibujado unos meses antes, en Nueva York. «¿Te acuerdas» La cama donde yace el niño soñador y por cuyas columnas trepan las vides.

«Exactamente igual, dos racimos.» Deja de reírse y en un tono serio describe lo que sintió: la cama era una alusión, una señal. Cuando salió para ver el jardín, ya sabía que sería allí, en Jifna, en esa aldea, en esa casa, donde viviría hasta septiembre, y que allí terminaría su proyecto.

—¿Y el alquiler? ¿Cuánto pide?

—No está claro.

—¿Qué quieres decir?

Dice que el propietario le dio una copia del contrato de alquiler y que mañana volverían a encontrarse para fijar las condiciones.

—Pero saldrá bien. Lo sé.

30

Todas las ventanas están abiertas. Las puertas de la terraza y la puerta de entrada también, dejando que el aire del anochecer entre en la casa y seque los suelos recién fregados. Las luces de fuera están encendidas. El olor picante del final de un día de verano, saturado de calor y polvo, mezclado con los efluvios refrescantes de los productos de limpieza, le recuerda siempre su infancia. Cuando al caer la noche volvía después de haber estado jugando toda la tarde, hambriento y sudoroso, y entraba descalzo en la casa que olía a limpio y a la comida de la cena. El felpudo delante de la puerta, el frío suelo de baldosas, la luz en la cocina, sus pies húmedos, todo le recuerda al niño que fue, pequeño, simple y feliz.

Ahora, también, cuando entra de la terraza y extiende el brazo para encender la luz, el suelo está resbaloso y brilla. Las baldosas de la entrada, con motivos de arabescos descoloridos, semejan una florida alfombra de piedra. El motivo se repite en rojo y verde en cada una de las baldosas del dormitorio. La casa de su madre, en Ramala, es una construcción más reciente, estándar, de techos y paredes rectos y pintada con cal. Pero aquí hay baldosas y hermosos arcos, y las paredes de piedra conservan la casa fresca, como en la antigua casa de ellos, cuando vivían en Hebrón.

Cruza el salón y enciende la luz del dormitorio. Está vacío, todavía no hay nada salvo su maleta color naranja junto a la pared y la espléndida cama sobre la cual Hilmi ha puesto un montón de ropa antes de lavarla. La retira y desdobla una sábana de algodón que ha traído de casa de su madre, la extiende sobre el colchón, la estira muy bien y pone encima una almohada.

Las primeras noches la cama le resulta incómoda. Los resortes rechinan cada vez que se da vuelta, las irregularidades del colchón le causan dolor de espalda. Pero al cabo de una semana ya se ha acostumbrado, al colchón y a la casa. De mañana, muy temprano, con los ojos medio cerrados todavía, encuentra fácilmente el camino al lavabo. Le agrada estar aquí. Le agradan los cuartos vacíos, los postigos azules de hierro, la penumbra en la cocina. Le agrada la calma, el canto de los pájaros y los susurros de las hojas de los árboles que aun dormido oye al amanecer. Le agradan las lagartijas, que salen de noche; a veces, subido a una silla, sigue sus movimientos por las paredes: cada vez hay más, rosadas y celestes, de piel casi transparente, moviendo la cola. Y, aunque sabe que es idiota, le gusta creer que están protegiendo la casa, que le traerán buena suerte.

El propietario, un rico mercader de frutas y verduras de Al-Bireh, le contó historias acerca del patriarca de la familia que ha vivido aquí durante años. El doctor Fayad. Era un ginecólogo, le había explicado disimulando una sonrisa detrás de los bigotes, que trabajaba en la maternidad de Beit Jallah. Hace unos años, el médico falleció y su viuda emigró a Canadá con su hijo y su familia poco tiempo después de los primeros disturbios. Dada la situación actual, le dice el propietario a Hilmi, mucha gente se marcha. «A América, como tú, o a Australia.» La casa estuvo deshabitada durante dos años y él la ha comprado hace un mes, por medio del abogado de la señora Fayad. Hilmi es el primer inquilino. «Tú... ¿cómo se dice?», le había dicho dándole una pequeña palmada en la espalda, «Tú vas a inaugurarla en mi lugar». Luego hizo un recorrido por las habitaciones, encendiendo y apagando las luces, probando los grifos. La línea telefónica estaba momentáneamente interrumpida a causa de una factura impagada, a la cual ahora se sumaban los intereses de demora. «¡Esos cabrones de PalTel!», había murmurado entre dientes, pero luego, propinándole otra palmadita en la espalda, prometió a Hilmi que se ocuparía de ello. Al día siguiente, el propietario le mandó dos obreros, que descargaron una vieja nevera de una camioneta y conectaron el gas. Hilmi trajo de casa de su madre algunos vasos, platos y cubiertos, una sartén y una olla. Shadi, su sobrino, que acababa de obtener su permiso de conducir, y Marwan lo ayudaron a transportarlo todo.

También trajo el caballete que sus padres le habían comprado en Beit Lehem cuando cumplió catorce años y que su madre había conservado guardado en un armario junto con su vieja paleta. Hilmi se emocionó al tener en sus manos el tablero de madera y tocar aquel primer mosaico de manchas de pintura seca. Colocó el caballete en el centro del salón, de espaldas a la luz que entraba de la terraza. Dispuso los pinceles, botes y tubos encima de una tabla de madera que encontró fuera, cubierta de telarañas. Pero no sacó de su portafolios los cinco dibujos envueltos en papel de seda. Aún no había comenzado a pintar.

Todo empieza con una hamaca que se le ocurre colgar fuera. Ya ha organizado un bonito rincón para el café en el porche, con vista al jardín y al *uadi* a lo lejos, donde se sienta por la mañana y por la tarde recibe a sus amigos. Un día, volviendo de Ramala en bicicleta (Marwan le había comprado una usada, de cinco velocidades y con ruedas todoterreno), para en la entrada oriental de Jifna, junto al puesto de sandías al costado de la carretera. Hilmi escoge una de tamaño mediano, da unos golpecitos en la panza verde y escucha el eco. Saca un billete de veinte del bolsillo y llama al vendedor, que dormita en una hamaca de tela instalada en la trastienda. El vendedor no sabe dónde se venden esas hamacas, pero le sugiere que pregunte en la jardinería situada no lejos del cruce. Entre las plantas, las macetas y los gnomos de jardín, Hilmi encuentra una hamaca fabricada en China, roja, blanca y azul. Ya sabe dónde va a colgarla: en el ángulo noroeste del jardín, debajo de la morera.

Pero cuando regresa a la casa y se encuentra en el jardín, entre la maleza que le llega a las rodillas, decide limpiarlo un poco antes de colgar la hamaca, y empieza por recoger los frutos ya podridos que han caído al suelo. Reconoce un manzano, un granado y, quizá, también un mandarino. Aquel es un limonero y este debe de ser un cerezo. Los pocos frutos que aún no han caído de las ramas están picoteados por los pájaros. El resto, comido por los gusanos, se deshace aplastado por sus zapatos. Ve los sarmientos de una pequeña viña ahora marchitos y enmohecidos. Detrás del emparrado hay un pozo tapado con una rejilla oxidada con piedras encima. Hilmi las retira y descubre un escondite de herramientas: una carretilla vuelta, dos rastrillos, una azada, una pala, un pico, una horquilla y un par de guantes de jardinería.

Pasa el día entero desmalezando y podando los árboles. Con la azada arranca las malas hierbas y los espinos de raíz, con los que llena la carretilla. Son los primeros días de julio. Este verano las temperaturas son bastante templadas y los *khamsin* no soplan todavía, pero el aire es caliente y denso y Hilmi trabaja por las mañanas bajo el sol. Cerca de las once, transpirando y con las mejillas arreboladas, se quita la camiseta y se seca con ella el cuello y las axilas. Bebe agua de una botella, se pone la camiseta alrededor de la cabeza y se la ata en la nuca, a la manera de los piratas, y sigue removiendo la tierra, con el torso desnudo, en *short* y zapatillas, que el polvo ha vuelto irreconocibles. Por la tarde le duelen los brazos y, a pesar de los guantes, tiene las manos enrojecidas y le pican; las moja con agua y también se remoja la cara. En la cocina, bebe de un trago tres vasos de Coca-Cola fría, coge un pedazo de pan de pita y un poco de queso y se dirige al portal de la casa de los vecinos. Un rosal enorme, casi un árbol, entrelaza sus rosas rojas entre la valla de mirtos que hay delante de la casa. Llama a la puerta. La vecina lo invita a entrar y le ofrece un café con galletas y le enseña su hermoso jardín. Media hora después, Hilmi se marcha con una sierra eléctrica, un martillo, una escalera y un cable largo colgado del hombro.

Su jardín es ahora un pedazo de tierra árida y triste. Pero, después de remover bien la tierra, lo inunda con agua y aparecen los terrones negros y blandos que se deshacen entre los dientes de la horquilla, y empiezan a salir toda clase de gusanos, caracoles y mariquitas que relucen al sol. El olor a tierra labrada lo embriaga y, a medida que baja el sol, las sombras se alargan en el jardín. Los siete árboles parecen suspirar aliviados cuando pasa delante de cada uno de ellos con la manguera y los riega dirigiendo el chorro de agua a la copa. Luego llena de agua los surcos que ha cavado alrededor de sus troncos.

Al día siguiente, compra una bolsa de abono y un pesticida. El dueño de la jardinería le cuenta que conoció a la señora Fayad cuando era niño y vendía flores apostada en el cruce. Le recomienda a Hilmi que también compre trampas de papel para las moscas y una red para proteger los frutos de los pájaros. Entusiasmado, casi con vértigo, Hilmi llena las cajas de cartón con plantas aromáticas, brotes de verduras y flores, y pide permiso para usar el teléfono. Llama a Shadi y le pide que venga a buscarlo. Mientras espera, Hilmi tiene una idea: hará una rocalla en el jardín, un lugar secreto para los animales pequeños. Imagina un estanque con plantas flotantes, libélulas y el croar de las ranas de noche.

La vecina le había dado un frasco de vidrio con un líquido verde: un concentrado maloliente de agua jabonosa, pimienta negra y dientes de ajo. Siguiendo sus instrucciones, todas las mañanas vierte un poco en un cubo de agua y luego rocía los sarmientos de la viña. Ella también le ha aconsejado que llene una olla con vinagre, añada un puñado de sal y una cantidad de tabaco equivalente a dos cigarrillos, y rocíe con esta mezcla las hojas enfermas del limonero y del cerezo, o la use para eliminar el pulgón de los manzanos. Planta tomillo y zatar, salvia y menta, con matas de romero alrededor. Aquí y allá dispone petunias rosas, crisantemos blancos, girasoles amarillos y geranios rojos. Coloca piedras entre ellos y fabrica un espantapájaros con dos tablas de madera clavadas en cruz, una camiseta vieja y un collar de piñas. Lo planta en la zona de las verduras mirando al *uadi* con un cubo vuelto a modo de cabeza en el cual pinta una sonrisa.

La morera está podada y ya no quedan matojos a lo largo del muro de piedra; ahora, desde el lado sur del jardín, se divisa claramente el *uadi*. No se cansa de mirar el paisaje: los tejados de la aldea sobre la ladera de la colina, las torres de la iglesia de Saint George a un lado y la iglesia ortodoxa del otro, las ruinas de la antigua Jifna. Y más tejados, patios, casas, más copas verdes y cascadas de buganvillas rojas, amarillas y malvas. Más lejos, los olivares, las plantaciones de melocotoneros y las viñas.

Se enjuga la frente con el dorso de la mano y escudriña el cielo. Un ave rapaz planea a lo lejos, volando bajo; no puede distinguir si se trata de un águila o un halcón. Queda fascinado por esta criatura durante varios días, la elegancia de su vuelo, el instante en que las alas se despliegan, la sombra que se desplaza sobre la tierra, el movimiento circular en el aire.

Siente olor a humo y a carne asada que llega de lejos. Aunque hace un rato que ha comido —las sobras del kebab y col rellena que su madre había preparado la víspera, cuando él fue a verla, que comió de pie directamente de la olla—, tiene una vaga sensación de hambre. El gorrión, que ha estado saltando sobre los hombros del espantapájaros todo la mañana, sigue allí. Como él le ha dibujado unos ojos de bueno y una sonrisa preciosa, a los pájaros les encanta. *Laila*, la perra de la familia, yace a la vera de la zona de verduras y su pelaje negro y marrón se fusiona con la tierra. Anoche, cuando su madre regresó a Ramala, la perra se quedó con él. Se había puesto a ladrar de alegría cuando vio un erizo en el jardín, pero, por la mañana, cuando Hilmi se agachó para mostrarle una mantis religiosa verde pálido que subía danzando por su brazo, *Leila*, suspicaz, retrocedió.

Mira enternecido las tomateras; los tomates están aún verdes y duros, aunque sus mejillas comienzan a arrebolarse y son cada día un poco más grandes. Las berenjenas también crecen estupendamente. Hilmi acaricia con la mirada las flores anaranjadas de los calabacines, los canteros de calabazas, los brotes de pimientos, y se maravilla nuevamente al contemplar el follaje de los boniatos. Ha plantado palos junto a los tallos de los pepinos y las zanahorias y atado las ramas flexibles para que absorban más aire y luz. Las judías ya empiezan a trepar y el maíz crece muy rápido.

Sabe que no disfrutará de la cosecha. Sabe que en el otoño, cuando los ajíes verdes y las coles estén maduros, cuando el granado y el mandarino den sus primeros frutos, él estará lejos, en Nueva York. Dentro de un mes y medio lo abandonará todo y regresará a Brooklyn, a su taller, y quienquiera que sea el que alquile esta casa y viva aquí —tal vez les deje una nota con instrucciones en cuanto al riego y los pesticidas— será quien coseche las manzanas en el invierno y las uvas el próximo verano. No le importa no estar aquí para gozar de los frutos. Es lo que le dijo a su madre cuando ella le reprochó que invirtiera tanto tiempo, esfuerzo y dinero en una tierra que pertenece a extraños. «Es una lástima trabajar tan duro», se lamentó su madre, «si no estarás aquí para disfrutar de todo esto».

«¿Pepinos? ¿Boniatos? ¿Cebollas de verdeo? Todo eso puedo comprarlo en el mercado», le explicó. Cajones llenos a precios ridículos. Y no le importa labrar una tierra que abandonará dentro de poco, ni ocuparse de un jardín y de árboles que pertenecen a otro, porque, en el fondo, lo hace para sí mismo. Le encanta estar al aire libre todo el día; bajo los rayos del sol, sí. Le hace bien.

Rastrillar, arrancar, regar, ver el jardín rehabilitarse día a día. Observar a las abejas zumbando encima de sus girasoles, una mariposa blanca que revolotea entre los brotes de coles. Este contacto cotidiano con la tierra es bueno para él. Hasta sudar le hace bien. Desde que empezó a trabajar en el jardín, hace tres semanas, se siente lleno de energía, de vitalidad. En el jardín experimenta momentos de gran elevación espiritual y satisfacción que hasta ahora solo la pintura le procuraban. Desde que está aquí, no ha cogido un pincel ni ha abierto su portafolios con los dibujos. Es cierto. Pero la verdad es que es feliz porque ha descubierto que no necesita dibujar o pintar. No necesita nada.

Le complace sentir su cuerpo más fuerte, los músculos de la espalda, las piernas, la dulce fatiga de sus miembros al cabo de la jornada. Le complace mirarse en el espejo después de ducharse, examinar sus mejillas sonrosadas, los músculos de sus brazos y su pecho, ese profundo color cobre que les ha dado el sol. Le complace comer como nunca antes, con un apetito sano, viril. Le agrada la satisfacción que le proporciona un cigarrillo después de la cena y el sabor del narguile. Le complace balancearse en su hamaca en la oscuridad, contemplando las luces del *uadi*. Escuchar los grillos. Adormecerse entre los árboles como si estuviera dándose un baño perfumado, deleitarse con el aire puro de la noche, húmedo y oloroso.

Y de mañana, me cuenta, sale al porche con su primera taza de café. Un pesado silencio envuelve el jardín dormido y él camina entre los canteros, se agacha a mirar entre las ramas y ve en las hojas las gotas de rocío y todos los colores del arco iris reflejados en ellas. Los movimientos del viento en el follaje, la luz resplandeciente. Se acerca aún más y ve reflejado el jardín y a él sonriente; todo en una sola gota de agua.

Me cuenta que ayer vino su madre y se quedó hasta después de cenar. Le ha llenado la nevera con provisiones que ha comprado en el mercado. Ha preparado ollas de hojas de col rellena, kebab de cordero y arroz con piñones. *Leila*, echada a sus pies, lo miraba comer. Después, llegó Sana, su hermana, y los tres se sentaron en el porche. Bebieron el café, mascaron semillas de girasol y pelaron frutas. Cada vez que soplaba una brisa que venía del *uadi*, ellos dejaban de hablar, se apoyaban en los respaldos de sus sillas, suspiraban y loaban la pureza del aire. En un momento dado, Sana dijo: «¿Por qué no te quedas? No encontrarás un aire como este en América. Quédate en Jifna.»

Me cuenta que sonrió, a su hermana y al jardín envuelto en la oscuridad, y admitió que a veces jugaba con la idea de aplazar su vuelo y quedarse unos meses más. Pasar el otoño en Jifna.

31

Lo despiertan los ladridos de *Leila*, que ha dormido otra vez en su cama, acurrucada a sus pies. Ha escuchado la puerta de la cancela y los pasos por el sendero. Salta de la cama y se tira a la puerta ladrando. Hilmi reconoce, entre los ladridos, la voz de Marwan, que tranquiliza la perra, y la de Shadi, que habla por teléfono. Ambos se presentaron anoche, se acuerda Hilmi mientras se despierta; querían llevarlo a una fiesta. Se despereza, respira hondo y en silencio les agradece que abran la puerta de la terraza y hagan cesar esos ladridos.

Abre los ojos, sale lentamente de la cama, se pone los calzoncillos. ¿Las diez y cuarto? Mira la pantalla del despertador. ¿Ha dormido diez horas? Se dirige al lavabo dando tumbos, rascándose la cabeza, todavía asombrado por lo tarde que es. De pie ante el váter se acuerda de la lata de cerveza que bebió la víspera, antes de irse a dormir, después que Marwan y Shadi se marcharan. Una sola cerveza y cayó en un sueño largo y profundo. No lo puede creer. Cruza el salón despacio, como flotando, y sale con pasos cautelosos y la mano haciendo visera para protegerse los ojos de la luz.

Los encuentra a la sombra de la morera. Tirado en la hamaca, Shadi fuma un cigarrillo y, como de costumbre, está mirando la pantalla de su móvil. Marwan está de pie, de espaldas a él, con la cámara DV-8 orientada hacia el muro de piedra, filmando el paisaje del *uadi*.

Han crecido y han cambiado tanto desde la última vez que Hilmi estuvo aquí. Cuando regresó de Bagdad, en 1996, Marwan apenas tenía veinte años y aún no había empezado la carrera de cine. Shadi estaba estudiando en el instituto y vivía con sus padres en Hebrón. En cuatro años se han transformado en hombres. Marwan es fotógrafo de bodas y está terminando de revisar el primer guion que ha escrito. Shadi tiene su permiso de conducir, un Audi y, desde hace dos años, una novia. Ya han transcurrido dos meses desde que ha llegado de Nueva York, pero no deja de sorprenderle lo inteligentes y maduros que son su hermano menor y su sobrino. Saben tantas cosas y están tan llenos de vida. Le impresiona lo apuesto que es Shadi, su carisma y su aplomo, la sensibilidad, la serenidad y la sabiduría de Marwan. Ambos son guapos, sanos y altos.

Sin embargo, en ciertos aspectos, siguen siendo unos niños que lo siguen por todas partes y lo admiran, pese a que solo tiene cuatro años más que ellos; desde que ha vuelto, no lo dejan ni a sol ni a sombra. Son curiosos y le hacen mil preguntas, deseosos de escuchar todas sus historias de Nueva York. Lo visitan constantemente, vienen a buscarlo para llevarlo a la ciudad y lucirse orgullosos paseando con él. Ayer, después de haber renunciado a convencerlo, se marcharon a una fiesta organizada en un tejado donde estuvieron hasta las cuatro de la mañana. Y ahora están aquí otra vez. Pálidos por la falta de sueño, ya están organizando otra aventura.

Le hablan a Hilmi de un tipo de Kalandiya, que ellos conocen, un taxista que es hermano de un amigo y que estaba en la fiesta de anoche. Están muy excitados, cada uno termina las frases del otro. El tipo tiene que hacer un viaje a Israel hoy; sale de Kalandiya a eso de las once, en menos de una hora. Debe entregar un paquete en Tel Aviv antes del mediodía. Ya han hablado con él por teléfono y está de acuerdo en llevarlos y traerlos de vuelta por la noche. Tiene espacio para cuatro personas. Pide cuatrocientos *shekels*, pero ellos han negociado y han conseguido que baje a trescientos. Él tiene un permiso para pasar por el puesto de control, pero, como ellos no, dice que tomará una carretera sin soldados, no hay problema. Y, si lo desean, vendrá a buscarlos a Jifna a las once y cogerá la carretera que pasa por Surda y va por las colinas.

Hilmi ha oído hablar de este itinerario que evita el puesto de control de Kalandiya: una carretera larga y tediosa que los camioneros emprenden para evitar los atascos. También viajan por ella los obreros de la construcción, hombres que parten de noche a fin de encontrar trabajo en Israel por la mañana, a quienes les está prohibido cruzar la frontera y no les queda otra opción. Ha visto pasar por Jifna los camiones color naranja, por la carretera de Bir Zeit, cargados de pasajeros y mercancías.

Como permanece callado, Shadi y Marwan señalan en dirección al *uadi* y describen la carretera con gestos ampulosos: hay que ir hacia el norte, hasta Bir Zeit, luego, justo antes del puente, girar hacia el este, luego al sur, pasando por El Bireh, hasta llegar a Kalandiya por el lado sur del puesto de control; basta con dar un rodeo y volver a tomar la carretera principal.

—Un viaje de una hora, una hora y cuarto —dice Shadi—. Máximo una hora y media.

—Si todo sale bien —añade Marwan mirando a Hilmi.

—¿Y por qué tiene que salir mal? —le pregunta Shadi arqueando las cejas. Al fin y al cabo, explica agitando el móvil, un montón de gente pasa por allí cada día y todo el mundo dice que los soldados israelíes cierran los ojos. En Kalandiya son ellos mismos los que desvían a la gente a esa carretera. Les cuenta que dos días antes, cuando fue a recoger a su madre al puesto de control, oyó gritar a los soldador: «*Surda, rukh min Surda!*» Y los vio remover la tierra con sus buldóceres de mierda porque pronto pasará por allí el puto muro y entonces ya no habrá forma de salir.

El taxi. Hilmi lo ve como si lo estuviera mirando desde arriba, con los ojos de un ave, un águila o un halcón, que vuela en círculos sobre la carretera: es una mancha negra que se aproxima por la curva sinuosa en dirección a Jifna. Lo ve pasar por las aldeas de Surda y Abu Kash, y por los asentamientos. Ve los bloques de cemento y los minaretes de un lado y las casas de tejados de teja roja del otro lado. Ve una estructura militar gris, erizada de antenas, cerca de Beit-El, y los *jeeps* del ejército que patrullan la carretera. Lo ve aparecer y desaparecer por los senderos que usan los pastores y los tortuosos caminos de tierra, y, durante un largo minuto, aún medio dormido, callado, mirando y escuchando y parpadeando, Hilmi no ha dejado de acariciar el cuello de *Laila*, que está acurrucada sobre su falda.

—¡Vayamos a Yafo, Hilmi, al mar!

—¡Sí, a la playa!

Laila se baja de un salto, contagiada del entusiasmo de Marwan y Shadi, y ladra alegremente: ¡Al mar! ¡Al mar!

A pesar de la somnolencia, Hilmi está pensando en serio, ponderando los riesgos que implica un viaje como este. Siente los latidos de su corazón en la garganta

Bazi. Debe llamar a Bazi.

32

La última vez que hablamos fue el miércoles. Sé que te acuerdas de la fecha exacta porque era el cumpleaños de Omar: el 30 de agosto. Omar y Amal fueron a ver a unos amigos y tú te quedaste a cuidar a los niños. Ellos y tú os zampasteis polos caseros y maíz calentado con su mazorca. Jugasteis con la PlayStation, al pillapilla y por último a la batalla de almohadas. Alrededor de las diez y media de la noche, cuando volviste del lavabo, aún sin aliento después de haber jugado tanto con ellos, pero dispuesto a seguir —dispuesto a devorarlos, abrazarlos y ahogarlos a besos, en uno de esos raptos de amor que te han dado últimamente, amor por su dulzura y su pequeñez, por sus risas bochincheras—, encontraste a Nur y Amir profundamente dormidos, con sus cabecitas caídas y la boca abierta. Los llevaste a la cama, los tapaste con las sábanas y apagaste la luz. Luego regresaste al salón y apagaste el televisor. Sobre la mesa de la cocina encontraste un teléfono inalámbrico. Sacaste los cigarrillos y el mechero del bolsillo de detrás del pantalón y saliste al balcón. Desde el noveno piso, de cara a la oscuridad, con el teléfono en la oreja, miraste primero el tejado del hotel, el cartel luminoso con su nombre, y después las banderas que ondeaban a ambos lados de la entrada. Escuchaste los tonos de llamada, cada vez más largos, y esperaste a que yo respondiera. Dirigiste tu mirada a las luces que centelleaban en los confines de la inmensidad abierta. Quizá me imaginabas allá, lejos, entre los rascacielos de Tel Aviv. Y tal vez creíste que oías mi teléfono. Exhalaste el humo y sonreíste, feliz, ansioso por contármelo en cuanto yo atendiera.

En cambio, oíste el eco de una música machacona y después, entre el ruido de las conversaciones, mi voz. Me costaba oírte al principio, hasta que al final casi gritabas: «¡Hilmi! ¡Hilmi!» Como si desde el balcón le gritaras a un Hilmi lejano, invisible. Entonces reconocí tu voz. Y la mía sonó sorprendida, súbitamente llena de alegría, sí, pero no de alivio. En cuanto pasé al inglés, notaste la tensión en mi voz. Intentaste decir que sería mejor llamarme más tarde, pero yo no entendí. Con voz ronca te grité que no oía nada y te pedí que aguardaras un momento. Me oías moverme entre el estruendo de la música y las voces, me oías respirar cerca del micrófono y seguramente lamentabas haber insistido y no haber cortado de inmediato. Porque, incluso cuando pasó el estruendo y se oyó el ruido sordo de la calle y los automóviles, mi voz tampoco era clara, como si aún se esforzara por hablar por encima del barullo.

Sin preámbulos, empecé por quejarme del calor que hacía. Te dije que la humedad en Tel Aviv era del ochenta por ciento en ese momento y que me estaba quedando sin batería; que había trabajado todo el día en el instituto y volví a insistir en que si se cortaba era a causa de la batería. Y en el mismo tono acelerado, de ejecutiva eficiente, te pregunté cómo estabas, de dónde me llamabas y si tu jardín progresaba. Dijiste que estabas bien y preguntaste dónde me encontraba. Te contesté que estaba en una discoteca, en una fiesta de chicas, y volví a quejarme de que estaba muy cansada y quería marcharme a casa cuanto antes, que solo había venido porque una amiga mía partía al extranjero al día siguiente. Prácticamente no había dormido nada la noche anterior y había venido aquí directa desde el instituto, sin pasar por casa a ducharme y cambiarme de ropa. Suspiré otra vez y volví a quejarme del calor: bastaba con alejarme dos minutos del aire acondicionado para ponerme a transpirar como loca.

Tal vez querías preguntarme por qué no había dormido la noche anterior, pero en cambio me dijiste que en Ramala las noches eran muy agradables. El aire era fresco. «¿Dónde estás? ¿En casa de tu madre?», te pregunté. Dijiste que estabas en el apartamento de Omar, en el balcón. «Donde Omar y Marwan hicieron aquella película que vimos juntos en Nueva York.» Quizá ya levantabas la mano con el cigarrillo y estabas a punto de decirme que si yo miraba hacia el este te vería saludándome. Pero entonces oíste el ruido de unos tacones, alguien cuchicheando algo en hebreo, mi respuesta indescifrable, un intercambio de besos. Y cuando me aclaré la garganta y te pedí disculpas, y te expliqué que acababa de toparme con alguien que conocía, tú querías decirme que podríamos hablar en otro momento. Mi voz te sonó extranjera, rara, como forzada.

Pero entonces, súbitamente, te pregunté:

—Oye, Hilmi, ¿vas a casarte?

No contestaste. No estabas seguro de haber entendido bien. Repetiste mentalmente mis palabras —*Getting buried? Getting married?* ¿Enterrarte? ¿Casarte?—, las dos opciones te parecieron ridículas.

—¿Que voy a hacer qué?

Tu confusión, tu tono de estupefacción al contestarme, me hizo reír.

—¿No?

—No te entiendo. ¿Casarme con quién?

Cuando me escuchaste reír, te diste cuenta de que era una broma y te reíste tú también. ¡Cómo te gustaba oírme reír! «Ríe», solías decirme, «ríe, nunca dejes de reír».

Y la risa seguía aún en mi voz cuando te dije:

—Anoche soñé contigo.

—¿Conmigo?

—Sí, y pensé... no sé... parecía tan real...

Pero antes de que pudiera contarte mi sueño, la llamada se cortó. Me llamaste enseguida, pero saltó el buzón de voz. Escuchaste mi voz declamar mi número en hebreo. Escuchaste todo el mensaje sin entender una palabra, salvo

Shalom al comienzo y *Liat* y *Bye* al final, seguido de lo que imaginaste que podía ser una sonrisa y la señal sonora del buzón, y después cortaste.

Me habías oído a menudo hablar por teléfono con mi hermana o con mis amigos de Israel. Y con Andrew, cuando a veces hablábamos en hebreo. Este idioma, que antes te sonaba extranjero, masculino —con su *resh* afinada, su *ayin* plana y su esterilizada *khet*, y una pronunciación que te parecía graciosa—, había ido adquiriendo con el tiempo otros colores, los colores de mi voz. Las primeras semanas, en Ramala, pensabas en mí cada vez que te topabas con una inscripción ininteligible en hebreo, cuando pasabas delante de una señal de carretera o usabas los billetes de *shekels*. Escudriñabas las letras rígidas, cuadradas, examinabas los personajes impresos en los billetes de veinte, cincuenta o cien. Cuando comprabas un yogur, un detergente o un polo en la tienda de comestibles. Quizá también pensaste en mí cuando viste los *jeeps* militares, las camionetas de los colonos, las antenas en el tejado del edificio de la Administración Civil. Y los soldados. Quizá se te ocurrió que uno de ellos, en el puesto de control de Kalandiya, en la carretera de Bir Zeit, podía ser amigo mío o un vecino, mi tío o mi primo, y que yo, diez años atrás, podía haber sido una de esas mujeres soldados. Quizá también pensaste en mí cada vez que pasaba un helicóptero por encima de tu casa o un político israelí salía en el telediario de tu cadena palestina. Y, cuando mostraban las calles de Tel Aviv, tú escrutabas a los transeúntes con la esperanza de verme.

33

En la autovía 1, a la altura de la salida sur de Jerusalén, por el carril de la derecha, entre los coches que bajan de la montaña, hay un Toyota Corolla plateado. En su interior se recortan cinco perfiles: tres pasajeros en el asiento de atrás y un cuarto —ahora se ve que es Marwan— al lado del chofer. Sujeta una cámara con las dos manos, aprieta un botón y enfoca el parabrisas. La hora y la fecha aparecen en rojo: 14.23 en el ángulo inferior derecho; 12-08-03 en el izquierdo.

El Toyota, con el parachoques delantero un poco abollado, se deja llevar por la última pendiente que conduce al pie de la montaña. En la salida de Sha'ar Hagay aminora la velocidad antes de la curva, luego acelera y se intercala entre los coches que pasan a toda velocidad en dirección al oeste. Aparece un cartel verde con los nombres de tres destinaciones escritos con letras blancas en hebreo, árabe e inglés: Ben Shemen 23 km, Tel Aviv 40 km, Haifa 131 km. Y enseguida desaparece.

Un collar de cuentas ambarinas y un pino de cartón aromatizado cuelgan del espejo retrovisor. El motor ruge y los silbidos del viento entran por las ventanillas abiertas. El chofer es un hombre de edad mediana, delgado, con una nuez prominente, bigote y cejas con muchas canas. Consciente de la presencia de la cámara, agarra el volante con ambas manos y mantiene erguida la cabeza. Le echa una mirada tímida y rápidamente vuelve la vista a la carretera.

—... ende la rad...

Cuando oye que le hablan, mueve el retrovisor y lo orienta a fin de poder ver el asiento de atrás.

—... un poco de música?

Pero el ruido del motor tapa las voces.

—... dio, por fa...

El chofer se toca el lóbulo de la oreja para indicar que no oye. Cierra la ventanilla atenuando un poco el ruido y grita:

—¿Qué?

—¡La radio! ¡La radio!

La cámara se vuelve hacia las voces y se coloca en el espacio que media entre los dos asientos, y Shadi, que viaja sentado en el medio, le sonríe de oreja a oreja. Se oye música pop árabe. Shadi se agarra el pecho, echa la cabeza hacia atrás y canta a voz en cuello: «*Ya habib albi!*» Guiña un ojo a la cámara.

Hilmi mira por la ventanilla con los ojos entrecerrados por el reflejo del sol y el viento. Lleva una camiseta descolorida a rayas horizontales azules y el viento levanta su ensortijada melena descubriendo su nuca.

La cabeza de Shadi se mueve adelante y atrás al ritmo de la música. La cámara se mueve un poco a la izquierda y muestra a una muchacha muy bonita sentada a su lado. Sus cabellos negros están sujetos con una cola de caballo y encima de su nariz pecosa tiene unas RayBan oscuras. Es Siham, la novia de Shadi, que se sumó al viaje en el último momento. Saluda a la cámara, ladea con gracia la cabeza y tira un beso.

Al cabo de un rato es la otra melodía árabe que se oye por la radio, con el ritmo atenuado de un órgano eléctrico y darbukas. El paisaje y los colores también son otros y por las ventanillas aparece Tel Aviv: la playa y el paseo marítimo hasta Jaffa. El coche aminora la velocidad en la ciudad y lo mismo hace la película. Sigue lentamente una larga hilera de palmeras, entre las que aparecen carteles de publicidad, vastos aparcamientos, una gasolinera. Después, aparecen la playa de los percusionistas, la explanada de cemento abandonada de la discoteca Dolphinarium y las franjas de césped del parque Charles Clore. Una cadena de colinas verdes acompaña el Toyota en su trayecto hacia el sur de la ciudad, bordea el parque de atracciones, los restaurantes de pescado, los puentes y bancos de madera y las farolas del paseo. Y todo el tiempo, a la derecha, las franjas del cielo azul claro y del mar azul oscuro, que aparecen y desaparecen.

Hay una gran torre con un reloj a la entrada de Jaffa. Se yergue majestuosa en el centro de la imagen, como una tarjeta postal. Algo más lejos, el atasco habitual al entrar en la calle Yefet, la panadería Abulafia y el giro a la izquierda que desemboca en el rastro. La cámara recorre la plaza bañada de sol, con su aspecto estival y somnoliento, se desplaza entre los anticuarios, las tiendas de narguiles y de *souvenirs* para turistas. Los dígitos en el ángulo de la imagen indican las 15.15, así como el reloj de Jaffa, en el cual, por un instante, la aguja pequeña parece haber desaparecido: son exactamente las tres y cuarto. Más que la hora, las dos agujas juntas parecen indicar una dirección, como la aguja de una brújula. La cámara sigue la flecha hacia el oeste, al mar.

La luz del semáforo cambia. El chofer gira el volante. A lo lejos, por encima de su cabeza, se distingue la comisaría, detrás de un alto muro de piedra y una hilera de furgones azules. Estira la mano y apaga la música. Dirige a la cámara una mirada seria.

—*Khalas*, ya está. Hemos llegado. —Mira atrás nervioso—: Apagad eso.

En el asiento de atrás se oyen gritos de alegría. Cerca del micrófono, la voz emocionada de Marwan se oye con toda claridad:

—¡Un segundo, un segundo!

El coche avanza unos cincuenta metros, luego entra en un aparcamiento arenoso detrás de uno de los restaurantes. La primera en bajar es Siham. Se ha puesto un sombrero de paja y lleva un bolso de tela estampada con flores colgado al hombro. Después baja Shadi y golpea la puerta al cerrarla. Y por último, Hilmi. Marwan se queda dentro del coche, filmando a través de la ventanilla.

Se ve a Hilmi apartarse del grupo. Sale del marco de la imagen y un segundo después la cámara lo enfoca caminando sobre la arena. Tiene en la mano el móvil de Shadi. Sus dedos marcan los números y se pega el teléfono a la oreja. Cuando se vuelve de espaldas a la cámara, se oyen las voces de Shadi y Siham en el exterior del cuadro. Dan instrucciones a Marwan, quien ha accedido a ir en busca de provisiones.

—¡Y también cigarrillos!

—Compra pita y un poco de queso y fruta.

—No, ya me llega.

—Ten cuidado, Marwan.

—Sí, no tardes.

—¿Quieres que te acompañe?

—No, está bien.

—Hasta luego, *Abu Shukri*. Gracias.

—Hasta luego, nos vemos esta tarde, a última hora.

Siham y Shadi se apartan cuando el Toyota da marcha atrás y Hilmi vuelve a entrar en la imagen, saludando y gritando:

—¡Marwan, uvas! —Agita la mano con el teléfono—. ¡Trae uv...!

Por un instante desaparecen del ojo de la cámara y la imagen vacila un poco. Segundos después, la toma siguiente muestra a tres siluetas diminutas que se alejan a paso vivo. Las filma antes de que desaparezcan detrás de un enorme cartel que, en hebreo, árabe e inglés, dice: PROHIBIDO BAÑARSE.

34

Me llamó por teléfono un viernes por la tarde, después de las tres. Empapada en sudor y con la cara roja, después de haber venido pedaleando por la avenida, encadené mi bici a la entrada del edificio y me disponía a subir al apartamento que acababa de alquilar.

Había visto el anuncio clavado en el tronco de un árbol, cerca del instituto: «Dos ambientes, luminoso, tranquilo, precio asequible, situado en una calle de dirección única, a pocos metros de la avenida Chen.» Pedí cita con los dueños para esa misma tarde, a última hora. Habían renovado completamente la cocina, que ahora estaba abierta al salón, el aseo era espacioso y un ficus muy grande ocupaba toda la ventana que daba al balcón. Firmé el contrato. Firmé doce cheques de anticipo y nos estrechamos las manos. Contraté los servicios de una empresa de mudanzas para el domingo, que era mi día libre, y a las nueve de la mañana llegaron con un camión con todas mis cajas y muebles que habían estado todo el año guardados en un depósito. Me llevó una semana desempaquetar, acomodar la ropa y los objetos, ordenar el apartamento y limpiar. Cuando, ese viernes, volvía yo a casa con las provisiones y las flores para la cena, la quietud que precede al *Sabbat* ya se había adueñado del vecindario. Una paloma gris con manchas estaba sentada, inmóvil, delante del portal y ni se movió cuando, con mucho cuidado, pasé junto a ella para acceder a la penumbra fresca del zaguán.

Cuando oí vibrar mi móvil en la mochila, supe, antes de leer en la pantalla «número oculto», que era Hilmi. Había tratado de llamarme el día anterior con el móvil de su sobrino. Había llamado varias veces, pero los jueves doy clase de doce a cinco y controlé mi buzón de voz al final de la jornada, mientras esperaba el autobús. Pese a haber escuchado el mensaje varias veces, era completamente ininteligible. Debía de estar fuera, porque soplaba mucho viento y su voz apenas se oía. Era como si hubiera alguien a su lado sacudiendo una tela gruesa o una hoja de chapa.

Cuando subí al autobús, llamé al número de Shadi, pero contestó su buzón de voz. Dejé un mensaje pidiéndole que dijera a Hilmi que yo había llamado y que volvería a intentarlo al día siguiente. Pero, como supuse antes de dejar mis bolsas en el suelo y sacar el móvil del bolso, se me había adelantado.

El espacio vacío de la portería amplificó el ruido de las bolsas de plástico cayendo al suelo y también el sonido de mi teléfono. Generalmente, cuando veía «número oculto» en la pantalla, era Hilmi que llamaba desde una cabina pública de Jaffa. Me incorporé y me acerqué al espejo, junto a la puerta del ascensor, y sonreí a mi propia imagen sudorosa y con las mejillas arreboladas antes de contestar: «¡Hola, Hilmik!»

Otra vez se oían ruidos raros en la línea. «¿Hola?» Se le oía lejos, con la voz entrecortada, como si me llamara desde el otro lado del mar. Al fondo se oían voces de gente conversando y una campana.

—¿Qué pasa? ¿Dónde estás? —pregunté casi gritando, crispada—. Se oye muy mal.

Por el espejo vi la paloma aletear y desaparecer bajo la sombra del ficus.

—¿Liat? Hola, ¿Liat?

«Liat», me dije extrañada, me ha llamado Liat, no Bazi. Pero yo era siempre Bazi, aun cuando me presentaba a otras personas. Y ahora esta formalidad, distante y extraña, y las voces al fondo, la urgencia en su voz, una ansiedad desconocida que me hizo sospechar que algo malo pasaba. Inmediatamente pensé que estaba detenido en un puesto de control, rodeado de soldados. El corazón me latía con fuerza y miré con desesperación el hueco de la escalera, convencida de que tenía un problema, y no solo eso, sino que un pensamiento irracional, retorcido, como una pesadilla, me cruzó la mente: por su culpa, yo también voy a tener un problema.

—¿Qué sucede? ¿Estás...?

—Liat, necesito...

Su voz era lejana, angustiada, como la de un extraño.

—¿Qué tienes? ¿Te encuentras b...?

—¿Puedes escucharme un momento?

Y de pronto, como cuando uno da un frenazo, el corazón me dio un vuelco y me di cuenta de que no era Hilmi. No era él, el del otro lado de la línea. Era Wasim, su hermano. No lo había visto desde aquella noche en el restaurante de TriBeCa. Se me ocurrió, por un instante, que me llamaba para disculparse.

—Sí, Wasim, hola. —Carraspeé y cambié el tono de voz—. ¿Cómo estás?

—Te estoy llamando desde Schönefeld, desde el aeropuerto.

Eso explicaba el ruido de fondo y el sonido de la campana, que no era otra cosa que un anuncio de embarque. Pero no explicaba por qué Wasim me llamaba ni por qué estaba en el aeropuerto. Y se me ocurrió otra idea, estúpida y poco convincente: ¿querrá compartir un secreto conmigo, una sorpresa que está preparando para Hilmi?

—Voy a casa, a Ramala —dijo.

—¿A tu casa?

Una parte de mí seguía confundida, como si su voz, idéntica a la de Hilmi, no me permitiera renunciar a la posibilidad de que era Hilmi con quien yo estaba hablando.

—Sí. Liat, ¿me oyes?

—¡Qué bien! Hil...

Pero no, algo pasaba, era muy raro, ¿por qué cuernos me llamaba a mí? ¿Dónde había conseguido mi número?
—Por eso te lla...
—¿Hilmi lo sabe? Se pondrá muy conten...
—Liat, Hilmi...
—... to de saber que vas...

Fue un grito horrible. Me dijeron que grité tan fuerte que todos los vecinos salieron a ver qué sucedía en la escalera. Pero en aquel momento no había más que el eco de un grito en mi cabeza, el eco de mil chillidos, chirridos, todos a la vez, horrorosos. Sentía que me estallaba la cabeza y se me aflojaron las piernas. Sollozando, temblando, presa del pánico, ese grito también era un grito de culpa. Tal vez porque, al comienzo de la conversación con Wasim, había imaginado a Hilmi rodeado de soldados, arrestado en un puesto de control. Fue la única interpretación que podía concebir en esos momentos: que le habían disparado, que nuestros soldados lo habían matado. Fue mi primera sospecha.

Fue lo primero que me vino a la mente. Al mismo tiempo, todos los telediarios que había visto en mi vida proyectaban ahora dentro de mí imágenes fragmentadas que se sucedían sin interrupción. Granadas de humo, tanques, soldados con cascos armados con metralletas, rostros cubiertos, cócteles molotov, neumáticos incendiados, heridos en camillas de hospitales, mujeres llorando, ancianas lamentándose, hombres furiosos en un cortejo fúnebre por las calles. Salvo que ahora, en este resumen informativo de último momento, la noticia en mi subconsciente era terriblemente personal: el cuerpo tendido entre las piedras diseminadas en la carretera era Hilmi. El que iba en la camilla, el que transportaban sin vida en el interior de una ambulancia, era Hilmi. La persona por quien se lamentaban las ancianas, envuelta en un sudario, cargada a hombros por una multitud colérica, era Hilmi. Todos eran Hilmi.

Súbitamente, a mi alrededor, caras extrañas, miradas inquietas. Una mujer se sentó a mi lado, en el suelo, y me rodeó con sus brazos. Otra se agachó y me acercó a los labios un vaso de agua. Bebí un sorbo y me oí a mí misma llorar. Oí mis propios sollozos apagarse poco a poco. La mujer a mi lado seguía acariciándome la espalda. Usé los pañuelos de papel que me dieron y me soné la nariz, balbuceando, avergonzada. La mujer me ayudó a incorporarme. Llamaron el ascensor y entraron conmigo. Pero, en cuanto las puertas se cerraron, me acordé de lo que había pasado, y volví a gritar sin poder contenerme mientras subíamos en el ascensor.

Me acompañaron al apartamento. Michal, la vecina del tercero, y Motti, su esposo, que subió detrás de nosotras y llegó instantes después. Desde el sofá lo vi caminar con las compras, las flores y mi mochila. Lo dejó todo sobre la mesa, en el pasillo, y guardó mi móvil en la mochila.

—Está bien, ya he hablado con él. —Se puso una mano en el pecho y cerró los ojos—. Cuando estés lista, dímelo y yo te llevaré a su casa.

Michal me abrazaba con fuerza.

—Dale tiempo para descansar un poco —susurró—, necesita calmarse.

Los vi cambiar entre ellos miradas mudas, como a veces hacen los padres con los niños.

—Están aquí —explicó indicando con la cabeza la ventana del balcón—. En Jaffa.

Ella asintió y señaló la cocina.

—Voy a poner agua a hervir.

Transcurrieron unos instantes y me oí preguntar con la voz ronca.

—¿Qué hay en Jaffa?

—¿No son de Jaffa? Ha dicho que sucedió en Jaffa.

—¿Sucedió?

—La playa, donde su hermano se ahogó...

35

Puedo verlo aquí. En la orilla, descalzo, los brazos a los costados del cuerpo, de cara al viento del mar que despeina sus cabellos. Puedo cerrar los ojos y ver su rostro, sus rizos sedosos alborotados en sus mejillas, las hebras de calor y de aire fresco que se enredan en sus dedos. Puedo cerrar los ojos y verlo abandonarse al viento con los ojos cerrados, sentir el viento que pasa a través de la tela de su camiseta y acaricia su piel, el vello de su pecho, su cuello, su nuca y desciende a las axilas para secar el sudor. Es una camiseta de algodón, blanca, con rayas horizontales de color celeste que forman olitas como el agua que me moja los pies. El pantalón es un tejano descolorido remangado hasta la rodilla. Mete los pies, grandes y pálidos, en el agua y a cada paso la arena se vuelve más blanda y suave y sus pies se hunden levemente imprimiendo en ella las huellas de sus talones. Con cada ola sus dedos reciben la caricia fresca del agua.

Abre poco a poco los ojos. Está tranquilo, muy tranquilo. A unos treinta metros de distancia, Siham y Shadi juegan como niños en el agua. Shadi da manotazos en el agua, que le llega a la cintura, formando espuma con las olas y chillando de alegría. Siham, con el pelo mojado, se hunde hasta los hombros y salpica a Shadi. Hilmi sonríe cuando oye las carcajadas de Shadi y los gritos de Siham. Pero cuando, ebrios de felicidad, lo llaman agitando entusiasmados los brazos —«¡Hilmi, ven! ¡Es guay aquí! ¡Ven!»—, él ensancha su sonrisa y los saluda con la mano desde lejos. Sigue moviendo el brazo de un lado a otro, despacio, como si una distancia inimaginable se hubiera abierto entre él y ellos.

Ahora veo su mano que vuelve a caer, y cuando respira hondo, yo lleno mis pulmones e imagino entonces el aire picante, salado, que él aspira. A través de su camiseta mojada, distingo su pecho que se expande, la forma de sus costillas, y puedo imaginar su gran suspiro liberador. Desde aquí puedo ver el asombro en su rostro. Sus ojos, vivaces y soñadores, que vuelan hacia el horizonte y luego flotan serenamente, bebiendo la generosa curva de la tierra, como un ave que vuela bajo sobre el mar.

Mi mano sube a mi frente. La suya también; cubre sus ojos. El sol, caliente, amarillo y maduro, de mediados de agosto, empieza a bajar del centro de la tierra y la luz blanca de las cuatro de la tarde lo encandila. Protegidos por su mano, sus ojos entrecerrados se desvían del horizonte y se dirigen hacia las rocas que se alzan a su derecha y, un poco más lejos, a la franja de arena dorada, estrecha, desierta.

Su mirada se pasea un rato por la escollera observando a un pescador solitario —la silueta oscura de un hombre delgado con una caña de pescar en la mano— y memoriza esta escena. Graba en su corazón los destellos de la luz sobre las olas, la superficie cristalina del mar que brilla bajo el sol, la arena con hoyuelos, las rocas recortadas en terrazas.

Alguien detrás de él grita:

—¡Hilmi!

Se vuelve, parpadea, pero no ve a nadie. Ni en la playa ni en el paseo. Nadie. Mira hacia bancos vacíos, los postes de luz, las escaleras del paseo, y busca a Marwan entre los vehículos del aparcamiento.

Sabe que no hay motivos para preocuparse. Hace menos de media hora que Marwan se ha ido al mercado y sabe cuidarse. Pero se acuerda de los furgones de policía en la plaza. Piensa en su hermano que anda por allí, solo, y se toca el bolsillo de atrás del pantalón, donde tiene el móvil, y, para mayor seguridad, lo saca y mira si ha habido alguna llamada. Quizás esperaba que yo hubiera visto que me había llamado tres veces. Que yo habría escuchado el mensaje que me había dejado cuando se bajaron del coche y se dio cuenta de que era la playa de la que yo le había hablado, a los pies de Jaffa, la extensa playa dominada por la torre del reloj. Y quizá me buscaba cuando volvió a mirar hacia las escalinatas del paseo. Quizá tuvo como una fugaz anticipación de que yo aparecería allí, que de pronto me vería, que habría escuchado su mensaje entusiasmado y había corrido a encontrarme con él. Que fui yo la que gritó: «¡Hilmi!»

O quizá no. En esos instantes de tranquilidad, mientras se encontraba aquí, al borde del mar, con los ojos cerrados, quizá no oyó nada más que el arrullo de las olas y el gemido del viento. Ninguna otra voz atravesó su conciencia, ni preocupación, ni esperanza. Deseo imaginarlo antes de que abra los ojos, en aquel simple, último instante. Deseo permanecer en él, hasta que vuelva la mirada al lugar donde Shadi y Siham están jugando. Hasta que descubra que allí no hay nadie.

Lanza rápidas miradas a su derecha, a su izquierda, escudriña ansioso la arena con la esperanza de que hayan salido del agua sin que él se diera cuenta. Mira detrás de él, ve el bolso de Siham, un par de zapatos y las toallas aún limpias. De nuevo sus ojos se desplazan, esta vez con rápidos parpadeos, hacia la superficie espejeante del mar, que ahora parece palpitar al ritmo de los latidos de su propio corazón.

Las olas, antes suaves y apacibles, parecen más altas y proyectan una sombra. Su rumor continuado, hipnótico, que antes le había procurado una sensación de bienestar y una profunda serenidad, es ahora como un rugido o un alarido ahogado.

—¡Shadi! ¡Siham! —Oyes tu propia voz aterrada—. ¡Shadi! —llamas de nuevo a gritos, pero es en vano—: ¡Shadi! ¡Si-ham! —Te invade el miedo y un espasmo nervioso, como si fueras a llorar. Te llevas las manos a ambos lados de la cabeza. Pero, entonces, a lo lejos, distingues la cabeza de Siham, que remonta entre las olas y sus cabellos que vuelven a hundirse. La ves aparecer y desaparecer; su cabeza sale del agua y se sumerge otra vez. Pero no ves a Shadi. Siham llora y grita, te hace señas desesperadamente, pero el rugido de las olas tapa su voz, y, al cabo de un instante —con un ruido horrible, demasiado tarde—, todo estalla en ti: Shadi no está.

Puedo ver su rostro pálido, su mirada demente. Oigo los gritos que pudo haber dado en dirección a la escollera desierta —el pescador, ¿dónde está?—, el quejido aterrado que pudo haber escapado de sus labios llamando a los bañistas que divisa a lo lejos. Quizá volvió su mirada hacia el paseo y vio a alguien, y llamó y agitó sus brazos señalando el agua con desesperación, gritando y suplicando en árabe, en inglés, llorando.

Si en ese momento vio al hombre que reaccionó y empezó a correr hacia la plaza, tal vez se retorció las manos un instante preguntándose si debía o no entrar en el agua. Pero, después de volver a mirar y ver a Siham otra vez, flotando y desapareciendo entre las olas, y Shadi que no aparecía, supo que no podía quedarse allí mirando. Se arrancó la camiseta y se quitó de un tirón los pantalones, y, a grandes zancadas, se internó en el mar.

36

Al principio, corres. Corres por el agua poco profunda,
saltando por encima de las olas. Pisas el agua fría, resbalo-
sa, la pulverizas bajo tus talones. Frunces la cara a causa
del sol, entrecierras los ojos a causa del viento. Corres y te
oyes jadear y gritar a pesar del rugido terrible del mar. Casi
tropiezas cuando el agua sube y te aprieta las piernas, y,
unos pasos más adelante, cuando el mar se agita entre tus
temblorosas rodillas que se hunden.

Pero te incorporas y sigues avanzando. Con pasos pesados, pasos de oso, resistes la corriente que no cesa de em-
pujarte hacia la izquierda, hacia la derecha. Caminas sobre
la arena fangosa y remas con los brazos a través de la terca,
implacable, maleza de olas. Se precipitan hacia ti y rompen
en tu cintura. Se alzan rugientes para empaparte de agua
salada, hirviente. Vuelves la cabeza a un lado y sigues em-
pujándolas con asco, y otra vez, llevado por el agua espumosa —empapado y con escalofríos por las sucesivas corrientes cálidas y frías—, subes y bajas, acunado por las
olas.

Constantemente lanzas miradas enloquecidas de preocupación buscando por todas partes. Buscas a Shadi. Tus
ojos enrojecidos, que te arden a causa de la sal, buscan en el
vasto espacio azul desierto que te circunda y resplandece
bajo la luz cegadora. Puedes oírte respirar, oyes el trueno
de las olas que se yerguen a tu alrededor como murallas

que te separan cada vez más de la cabeza de Siham, aún muy lejos.

Entonces el suelo se desploma bajo tus pies. El montículo de arena que acabas de pisar se desintegra cuando das el siguiente paso, más allá del cual se abre el inmenso vacío de un abismo. Tus pies aletean en el vacío, tratan de frenar y tus manos buscan agarrarse a algo en el aire. Tu respiración se acelera, cada vez más entrecortada, despegándose de los pulmones, y el agua se acumula por todos lados, demasiado pesada, imposible de soportar, y se cierra sobre ti. La garra poderosa de una corriente subterránea atrapa todo tu cuerpo, te aspira hacia el fondo, indiferente a tus frenéticos pataleos, y te arrastra hacia las aguas cada vez más oscuras que ahora te rodean, infinitas como el aire; al fondo de un pozo oscuro y frío. Mientras te hundes, piensas un segundo en la posibilidad de que esto sea el fin: no solo no eres capaz de salvar a Shadi, sino que tú mismo te estás ahogando. Y de pronto tus pies tocan la arena. Al pisarla, revuelven esa densa espesura y se levanta una ola de polvo que se eleva contigo.

Llegas a la superficie y aspiras aire con voracidad, pero te da un tremendo ataque de tos. Toses y vomitas toda el agua metida en tus intestinos, te ahogas y la escupes. Tiene un sabor amargo, fermentado, que te quema las fosas nasales. Y todo el tiempo tus piernas se mueven, temblando de agotamiento, pedaleando una bicicleta invisible. Tus manos tratan de aferrarse a la superficie, de agarrar algo, inútilmente, y tu cabeza cae hacia atrás con la cara mirando al cielo.

El fondo del pozo es infinitamente más hondo, el agua, ahora, te lame la nuca. Tus ojos no cesan de mirar a los costados y parpadean enérgicamente, pero el cielo azul es, quizá, todo lo que ahora puedes ver, un vasto cielo que se extiende encima de ti. Desde aquí, la costa parece muy lejana, más, quizá, que la línea del horizonte. Siham y Shadi ya no están al alcance de tus ojos asustados, cansados, en ninguna parte, porque, mientras a ti te arrastraba el mar, ellos dos llegaron a la orilla. Shadi llegó empujado por el agua, en estado de *shock*, y Siham nadando detrás de él, llorando. Tú ya no puedes verlos cuando, temblorosos y aterrados, corren a buscarte. Lo único que puedes ver es el agua a tu alrededor, más oscura ahora, pero es como si fueras capaz de resistir un poco más. Si pudieras pedalear hasta el lugar donde las aguas son más claras, entonces las olas te llevarían hasta la orilla. Pero, de repente, algo sucede. Acaso es el viento que ha cambiado o una ola que te empuja hacia atrás y libera una suerte de viscosidad que te atrapa posesivamente por las piernas. No te suelta. Una espesa y densa corriente anuda tus tobillos y comprime tus rodillas y tus caderas con una fuerza que ya no puedes aguantar.

El agua se abre ahora como una sucesión de pantallas o de cortinas que se descorren una tras otra. La luz se atenúa poco a poco a medida que el agua la cubre. Aquí y allá pasan peces agitando sus aletas y sus colas. Aquí y allá, una bolsa de plástico, un envase de leche chocolatada, el cable de una boya, una zapatilla de gimnasia; hebras de luz y sombra sobre las rocas y los peñascos, anémonas sonámbulas, marañas de algas; un neumático viejo y unas tablas de madera; una red de pescador encima del esqueleto de algo; estacas de hierro oxidadas; un matorral de algas negras; fragmentos de conchas marinas.

Más allá: campos de arena, con socavones como la cara de la luna, lechos grises de grava, cieno y sedimento pesado, nubes de chispas verdes, violetas y doradas, peces de cristal relucientes, salmonetes, bancos de meros, lábridos que forman una cadena luminosa retorcida, otra nube de reflejos rojos y verdes que se abre como un acordeón y más salmonetes.

Tu cuerpo es arrastrado por el agua, se desliza a través de la corriente como llevado por el viento. Tu cabello ensortijado está revuelto. Tu rostro brilla, algo pálido, como el de un niño. Como en las viejas fotografías. Pero tus ma-

nos, Hilmik, solo tus bellas manos están ajadas y arrugadas. Manos viejas.

Una masa de vida nace y anida en este lugar: lechos de
moluscos y caracoles, diminutas bivalvas, percebes en
membranas color naranja y rojo brillante, árboles amarillos
como cipreses, lechos de esponjas y lirios de mar floreci-
dos, bosques de helechos y floraciones de algas marinas;
anguilas y delicadas estrellas de mar, trémulas sepias y
pulpos con largos tentáculos; erizos de mar y cangrejos,
una cadena de cuatro hermosos hipocampos desplazándo-
se como una serie de signos de interrogación.

Discurres a través del agua, las pequeñas olas circulares
de azul tinta y el morado rojizo se diluyen en todos estos
azules, los azules de tus ríos, los azules del cielo, los azules
que tú siempre consumías antes que todos los demás colores. Todos esos tonos y subtonos que habíamos visto aquella vez, la primera noche, envasados en tubos gruesos, ahora se mezclan y giran y tú flotas dentro de ellos y ellos se
derraman en ti. Los azules del día y los azules de la noche,
los azules tirando a verde y los azules tirando a gris, el azul
plata, el azul porcelana y el azul celeste, todos, mezclados
por los colosales pinceles del mar, se derraman sobre la infinita tela líquida.

37

Teníamos pensado volver a Washington Square antes del anochecer y sacarnos una foto en el banco que está frente a la fuente. No teníamos una sola fotografía juntos y hacía tiempo que deseábamos hacernos una. Ese día era nuestra última oportunidad. Eran más de las cuatro cuando llegamos y la suave luz del crepúsculo proyectaba sobre los árboles su dorado dulzón, ideal como decorado. Pero, cuando abrimos la caja y Hilmi empezó a leer las instrucciones, resultó que tenía que cargar la batería durante veinticuatro horas antes de poder usar la cámara.

Ni una sola fotografía de aquellos meses de invierno. Nunca aparecemos juntos en una fiesta, o los dos solos, como solíamos estar, con un paisaje turístico al fondo. Ni una foto de nosotros en su casa o en la mía, ni siquiera una tira de fotomatón. Quedaba solamente la foto fantasma que no nos hicimos aquel día, bajo la dorada luz naranja de Washington Square, esa foto que solo nosotros vimos, mentalmente, momentos antes de mi partida.

—No, aguarda —dijo llevándome de nuevo al banco—. Espera aquí un segundo.

El taxi pasaría a recogerme a las siete, en menos de dos horas. ¿Dónde encontraríamos ahora una tienda de fotografía o una cabina automática? ¿O un turista que nos hiciera una foto? Me puse a llorar por culpa de esa estúpida cámara y del atontado de Hilmi que no sabía que las cámaras digitales tenían que cargarse. Mis lágrimas de rabia, de frustración, liberaron otras, las que ya no podía contener.

—Bazi... mi Bazi. —Pasó el brazo izquierdo por mi cintura y con el derecho orientó la cámara hacia nosotros—. ¿Es así como deseas aparecer en nuestra foto? Ven aquí.

El ojo invisible enfocó nuestros rostros, mejilla con mejilla, sus rizos cayendo sobre mis ojos.

—¿Lista? —preguntó con cierta tensión en la voz, aunque intentando alegrarme con un beso de costado y abrazándome más fuerte—. ¡Sonríe!

Contesté en silencio y moqueando.

—Estás sonriendo, ¿verdad? —insistió—. ¿Sonríes?